Jean Rouaud
Die ungefähre Welt

D1925099

SERIE PIPER

Zu diesem Buch

»Ein Roman, der einen von der ersten Zeile an bezaubert. Das Buch eines Kurzsichtigen, das den Blick des Lesers schärft.« So urteilte »Le Monde« beim Erscheinen dieses Romans, in dem Jean Rouaud seine persönliche Geschichte weitererzählt: Nach »Die Felder der Ehre«, die Geschichte seiner Großeltern, und »Hadrians Villa in unserem Garten«, in dem er den viel zu frühen Tod des Vaters schildert, ist Rouauds Alter ego nun bei der eigenen Generation angelangt. Nach seiner Internatszeit in Saint Nazaire am Atlantik, deren Tristesse allenfalls das sonntägliche Fußballspiel unterbrach, erlebt er die Studentenrevolte in Nantes. Mit dem ihm eigenen leisen Humor und mit unverkennbarer Selbstironie porträtiert der Autor sich selbst als einen Woody Allen der französischen Provinz. Extrem kurzsichtig und daher die Welt um sich nur »ungefähr« wahrnehmend, sehnt er sich danach, dort dazuzugehören, wo seiner Meinung nach das Leben spielt.

Jean Rouaud, geboren 1952 in der Nähe von Nantes, arbeitete nach seinem Studium der Literaturwissenschaft unter anderem als Zeitungsverkäufer, bis er mit seinem ersten Roman »Die Felder der Ehre« (deutsch 1993) mit dem Prix Goncourt ausgezeichnet und berühmt wurde. 1994 erschien auf deutsch sein zweiter Roman »Hadrians Villa in unserem Garten«. Jean Rouaud lebt heute in Montpellier.

Jean Rouaud
Die ungefähre Welt

Roman

Aus dem Französischen von
Carina von Enzenberg und Hartmut Zahn

Piper München Zürich

Von Jean Rouaud liegen in der Serie Piper außerdem vor:
Die Felder der Ehre (2016)
Hadrians Villa in unserem Garten (2292)

Ungekürzte Taschenbuchausgabe
Mai 1999
© 1996 Les Éditions de Minuit, Paris
Titel der französischen Originalausgabe:
»Le monde à peu près«
© der deutschsprachigen Ausgabe:
1997 Piper Verlag GmbH, München
Umschlag: Büro Hamburg, Andreas Rüthemann
Foto Umschlagvorderseite: G+J Fotoservice/photonica
Foto Umschlagrückseite: Peter Peitsch
Gesamtherstellung: Clausen & Bosse, Leck
Printed in Germany ISBN 3-492-22815-1

I

AUSGERECHNET ICH, der ich die Gesellschaft anderer Männer fürchte, weil mich ihre Gespräche ermüden, hatte das Glück, nach acht in einem strengen Internat verbrachten Jahren (drei alte Nonnen mit jünglingshaften Schnurrbärten waren dort die einzigen Vertreterinnen des weiblichen Geschlechts gewesen) Mitglied der Reservemannschaft im Fußballverein von Logrée zu werden, dessen trister Umkleideraum am Rand eines Spielfeldes lag, das man durchaus für einen gepflügten Acker hätte halten können, wären da nicht die mit Kalk gezogenen Markierungslinien und die Torpfosten gewesen – und dabei hatte ich es nicht wirklich darauf angelegt, nein, mir war gegen die sonntägliche Langeweile einfach nichts Besseres als dieses altbekannte Mittel eingefallen.

Ein Wetter, bei dem man nicht gern die Nase zur Tür hinaussteckt. Daher die Eile, mit der sich die meisten Spieler nach dem Schlußpfiff wieder zwischen die vier Wände der ruck, zuck gebauten Baracke flüchten, doch bevor sie sich zu ihrem Platz unter einem Krummhaken, an dem ihre Kleidung hängt, begeben und sich, je nach tatsächlicher oder eingebildeter Müdigkeit, mehr oder weniger schlapp auf die gemeinschaftliche Sitzbank fläzen, die den kleinen, nach Kampferöl und Schweiß riechenden

Raum einfaßt, klopfen sie gründlich den Schlamm von den Sohlen der Fußballschuhe, indem sie so lange auf der Betonschwelle herumtrampeln, bis der Boden mit kleinen, von den Stollen wie Kekse ausgestanzten Erdklumpen übersät ist. Eine Behelfsunterkunft: rechteckige, von Doppel-T-Trägern gehaltene Betonplatten, eine grüne Eisentür mit Gitterfenster, durch das, wie durch die Dachluke über der Duschecke, das fahlgraue Licht eines Winternachmittags fällt, ein leicht abschüssiges Dach aus gewelltem Asbestzement, doch all dies reicht aus, um das atlantische Gemisch aus Wind, Kälte und Regen abzuwehren, das die wenigen Zuschauer unter dem Vordach der Imbißbude erstarren läßt, und so fragt man sich, welchen Spaß sie wohl an so wenig spannenden Begegnungen finden. Es gibt eben nicht nur die Langeweile, auch die Einsamkeit verleitet dazu, sonderbare Dinge zu tun. Ein paar Getreue, nur eine Handvoll, stehen, die Fäuste in den Taschen und die Hosenbeine zum Schutz gegen den Schlamm umgekrempelt – daher auch diese behutsame Art, auf den Schuhspitzen zu gehen –, Sonntag für Sonntag zusammengekauert am Rand des Spielfelds hinter dem Geländer (einem auf Betonstützen montierten Rohr mit abblätternder weißer Farbe), einige mit Mützen auf dem Kopf, andere mit triefendem Haar, und treten ostentativ von einem Bein aufs andere, aber seltsam, obwohl Regenmäntel in dieser Gegend eigentlich eine Selbstverständlichkeit sein müßten, sind sie so rar, als würde ihr Einsatz ebenso wie die Verwendung von Schirmen den jeweiligen Träger zu einem kleinen Mädchen oder nassen Huhn herabwürdigen, so daß er in diesem Männerrevier schlecht dastünde. Deshalb begnügen sich die meisten Zuschauer damit, den Kragen der Jacke, die sie das ganze Jahr über tragen, fröstelnd hochzuschlagen, und nur ein Schal in herbstlichen Farben, nicht einmal um den Hals geknotet, sondern lediglich achtlos unter der zugeknöpften Jacke übereinandergelegt, also fast entbehrlich, verweist auf den Wandel der Jahreszeiten: die gegenüber den Launen des Klimas hochmütig zur Schau getragene Gleichgültigkeit jener, die knapp bei Kasse sind.

Aber Kenner sind diese Leute, notgedrungen. Von der Auslinie rufen sie den Spielern sachkundige Ratschläge zu – Abspielen! Klären! Schießen! –, und das ist natürlich leichter gesagt als getan, oder sie zeigen, wenn einer den Ball verliert, ihren Ärger, indem sie dem Betreffenden kurz den Rücken zudrehen, als könnten sie so etwas nicht mehr sehen, als hätten sie genug davon, als hätte von dem Spielzug das Schicksal der Welt abgehangen. Aber die Welt steht nicht auf dem Spiel, es geht nur darum, dem Publikum, das ohnehin nur aus ihnen selbst besteht, durch die Äußerung ihres Unmuts zu demonstrieren, wie interessiert sie das Match verfolgen, oder sich dies gegenseitig zumindest glauben zu machen. Wieso behält der da drüben den Ball, wo doch ein ungedeckter Mitspieler gerade durch eine Bresche in der Abwehr gestoßen ist und in den Reihen des Gegners fast schon Panik ausbricht? Die Gelegenheit ist günstig, der Ball wäre gleich im Netz, würde der andere Idiot, ich zum Beispiel, nicht stur dranbleiben und mit dem Körper nutzlose Finten versuchen, indem er gegenüber dem Verteidiger so tut, als wollte er rechts an ihm vorbei, damit dieser glaubt, er wollte links vorbei, wo er doch tatsächlich rechts vorbei will, nur daß sich der Gegner, ein blonder, blutrünstiger Hüne, vermutlich ein Nachfahr der Wikinger, die im neunten Jahrhundert im Mündungsgebiet der Loire Angst und Schrecken verbreiteten, bevor sie sich dort ansiedelten, von deinen strategischen Finessen überhaupt nicht beeindrucken läßt, sondern dich rücksichtslos mit der Schulter rempelt und den Ball seelenruhig an sich bringt, um ihn mit dem Gefühl, seine Pflicht getan zu haben, weit nach vorn zu schießen. Von seinem lässigen Gleichmut läßt du dich allerdings nicht täuschen: Du hörst deutlich, wie sein Schädel vom Beifall eines Stadions mit hunderttausend Plätzen widerhallt.

Etwas Ärgerlicheres gibt es kaum. Du, der Ballkünstler, mit brutaler Gewalt abserviert! Und als reichte diese Lektion nicht, nimmt dich dein in die Bresche eingedrungener Mitspieler beiseite, hebt, indem er seine Worte mit Gesten unterstreicht, die Arme erst himmelwärts und läßt sie dann sinken, um auf einen Erdklumpen zwischen seinen Füßen zu zeigen, der schwerlich der Stein des Anstoßes sein kann, und erklärt dir, er habe dort gestanden, ganz allein, und nur darauf gewartet, von dir den Ball zugespielt zu bekommen, um ihn reinzuschießen – ins Tor, wohlgemerkt –, und im übrigen habe er es satt, daß du ihm mit deinem Hang zum Alleingang – ja, dies sei genau der richtige Ausdruck – all die schönen Torchancen verderben würdest, dies sei wirklich ein Beweis für extremen Egoismus, ich verstünde eben nichts vom Zusammenspiel, das Selbstlosigkeit, Hilfsbereitschaft und Einordnung des einzelnen in die Gruppe verlange, und deshalb solle ich besser Dart spielen, angeln gehen oder mich dem Klettersport widmen. Doch da bereitet ein Raunen dem Einer-gegen-alle / Alle-gegen-einen-Disput ein Ende und signalisiert dir, daß der Ball schon wieder da ist – bei dieser Art zu spielen wird er wie ein unerwünschter Paria ruck, zuck von einer Seite des Platzes zur anderen gekickt –, und jetzt wirst du es ihnen zeigen, jawohl, du wirst diesen Ball, der in hohem Bogen auf dich zufliegt, von der Fußspitze abgleiten lassen! So eine Nummer kommt bei der Handvoll Fans gut an, danach können sie deine tadellose Technik nicht mehr in Frage stellen, es wird ihnen leid tun, daß sie dir mangelnden Mannschaftsgeist vorgeworfen haben.

Normalerweise prallt der Ball dann ab, aber ihr werdet sehen, wie er mir am Schuh klebenbleibt. Mein angehobener Fuß wird die Fallbewegung behutsam vorwegnehmen und die Wucht des Aufpralls abfangen. Um diesen physikalischen Sachverhalt besser zu verstehen, stellt euch zwei Züge vor, die auf demselben Gleis aufeinander zu fahren. Bevor es zum Zusammenstoß kommt – der zweifellos furchtbar wäre, aber das steht hier nicht zur Debatte –, fährt der eine Zug jedoch rückwärts und bremst den anderen aus voller Fahrt ab. Und jetzt ratet mal: Wer spielt hier die Rolle des verdienstvollen, geistesgegenwärtigen Lokomotivführers?

Doch kaum scheint das Problem der zusammenstoßenden Züge ohne Zusammenstoß gelöst, da taucht, heimtückisch deine berechtigte Entspanntheit ausnutzend (im Geiste weidest du dich gerade am Riesenfoto deines Gesichts mit den bescheiden niedergeschlagenen Augen – »...habe nur meine Pflicht getan...« – auf den Titelseiten der Zeitungen – »...hat Tausende von Menschenleben gerettet...«), hinter deinem Rücken der blutrünstige Typ von vorhin auf, hechtet nach vorn und bringt den Kopf zwischen den Ball und deinen Schuh. Diesmal prallen die beiden Lokomotiven doch mit voller Wucht aufeinander. Ein Geräusch wie von einem splitternden Schädel. Aber wieso bleibt der andere nicht in tiefem Koma liegen? Einen Augenblick lang stehst du verdutzt da, dein Fuß schwebt über dem Boden, jongliert unter den Buhrufen der Handvoll Fans und des Breschenpreschers – »Worauf wartest du? Auf den nächsten Zug?« – wie mit einer Luftblase. Die Revanche folgt gleich darauf, süßer Trost, Rechtfertigung deines schwächlichen Einsatzes: von der Stirn des blonden Vampirs trieft der Schlamm. Genau besehen bist du in diesem Morast der einzige, der nicht besudelt ist. Was angesichts der äußeren Umstände einem Wunder gleichkommt.

Ein Dreigroschenluxus, aber er ist mir teuer. Ihm verdanke ich meine vermeintliche Vornehmheit, die Eleganz, die ich mir selbst bescheinige und der zuliebe ich an sehr kalten Tagen mit einem farblich einigermaßen auf das Trikot abgestimmten Schal um den Hals spiele. Eine Masche, sagen die anderen. Wenn ihr wüßtet! Diese Masche verhindert vor allem, daß ich vor euren Augen schlappmache.

Vor ein paar Jahren, als ich noch ein Fußballfan war, wie man es nur als Dreizehnjähriger sein kann, wegen einer Niederlage schier verzweifeln konnte, unglücklich war, wenn ich für ein Spiel nicht aufgestellt wurde, und außerhalb der Saison nichts mit mir anzufangen wußte, da konnte es passieren, daß ich sonntags vormittags mitten in einem Match abrupt und ohne Vorwarnung den Platz verließ, was auf völliges Unverständnis bei den anderen Spielern, dem Schiedsrichter, den Fußballfreunden und den wenigen Vätern stieß, die ihre Söhne hergebracht hatten und von denen es jedesmal einer übernahm, mich, den Waisenknaben, der mit der Sporttasche in der Hand vor der Tür des mütterlichen Geschäfts wartete und Angst hatte, vergessen zu werden, im Vorbeifahren im Auto mitzunehmen, wobei ich natürlich stets hinten saß, ein Fahrgast, der sich immer und ewig nach dem Zeitplan seiner Gönner richten mußte, allmählich die Gewohnheit annahm, um nichts zu bitten, allein zurechtzukommen, und manchmal, auf die Gefahr hin, streng verwarnt zu werden, den Platz verließ, ohne bis zur Halbzeit zu warten. Was ist denn wieder in den gefahren? Eine schlimme Erkältung war in mich gefahren, und ich hatte keine Lust, ins Trikot zu schneuzen, wie es gang und gäbe war, oder es anderen, noch ungenierteren Spielern gleichzutun, die sich mit dem Finger ein Nasenloch zudrückten und mit hohem Druck einen langen Rotzfaden ausbliesen, der, bevor er zerriß, Aufschluß über die Windrichtung gab und dessen Reste anschließend mit der Oberseite des Ärmels von der Nase abgewischt wurden. Für diese Technik fehlte mir der richtige Dreh, ich war zu zimperlich, denn es ist ratsam, vornübergebeugt und mit in den Nacken gelegtem Kopf alle Zurückhaltung fahrenzulassen und keine halben Sachen zu machen, weil man andernfalls, wie man sich vorstellen kann, mit ärgerlichen Folgen rechnen muß, und so hielt ich es für besser, rasch zu meinen Sachen zu laufen und ein Taschentuch zu holen.

Aber so etwas tut man nicht, so etwas hat man noch nie gesehen, und was sind das eigentlich für Manieren? Man ließ es mich spüren, wenn wir nach dem Spiel wieder im Umkleideraum waren oder was dafür herhalten mußte, ein alter Autobus zum Beispiel, dessen sterbliche Hülle jemand irgendwie zu seiner endgültigen Ruhestätte geschleppt haben mußte, vermutlich mit einem Traktor – stolzer Traktor, endlich einmal etwas anderes, als den Pflug zu ziehen! –, denn dergleichen war eine ebenso übliche Art der Weiterverwendung wie die Umfunktionierung eines Lieferwagens in einen Hühnerstall hinten im Garten. In diesem Fall handelte es sich um einen Citroën, einen dieser Veteranen, denen man im Süden des Départements noch immer begegnen konnte, und er hatte ein schokoladenbraunes Blechkleid, die platt gedrückte Schnauze einer Bulldogge, geplatzte Reifen, anstelle der eingeschlagenen Fensterscheiben grüne Segeltuchplanen, aufgeschlitzt, kaum daß sie angebracht worden waren, und löcherige Sitze, aus denen Futter und Federung herausquollen, aber das Wichtigste war erhalten geblieben – das große Lenkrad aus schwarzem Bakelit, die Pedale und der Schalthebel –, und so rauften sich immer ein paar von uns darum, für eine Weile Busfahrer zu spielen.

Jeder Tadel, mochte er noch so harmlos sein, wie etwa: Man läßt seine Mannschaft nicht aus einem so nichtigen Grund im Stich!, trieb mir unverzüglich die Tränen in die Augen, und um sie zurückzudrängen, mußte ich, bis zum letzten, müßigen Wort um Haltung ringend, aus dem Stegreif eine klägliche Entschuldigung erfinden und sagte mir: Die trauen sich das, weil er nicht mehr da ist, mein allzufrüh verstorbener Vater, denn wäre er noch da, würde das hier nicht so ablaufen, und weil mir andere Argumente fehlten, hielt ich dem Betreuer der kleinen Mannschaft, dessen kurze Schulzeit schon weit zurücklag, dann einen kleinen grammatikalischen Schnitzer vor – So kann man das übrigens nicht sagen, sondern es muß folgendermaßen heißen: ... –, woraufhin der Zurechtgewiesene, seines Zeichens Straßenwärter, ein treuer, hingebungsvoller Mensch, mich, den frechen Besserwisser, vielleicht nur deshalb nicht ohrfeigte, weil sich der noch frische Schatten des großen Verstorbenen zwischen uns schob gleich einer mächtigen, der Tiefe entstiegenen Gestalt.

Aber nun überlegt mal, sich im Schlamm wälzen, wer kommt schon auf so etwas? Manchen scheint das allerdings nichts auszumachen, sie gehen dreckiger vom Platz als der Sieger des Radrennens Paris – Roubaix (jedenfalls in regenreichen Jahren, und die allein zählen in der Geschichte der »Hölle des Nordens«), die Farbe ihres Trikots ist kaum noch zu erkennen, und man fragt sich, wie sie es schaffen, beim

Betreten des zweigeteilten Umkleideraums (Gastgeber auf der einen Seite, Gäste auf der anderen) die richtige Tür zu finden. Auffällig ist, daß sie, die Besudelten, es anscheinend nicht sehr eilig haben, ein Dach über den Kopf zu bekommen, sondern sich vielmehr die Zeit nehmen, Strategie und Technik zu erörtern, zu analysieren und zu kommentieren, was durchaus verdienstvoll ist, wenn man an das planlose Getümmel auf dem Platz denkt, und den Gesprächspartnern zudem Gelegenheit gibt, die glorreichen Verletzungen zu bewundern, die von einem derart dicken Schlammpanzer bedeckt sind, daß man Angst hat, die Kameraden könnten zu Tonfiguren in Menschengestalt erstarren, sollte sich die Luft schlagartig erwärmen, was in unseren Breitengraden allerdings nicht sehr wahrscheinlich ist.

Offen gestanden kann man keinem von ihnen mangelnden Kampfgeist vorwerfen. Das Häuflein von Fans, immer nach Schweiß, Blut und Tränen dürstend (nach letzteren ein bißchen weniger), spart nicht mit Lob für die tapferen Kämpen aus dem Schattenreich mit ihrem angeborenen Talent, sich zu tarnen: dieser Eifer, allen Bällen hinterherzurennen, sich dem Gegner vor die Beine zu werfen, Tritte zu kassieren, selbst welche auszuteilen und sich nie geschlagen zu geben! Dabei werden wir oft geschlagen, ja es ist an fast jedem Sonntag unser Los, und der ganze Einsatz lohnt sich kaum. Keine Hoffnung, uns zur nächsthöheren Liga hinaufzuhangeln, kein Pokal zu gewinnen, ja, angesichts unserer miserablen Spielergebnisse laufen wir nicht einmal Gefahr abzusteigen, denn wir tummeln uns ohnehin auf der untersten Stufe, auf der allertiefsten, unter der es nichts mehr gibt. Wir sind der Bodensatz. Ein einziges Ziel, ein grimmiger Wunsch: dabeisein, denn wohin sonst mit uns? Ein Schrotthaufen von einer Mannschaft, die allerletzte Reserve, zusammengewürfelt aus lauter Ladenhütern, die wegen Talentmangels und aus Altersgründen ausrangiert wurden: mit achtzehn zu alt für die Jugendmannschaft, mit fünfundvierzig zu verbiestert, um zuzugeben, daß die Zeit abgelaufen ist.

Bewundernswert an den verbissenen Nahkämpfern ist vor allem, wie souverän sie manchmal in ihrer Niedergeschlagenheit wirken, wenn sie sich das Ausmaß der nutzlosen Anstrengungen oder all die ohne den lindernden Balsam des Sieges eingesteckten Schläge vor Augen führen und sich, ohne das Kind beim Namen zu nennen, darüber beschweren, daß der eine oder andere nicht genug Einsatz zeigt, wobei sie den Betreffenden, der – Beweis für seine Pflichtvergessenheit! – das Match so sauber wie eine neue Münze weggesteckt hat, mit einem Seitenblick bedenken. Beispielsweise mich. Tatsächlich kann ich nichts für die Schmutzflecke an meinem Schenkel, sie sind ein Versehen, an dem ein glückloser Gegenspieler schuld hat, der offenbar im entscheidenden Moment ausgerutscht ist: Statt den Ball zu treffen, tritt er so heftig gegen einen Erdklumpen, daß der Dreck nur so spritzt, und obwohl er selbst das meiste abbekommt, wird auch seine Umgebung unweigerlich in Mitleidenschaft gezogen. Nachdem er sich den Schmutz aus den Augen gewischt hat, beeilt er sich, den Schnitzer damit zu entschuldigen, daß anscheinend mit den Stollen seiner Schuhe etwas nicht stimme, und als nach einer Überprüfung der Sohle ein technischer Defekt ausgeschlossen wird, macht er sich daran, das Schuhband neu zu schnüren, das so lang ist, daß er ganze sechzig Zentimeter davon um sein Fußgelenk und den Stiefelschaft wikkeln muß, doch käme niemand auf die Idee, es abzuschneiden, eher würde man vorschlagen, den Federbusch eines Helms zu stutzen. Falls das Argument mit dem Schuh nicht zieht, bleibt ihm noch die Möglichkeit, unter der Schlammaske das Gesicht wie vor Schmerz zu verziehen, ein paar Schritte zu humpeln und dabei den Fuß ähnlich behutsam aufzusetzen, wie man mit dem Finger prüfend auf eine Kochplatte tippt. So etwas wird mir nicht noch einmal passieren. Von nun an meide ich den Kerl wie einen Aussätzigen. Kommt nicht in Frage, ihm etwas streitig zu machen, egal, was. Soll er den Ball doch behalten, sich Zeit lassen und tun, was er will, von mir aus kann er den ganzen Platz für sich haben.

Unsereins spielt, wie er es für richtig hält, nach Lust und Laune, hütet sich, den Dreß zu beschmutzen, und achtet in jeder Situation darauf, daß man ihm die Anstrengung nicht anmerkt, ganz so wie jemand, der unter Qualen ein Lied singt oder summt oder zumindest so tut, als suche er nach einer Melodie, die ihm entfallen ist, oder meinetwegen auch wie ein Leuchtturmwärter, der allein in seinem Turm haust und es sich verbietet, die letzten hundert Treppenstufen auf allen vieren hinaufzukriechen, obwohl die Brandung, die dem großen steinernen Zyklopen ihre leuchtende Gischt entgegenschleudert, die einzige Zeugin ist. Dem Resultat, diesem Zweck, der stets viel zu kümmerlich ist, als daß er die Mittel heiligen könnte, zieht unsereins die schöne Geste vor. Deshalb seht ihr mir vielleicht verständnislos zu, wie ich, einen Schal aus indischer Baumwolle um den Hals, um Pfützen herumdribble, Maulwurfshügel, diese aus lockerer Erde aufgeworfenen, drei Äpfel hohen Zwergvulkane umrunde, von denen es auf schlechten Plätzen nur so wimmelt, im Slalom Regentropfen ausweiche, dem Gegner einen Paß zuspiele, mit einem geschickten Sprung über einen am Boden liegenden Spieler hinwegsetze, dem Torhüter der Gegenseite den Ball geradewegs in die Arme schieße, was ihm erspart, sich in den Schlamm werfen zu müssen – obwohl man von ihm beim Stand der Dinge ohnehin keine spektakulären Paraden oder einen dieser Hechtsprünge erwartet, wie sie eines Delphins würdig wären und an Sonntagabenden als Leckerbissen in Zeitlupe im Fernsehen präsentiert werden: vor Lichtjahren gedrehte Bilder aus einem interstellaren Match zwischen Mars und Jupiter – nein, dieser Torwart läßt es im allgemeinen damit bewenden, eine Hand auszustrecken, ein langes Bein zu machen oder, wenn ihm der Schuß zu stark erscheint, die Arme schützend vors Gesicht zu halten und sich umzudrehen, um Rücken und Hinterteil hinzuhalten, was manchmal einen staunenswerten Anblick bietet.

Doch wie nutzlos ist dieses Ringen um Schönheit, wo man doch weiß, daß die kleine Schar von Anhängern und die Breschenprescher dergleichen haarsträubend finden. Dabei bleibt einem nur dies, denn man ist wie eine jener Frauen, die es zu Beginn des Tages, hell und leer, so weit das Auge reicht, auf sich nehmen, sich die Wimpern zu tuschen und die Lider mit einem wellenförmigen, blauen Schatten zu verdunkeln, ja, es bleibt nur dies an einem düsteren, feuchten, trostlosen Sonntag, nur dies: diese kleinen Schritte eines Tänzers. Einer Tänzerin, sagen die anderen. Wenn ihr das witzig findet...

Der Witz an der Sache ist, daß ich nichts gesehen habe – als Kurzsichtiger nehme ich alles verwakkelt wahr, und die Welt wird dadurch auf Distanz gehalten und auf einen engen Gesichtskreis voller Klarheit beschränkt, jenseits dessen die Formen ihre scharfe Konturierung verlieren und alles immer unbestimmter, nebulöser wird, von einem schwebenden Schleier umhüllt, von einer Art Elektronenwolke eingefaßt. Hieraus ergibt sich ein körperlicher, ja genaugenommen sogar wissenschaftlicher Sachverhalt, hat der Kurzsichtige doch ein gleichsam mikroskopisches Sehvermögen, so daß er sogar die von der Tränenflüssigkeit auf der Netzhaut hinterlassenen Schlieren erkennen kann.

Doch wenn es darum geht, den Blick in die Weite zu richten, also über den Kreis hinaus, dessen Mittelpunkt die Iris bildet, gleicht alles einem Sternennebel: das Universum verschmilzt, zerfällt, ein Reich des Ungefähren, Unbestimmten wie bei Verlaine, eine tachistische Komposition der Landschaft, zerfließende Farben und Pinselstriche, aquarellartige Flächen, verschwommene Klumpen, schwindende Perspektive, verstopfte Tiefen, sich verflüchtigende Silhouetten, Wolken wie schlaffe, sich überlagernde Gummiwülste, der Himmel so flächig wie eine Theaterkulisse, elektrische, in einem Schwarm winziger Lichtpunkte ertrinkende Lichter, die Sonne eine pulsierende Teilchenmasse, die Mondscheibe zu jeder Jahreszeit von einem Nebenmond umgeben, einem kreidigen Kranz, dem man nachsagt, daß er Schnee ankündigt. Von wegen! Die gute Nachricht lautet: Morgen kann es sehr schön werden. So lernen wir denn, auf die Ansichten von Meteorologen, Zukunftsforschern und Hellsehern nichts zu geben. Man nimmt die Tage, wie sie sind, wie sie kommen. Was nutzt es, sich bereits am Vorabend auf den nächsten Tag einzustellen? Das Morgen wird sich schon selbst genügen. Um die Katastrophen und Heimsuchungen im Jahr 3000 in düsteren Vierzeilern vorherzusagen, sind wir, deren Blick nur knapp über die Gänseblümchen hinausreicht, ein wenig zu kurz gekommen, und wir sind allzusehr darauf bedacht, das zu erfassen, was uns in die Augen sticht, aber was das Leben der Ameisen betrifft, so entgeht uns mit der Nase im Gras rein gar nichts. Das gekonnte Erfassen des Details, das Säuseln des Windes, das Prasseln des Regens – das ist unser Metier.

Was die mittlere Entfernung angeht, die Nebelzone, mit der wir am schwersten zu Rande kommen, so ist alles nur eine Frage der Methode. Nehmen wir zum Beispiel diese grüne Wölbung über der Sonne. Im Bruchteil einer Sekunde (das macht das Hirn wendig und scharfsinnig) schließt du die Möglichkeit aus, daß es sich um eine monumentale Kuppel wie etwa die des Petersdoms, des Invalidendoms oder der Kirche Val-de-Grâce handelt, denn solche sind im allgemeinen mit Blattgold überzogen, oder um eine fliegende Untertasse oder eine Giftgaswolke (es herrscht kein Krieg), also muß es wohl ein Baum sein. Du gehst näher heran. Bravo. Um Genaueres zu erfahren, springst du hoch, reißt ein Blatt ab und studierst es: gelappte Ränder, fast kein Blattstiel – eine Sommereiche. Würdest du mit Luchsaugen genausoviel herausfinden? Im übrigen, und das ist wohl für niemanden ein Geheimnis, sind die Dinge dieser Welt so oft erzählt, beschrieben, untersucht, zur Schau gestellt und von allen Seiten beleuchtet worden, daß man sich schon nicht mehr die Mühe macht, sie zu betrachten. Man bildet sich ein, sie in- und auswendig zu kennen. Man summt ein heiteres Liedchen und schwört guten Glaubens, so sei Paris, wo Paris doch schon nicht mehr so ist, jedenfalls nicht ganz so, sondern bereits etwas anderes. Paris müßte in Trümmer gelegt, verwüstet, dem Erdboden gleichgemacht werden, bevor man auf die Idee käme, eine wehmütige Strophe hinzuzufügen, und das auch nicht gleich. Die Hartnäckigkeit der Netzhaut. Doch zugegeben, die verkürzte Sicht hat auch ein paar Nachteile. Wenn es um schöne Aussichten geht, wie ihr das so nennt, haben wir das Nachsehen. Sei's drum. Was macht man schon mit einer schönen Aussicht? Man genießt sie? Genießt sie so richtig? Ihr wollt mich für dumm verkaufen. Aber was soll's, es gibt ja die *Ansicht von Delft*, und wenn man auf ein Bild wie *Impression, soleil levant* vertraut, dann verpaßt man nicht viel.

Auf dem Spielfeld läßt sich der Ball, selbst wenn er sich wie eine Windsbraut davonmacht, ziemlich leicht orten. Wenn Sie in einer trockenen, trostlosen Gegend am Himmel eine Schar kreisender Geier erblicken, sagen Sie sich ja auch, die Nase in der Luft: Aha, ein Kadaver. Hier ist es dasselbe. Der Fußball befindet sich dort, wo sich die meisten Spieler tummeln. Wie eh und je streitet man sich um das Leder des alten tragischen Ziegenbocks, und dabei geht es weniger um seine stilisierte Gestalt als um seine Wunderkräfte. Und ganz gewiß hätte man um einen monogamen Bock niemals so viel Aufhebens gemacht: Auf einmal gäbe es keinen Abraham, kein griechisches Theater, keine Ballspiele mehr. Dafür triste Sonntage. Also nähert man sich, sofern der Weg nicht allzu weit ist, von Zeit zu Zeit dem Menschenknäuel, aus Neugier, als ginge man eine Auskunft einholen, nachschauen, um ganz sicher zu gehen, doch manchmal – Überraschung! – scharen sich die Spieler um einen am Boden liegenden Mann, der sein Bein umklammert und vor Schmerz brüllt. A priori kein Grund zur Aufregung, so etwas kommt öfter vor, und trotzdem kann einem das getrübte Sehvermögen in diesem Fall ganz schöne Streiche spielen. Bevor man den Verletzten einen Simulanten schimpft und ihn auffordert, keine Schau abzuziehen, sondern schleunigst wieder aufzustehen, sollte man sich vergewissern, ob sein Schienbein nicht womöglich im rechten Winkel heraussteht. Sonst könnte es ganz schön peinlich werden – und nicht nur für den versehrten Spieler.

Meistens bringt es jedoch nichts, dem Ball nachzulaufen: am besten läßt du ihn auf dich zukommen. In jeder Partie gibt es einen Augenblick, wo er dir einfach vor die Füße fällt. Sei es, weil du ihn im Übereifer angefordert hast und ein ebenso selbstloser wie geschickter Mitspieler sich dazu herbeigelassen hat, ihn dir zuzuspielen (vielleicht hat er aber auch nicht gewußt, was er mit dem Ball anfangen soll, und hat ihn deshalb an dich abgegeben), sei es, weil der Zufall die Dinge in die Hand genommen und es sich als Ergebnis einer übermächtigen Wahrscheinlichkeitsrechnung so gefügt hat, daß du an der Reihe bist.

Ich bin an der Reihe? Gut, aber sagt dem ewig in der gegnerischen Abwehr eingekeilten Breschenprescher Bescheid, sagt ihm, er soll aufhören, herumzuschreien und nach dem Ball zu rufen. Alle sollen auf ihre Kosten kommen, jeder hat ein Recht auf Spaß. Den Ball kriegt man im Verlauf des Matches nämlich sowieso kaum zu sehen – und ich mit meiner hohen Dioptrienzahl noch weniger –, also soll er gefälligst Verständnis haben und sich wie ein Sportsmann benehmen. Der Zufall, die willkürlichen Flugbahnen mit ihren launischen Hüpfern haben entschieden: Ich bin an der Reihe, er wird schon noch drankommen; wenn er hinter den feindlichen Linien weiter wie ein Irrer herumrennt, wird dies früher oder später Früchte tragen (er nennt das »auf die englische Tour spielen«, eine alles in allem ziemlich simple Taktik: lange Pässe nach vorn, Sprints in Richtung Torlinie, so daß man nicht mehr zu sagen wüßte, ob es sich um eine Partie Völkerball oder Blindekuh handelt oder um die bekannte Rechenaufgabe, in der jemand mit nicht sehr ausgeprägtem praktischem Verstand nach jedem Meter einen Apfel aufhebt und zum Korb zurückträgt, bis er am Ende das Dreifache des Erdumfangs zurückgelegt hat, was das Leben ganz schön beschwerlich macht, wenn es einem nur um ein Kompott, einen Krug Most oder einen Apfelkuchen geht).

Aber jetzt, wo du den Ball vor den Füßen hast, stellt sich die Frage: Was tun? Ideal wäre, ihn für die Dauer der gesamten Partie zu behalten, als wäre er ein Streicheltier, das dir nicht von den Fersen weicht, nur hat es so etwas noch nie gegeben. Das wäre mal etwas Neues, aber man würde ihm, dem Wunderspieler, der sich aufführt wie ein ganzes Ballett, gehörig ans Leder gehen. Am besten ist es also, eine List anzuwenden. Zum Beispiel, indem du den Ball an einen Mannschaftskameraden abgibst in der Hoffnung, daß dieser ihn zurückspielt. So etwas nennt man einen Doppelpaß, und dieser Spielzug kommt auch bei der Handvoll Fans gut an. Da du dir aber nicht sicher sein kannst, daß du den Ball wiedersiehst (der andere Spieler hegt dir gegenüber nicht unbedingt dieselben Gefühle), kannst du ihn genausogut behalten. Das Dumme ist allerdings, daß du dann eine ganze Horde im Nacken hast. Welch eine Gehässigkeit sie dabei manchmal an den Tag legen: man könnte meinen, sie hätten zur Menschenjagd geblasen. Also bemühst du dich, den Fallen, die sie dir stellen, den langen Beinen, den gemeinen Remplern, den Rippenstößen und den nach deinem Trikot grapschenden Händen auszuweichen. Du drehst und wendest dich, saust herum wie eine in einer Flasche gefangene Biene, suchst eine Lücke in diesem Labyrinth aus menschlichen Leibern, weichst meist zurück – ein völlig nutzloses Getänzel –, aber der Ball, und nur darauf kommt es an, nur deshalb bist du da, bleibt dir erhalten, als klebte er an deinen Füßen. Du läßt ihn nicht aus den Augen, hältst den Kopf beharrlich gesenkt, stellst dich taub gegen die fordernden Zurufe der anderen. Du malst dir einen Kegel aus, dessen Spitze der Brennpunkt deiner Augen ist und dessen Grundfläche der Ball dort unten nicht verlassen darf. Wenn man auf die anderen hören würde, ist dies natürlich genau das Gegenteil dessen, was man eigentlich tun sollte. Wie kann jemand im Match die Übersicht behalten, vorausdenken und die nächsten Spielzüge vorbereiten, wenn sein Blick an den eigenen Schuhen klebt? Die anderen haben gut reden, sie denken nur an sich selbst, an die Schau, die sie abziehen wollen. Was wissen sie schon von der Sichtweise eines Kurzsichtigen?

Zwischen meinem zwölften und fünfzehnten Lebensjahr, in meinem goldenen Zeitalter, sind sie bei dem Versuch, mich zu stoppen, nicht selten zu viert oder fünft auf mich losgegangen. Ihr glaubt jetzt, ich würde übertreiben, mich besonders herausstellen, aber ganz so ist es nicht, ich hatte mir einfach den Ruf eines kleinen Monsters erworben. Und was ist davon ein paar Jahre später, nach einer langen Kunstpause, übriggeblieben? Die anderen haben körperlich zugelegt, sind doppelt so breit wie früher und drei Kopf größer. Und dir selbst, diesem Irrlicht, das dieselbe Entwicklung durchmachen mußte und doch noch immer der lebendigen Flamme der Kindheit hinterherläuft, das dieser gnadenlosen Verwandlung ausgeliefert ist und herumgeschubst wird, diesem Irrlicht wird unweigerlich das Löschhütchen übergestülpt, und die städtische Blaskapelle übertönt die kleine Mozartsche Musik. Daß die Karten neu gemischt sind, machen sich die anderen nicht bewußt. Der einem Wikingerschiff entstiegene große Blonde, der um die Härte des Daseins weiß, schert sich nicht um Kunststückchen, Firlefanz und Schnörkel. Die Perspektive verkürzt sich und mit ihr das Glück des Kurzsichtigen.

Sie hat ausgedient, die Kunst des Dribbelns. Also ein Abgesang, ein letzter Tanz: ein Haken nach rechts, eine kleine Finte nach links, den Ball mit der Schuhspitze anheben, einmal aufprallen lassen und dann, mit dem Rücken zum Tor, ohne genau zu wissen, wo es sich befindet – weit weg jedenfalls, zu weit für meine Schußstärke –, herumwirbeln und auf gut Glück schießen, als verabschiedete man sich von seiner Kindheit, die sich in trüber Ferne verliert. Damit wäre die Sache eigentlich erledigt, doch zu deiner Verwunderung siehst du, wie deine Mitspieler als Zeichen des Triumphes plötzlich die Arme hochreißen. Du hörst den Pfiff des Schiedsrichters, ein schrilles Girren, hörst am Spielfeldrand das schmeichelhafte Raunen der Fans, die sich beglückwünschen, daß ihr kluger Rat – Schieß! Worauf wartest du noch? Schieß! – am Ende doch noch Früchte getragen hat, und du begreifst, daß der Ball, ohne daß du es mitbekommen hast, zwischen Torwart und -pfosten hindurchgeschlüpft sein muß. Du wirst nie erfahren, an welcher Stelle – unter der Querlatte vielleicht, deshalb das schmeichelhafte Raunen – oder ob das Netz gezittert hat, doch du schließt dich mit leichter Verspätung dem Jubel der *aficionados* an und hebst ebenfalls in Siegerpose den Arm. Du sagst dir bestimmt, wie schade, daß du deine eigenen

Großtaten nicht sehen kannst. Aber dem ist nicht so. Du bist einsamer Augenzeuge von etwas viel, viel Erlesenerem: dem leisen Lächeln des Schicksals.

Der Fleck verschwand allmählich, und nach ein paar Wochen verblieb auf meiner Haut nur noch die vage Erinnerung an einen Bluterguß, aber das freundschaftliche Schulterklopfen meiner früheren Verächter, die mir auf diese Weise zu meinem fabelhaften »blinden« Tor gratulierten, trug mit dazu bei, daß sie immer wieder aufgefrischt wurde. Wenn ich lächelte, dann nicht etwa, wie die anderen glaubten, aus Freude über meine Großtat, von der ich wußte, daß ich sie im Grunde dem Glück, dem Wind und der Ungeschicklichkeit des gegnerischen Torwarts zu verdanken hatte, sondern vielmehr, weil ich, der ich nun schon seit mehreren Wochen sonntags auf der Bank saß, mich oft mit nacktem Oberkörper viele Sekunden lang über meine Sporttasche beugte, nach einem Hemd oder einer unauffindbaren Salbentube kramte, innerlich hoffte, daß endlich jemand das Stigma auf meiner linken Schulter bemerken und darüber einen anzüglichen, meinetwegen sogar schlüpfrigen Kommentar machen würde, der keinen Zweifel über den Ursprung des Wundmals ließe. Aber niemandem, nicht einmal Gyf, mit dem zusammen ich zwei oder drei Probespiele absolviert hatte, bevor ich in die Schrottmannschaft abgeschoben wurde, fiel etwas auf, so daß ich mich schließlich enttäuscht anzog, ganz ohne mich zu waschen oder nachdem ich allenfalls eine Katzenwäsche gemacht hatte.

Nein, es kam wirklich nicht in Frage, zusammen mit den anderen zu duschen und sich wie manch einer zur Schau zu stellen, der, als wäre nichts dabei, schamlos splitternackt herumlungerte und sich vor mir über eine spannende oder strategisch interessante Phase des Spiels ausließ, während ich selbst den Kopf in die Sporttasche steckte und nach der unauffindbaren Salbe suchte. Fast war ich darauf gefaßt, daß er die Gelegenheit beim Schopf ergreifen und die Dinge ganz anders darstellen könnte, aber soweit ich es, den Kopf noch immer in der Sporttasche, beurteilen konnte, gab es keinen Grund zur Beunruhigung, und im übrigen stimmte ich ihm völlig zu, daß ich nach allem, was ich gezeigt hatte, nach meinem historischen Tor öfter mein Glück mit einem Weitschuß versuchen sollte – aber fällt dir denn nichts auf, da, auf meiner Schulter? Diese gezackte, bis tief unter die Haut reichende Aureole, sagt die dir nichts? Du kennst doch das Märchen von Aschenputtel mit ihren kleinen Füßen und dem Schuh? Also, wenn du alle möglichen Gebisse (um die Sache zu vereinfachen: nur solche von etwa zwanzig Jahre alten weiblichen Wesen hier aus der Gegend) durchprobiertest, dann würde nur ein einziges zu diesem Abdruck passen. Zu deiner Orientierung und um mir selber die Freude zu gönnen, ihren Namen auszusprechen, die Schöne mit dem wilden Biß nennt sich Théo. Du ahnst nicht, was das für eine ist, diese Théo. Also protz mit deinem kleinen Korkenzieher woanders herum.

Vielleicht hatten sich die anderen aber auch einfach nicht herabgelassen, mir einen Kommentar, eine Bemerkung zu schenken, die mich in ihren Augen zu einem richtigen Mann aufgewertet hätte. Der Biß hatte im Lauf der Wochen übrigens ein Farbspektrum ähnlich dem des Regenbogens durchlaufen, von Rot zu Blau, von Gelb zu Violett, und jetzt, wo er schon beinahe wieder hautfarben war und fast nur noch im Gedächtnis existierte, bewirkte das Schulterklopfen, das als Anerkennung für mein Talent als Torschütze gedacht war und mir die verheilende Wunde wieder in Erinnerung brachte, daß ich mir die Liebesnacht nochmals schlagartig vergegenwärtigte.

Théo hatte mich nicht etwa überrumpelt, sondern mich, bevor sie sich über meine Schulter hermachte, sogar gewarnt, ich solle sie einfach bremsen, falls sie sich meiner Meinung nach zu sehr gehenließe, aber ich hatte in alledem so etwas wie ein Gottesurteil gesehen und hätte mich von ihr deshalb eher zerfleischen lassen – was sie bestimmt getan hätte, wenn sie nicht auf ihre Kosten gekommen wäre –, als um Gnade zu bitten. Hinterher drückte sie mir wie zur Wiedergutmachung einen züchtigen Kuß auf die Stelle und erkundigte sich lediglich: Es hat doch nicht weh getan? Wovon redest du, süße Théo? antworte ich und prüfe mit den Fingerspitzen, ob mir nicht womöglich Blut über die Schulter läuft.

Gyf hatte sich bei seinem Auftritt während der öffentlichen Mitgliederversammlung ein wenig den Mund verbrannt, denn als es darum ging, die Parolen für die Demonstration festzulegen, hatte er sich ein heikles Wortgefecht aufzwingen lassen. Die Kritik der Kommilitonen, die die autoritäre Art, wie er das Wort an sich riß, mißbilligt und ihn einen Kryptokonservativen, ja sogar einen Handlanger der internationalen Hochfinanz geschimpft hatten (ihn, das arme Waisenkind und zugleich den einzig echten Mongo-Aoustiner der Gruppe), hatten seinem revolutionären Eifer einen Dämpfer verpaßt, und so war er zu der gemeinsamen Sache ein wenig auf Distanz gegangen und hatte sich zu seinem eigenen Besten darauf besonnen, daß es ihm, vom politischen Kampf einmal abgesehen, nicht an Betätigungsfeldern mangelte.

Treibende Kraft des Fußballvereins im Heimatdorf seiner Großmutter, hatte er sich, zweifellos aus einer Trotzreaktion heraus (die eigenen Kameraden hatten ihn beschuldigt, das Volk wie mit Opium einzulullen), in den Kopf gesetzt, den Anwerber zu spielen. So hatte er es sich nach unserem Wiedersehen zur Gewohnheit gemacht, mich in meinem Zimmer im Studentenwohnheim zu besuchen, wo er mich bei ein paar Bier, die er mitgebracht hatte, in seine zahlreichen Pläne einweihte und mich jedesmal daran erinnerte, er rechne nach wie vor damit, daß ich ihm die Musik zu seinem Film komponierte, aber eigentlich waren es einseitige Gespräche, an denen ihm um so mehr lag, als er in mir den idealen Zuhörer gefunden hatte. Obwohl er eines Tages auf meinem Schreibtisch Auszüge aus meinem großen Werk liegen sah, einem Theaterstück mit einer Art Doppelgänger von Rimbaud als Hauptfigur, das von der Unmöglichkeit seiner Wiederkehr handelte, hatte er nicht einmal Neugier gezeigt und mir Fragen gestellt. Betrübt und dankbar zugleich hatte ich konstatiert, daß allein Théo sich wirklich für meinen Jean-Arthur interessierte, der, seiner einzigen Verehrerin beraubt, in ein kryogenisches Koma gesunken war und nun bis ans Ende aller Zeiten darauf wartete, daß die Schöne ihn daraus erlöste.

Wenn ich Gyfs verbalen Ergüssen so geduldig Gehör schenkte, dann ehrlich gesagt nur, weil ich hoffte, daß Théo darin vorkam, daß ich ein bißchen mehr über sie und wie es ihr ging erfuhr oder daß ich einfach nur ihren Namen hörte. Aber er kam nur einmal kurz auf sie zu sprechen und fragte mich, ob ich sie seit der Demonstration wiedergesehen hätte, und als ich dies verneinte, weil mir nicht nach Vertraulichkeiten zumute war, beharrte er nicht länger auf dem Thema, sondern schwelgte lieber mit mir in Erinnerungen an unsere gemeinsame Schulzeit in Saint-Cosmes und meinte, daß ich mich mit einem Ball vor den Füßen gar nicht so ungeschickt angestellt hätte. Wenn ihm das Gedächtnis keinen Streich spiele, sei ich sogar ziemlich schwer zu stoppen gewesen: Ob ich immer noch spielte? Seit zwei oder drei Jahren nicht mehr, warum die Frage? Nun, falls ich nicht wisse, was ich mit meinen Sonntagen anfangen solle, wolle er mir vorschlagen, dem Fußballverein von Logrée beizutreten, von dort nach Random sei es nicht sehr weit, und er würde mich abholen, es wäre eine schöne Gelegenheit, sich außerhalb der Uni zu sehen.

Der Haken an der Sache war, daß ich nicht wußte, ob mich das Fußballspielen noch genauso interessierte wie früher, übrigens der Grund, weshalb ich aufgehört hatte. Je mehr die anderen Spieler wuchsen, desto rauher wurde das Spiel, zu rauh für einen Spitzenklöppler mit flinken Füßen, subtilem Hüftschwung und raffinierter Choreographie. Es lief nach demselben Strickmuster wie auf dem Schulhof ab: die Kraftprotze als Verteidiger und die Kleinen, also auch ich, als Stürmer, die, vor sich das Gros der gegnerischen Mannschaft, im Sechzehnmeterraum in die Mangel genommen wurden. Dabei begreifst du, daß es ein ungleicher Kampf ist zwischen dem kleinen Wirbler und dem großen Rempler. Immer dieselbe alte Geschichte, Gyf. Man braucht sich nur an die sagenhafte Schlacht im Golf von Morbihan zu erinnern, bei der die venetischen Segelschiffe gegen die römischen Galeeren antraten. Und wer hat gewonnen, frage ich dich? Wer war für die Tragödie verantwortlich? Cäsar? Nein, der Wind, der Wind, der hier am Rande des Ozeans ständig bläst und ausgerechnet an jenem Tag plötzlich aussetzte, obwohl es natürlich vorkommt, daß er sich gegen Abend legt, doch es war eben nicht Abend, und gerade als sich in der Schlacht das Glück zugunsten der atlantischen Seefahrer zu wenden schien, wehte plötzlich kein Lüftchen mehr, die Segel hingen schlaff herab wie leere Schläuche, und aus war es mit dem Ballett der flink wie Insekten herumschwirrenden Segler, die noch Augenblicke zuvor ihren Schabernack mit den mächtigen Galeeren getrieben, sich einen Spaß daraus gemacht hatten, sie fast zu streifen und im Vorbeifahren einen Pfeilhagel auf sie abzuschießen, um mit einem Windstoß im Rücken davonzusausen. Und während die Menschen aus Armorika vergeblich zum stillen Himmel aufblicken, läßt sich bereits der grimmige Ruderschlag vernehmen, der das spiegelglatte Wasser zerteilt und geradewegs auf die in der Flaute zwischen den Inseln dümpelnden bretonischen Segelboote zuhält. Du verstehst bestimmt, daß die Römer gut auf ihre Götter verzichten konnten, denn statt Ariel anzurufen, verließen sie sich lieber auf die Kraft ihrer Arme. Die Entscheidung ist gefallen. Ein wenig dauert es noch, so lange, bis die Männer aus Rom ihre Enterhaken ausgeworfen haben und längsseits zu den feindlichen Schiffen gegangen sind, ein wenig dauert es noch, das Ringen Mann gegen Mann auf diesen unversehens entstandenen Kampfplätzen, wo sich Waffengewalt auf der einen und das Wissen um Wind und Strömungen auf der anderen Seite miteinander messen, ein wenig dauert es noch, dieses Patt, bei dem man so tut, als hielte man die Schlacht für noch nicht entschieden, doch als sich der Abend auf das schlafende Meer herabsenkt, das sich bis zum großen Menhir von Loc Mariaquer zurückgezogen hat, als ein feiner Regen die Stirn der Besiegten benetzt, die im blauen, von rötlichen Lachen besudelten Schlick liegen, und das Siegesgeschrei der Legionäre in die ozeanische Nacht aufsteigt, ist es um die stolze Unabhängigkeit der atlantischen Seefahrer geschehen. Was danach kam, weiß man ja: warme Bäder, das Kurzschwert und die lateinische Deklination – *rosa*, die Rose; Gyf, dazu braucht man keine Zeichnung zu machen. Aber ärgerlich ist es trotzdem. Immer gewinnt die methodisch und organisiert vorgehende Macht und gönnt den Leichten Reitern nur magere, folgenlose

Siege ohne Bestand, weniger Siege als vielmehr stilistische Effekte, Sprünge im Karree.

Gyf war sich nicht ganz sicher, ob er das alles begriffen hatte und wie sich die Niederlage der Veneter auf meine Vorbehalte auswirkte, auf dem Fußballplatz wieder aktiv zu werden, aber vielleicht hatte ich ja nachweisen wollen, daß die Siege der italienischen Fußballer bei den unterschiedlichen europäischen und weltweiten Meisterschaften ihren Ursprung in der fernen Vergangenheit hatten, und nachdem mich die Aussicht auf eine wenngleich kümmerliche Vergnügung an meinen düsteren Sonntagen davon abgehalten hatte, seinen Vorschlag von vornherein abzulehnen, fiel es ihm nicht schwer, das richtige Argument zu finden, um meinen Widerstand zu überwinden. Da ich mich sträubte, mich den erforderlichen Formalitäten zu unterwerfen, versicherte er, daß er sich um alles kümmern würde, um die Unterschriften und gefälschten ärztlichen Gutachten, er brauche lediglich zwei Paßfotos von mir, bei denen er nicht für mich einspringen könne (Gott sei Dank nicht, bei seiner Brille!). Wenn man so vorgeht, bekommt man von mir Schritt für Schritt, was man will, so zum Beispiel, daß ich mir das Trikot des Fußballvereins von Logrée anziehe (das grün mit blauem Kragen ist und dem wir es zu verdanken hatten, daß wir mit einem volltönenden Quak-Quak begrüßt wurden, sobald wir den Platz betraten!), ohne es wirklich darauf angelegt zu haben, sondern nur weil mir keine bessere Lösung als dieses armselige Mittel gegen meine Einsamkeit eingefallen war.

Im Vertrauen auf meine früheren Glanzleistungen hatte mich Gyf angepriesen, als wäre ich der Erlöser, der die *Canards*, die Enten von Logrée in die nächsthöhere Liga befördern würde, und so hatte sich bei meinem ersten Auftritt die Zahl der Zuschauer verdoppelt, was hieß, daß sie von vier auf acht gestiegen war. Bereits die ersten getuschelten Kommentare, die abwartenden Mienen der Handvoll Kenner ließen nicht eben auf unbändige Begeisterung schließen: Wir wollen seine Fähigkeiten ja nicht von vornherein in Abrede stellen, aber ist er nicht ein wenig schmächtig, dieser Messias? Wenn er den Ball erst mal hat, das heißt, wenn man ihn ihm auf einem Tablett serviert hat, dann weiß er bestimmt, was er damit anfangen soll, für den Zirkus wäre er wie geschaffen, aber bei all seinen Kunststückchen kommt doch am Ende nichts weiter heraus, als daß er den Ball wieder an den Gegner abgibt, und das tut er wahrscheinlich aus der großen christlichen Tradition heraus, derzufolge man auch die andere Wange hinhalten soll, statt einen Schlag mit einem Gegenschlag zu vergelten, aber hier würde er sich damit ein Eigentor schießen, und Tor ist Tor. Wo ist er also, der Verheißene, der die Ruhmeshalle unseres Fußballvereins mit seinen Glanzleistungen auf seine Art im Handumdrehen wiederaufbauen soll?

Gyf hatte des Guten zuviel getan, hatte den Mund zu voll genommen. Das Maß der Enttäuschung entsprach dem der von ihm geschürten Erwartung. Aber man war der Meinung, man müsse mir ein wenig Zeit lassen, um mich einzugewöhnen, meine Mitspieler kennenzulernen und mich mit ihrer Spielweise vertraut zu machen. Also gab man mir am darauffolgenden Sonntag eine zweite Chance. Aber das brachte auch nicht viel mehr, obwohl sich Gyf mit seinem langen Haar, das hinter ihm herwehte oder ihm vor den Augen herumwirbelte, wie ein Verrückter abrackerte und von einer Ecke des Spielfelds zur anderen rannte, um mir möglichst viele Bälle zuzuspielen, doch genau dadurch brachte er mich bei unseren Kameraden in Verruf, die all die schönen Gelegenheiten beklagten, die ich mit meinem Hang zum Alleingang verpatzt hatte.

Bei alledem stellte ich erstaunt fest, wie wenig sich Gyf verändert hatte. Schon damals in Saint-Cosmes hatte er so gespielt, unermüdlich, und was wir früher an ihm spaßig gefunden hatten, an diesem wichtigtuerischen Hansdampf in allen Gassen, der sich stets für aussichtslose Dinge einsetzte – etwa einem Ball hinterhersprintete, von dem alle wußten, daß er ins Aus gehen würde –, erwies sich jetzt als außerordentlich lohnend, und nun war ich es, der Jongleur von einst, der zum Gespött der anderen wurde, und als man mir mitteilte, ich solle mein Können künftig in der Reservemannschaft unter Beweis stellen, mußte ich ihn trösten, als hätten sich durch diesen Verrat an seinen Erinnerungen die letzten Überbleibsel seiner Kindheit verflüchtigt.

Nun hatte ich plötzlich keinen »Chauffeur« mehr, denn da die beiden Mannschaften zu unterschiedlichen Zeiten spielten, konnte Gyf mich nicht mehr abholen, und so fuhr ich mit meinem Vélosolex nach Logrée. Spielten wir außerhalb, stieg ich in Logrée zu einem anderen Spieler oder einer Begleitperson ins Auto und knüpfte somit an alte Gewohnheiten an, von denen ich nur zu gern geglaubt hatte, daß sie der Vergangenheit angehörten. Ich war nach wie vor der Vaterlose, der Bedürftige, der vom Wohlwollen anderer abhing.

Zwei von uns hatten keinen Führerschein; wir warteten vor dem *Café des Sports* darauf, daß jemand so nett war, uns mitzunehmen: das Wiesel, ein kleiner, etwas zurückgebliebener Bursche, und ich. Die Zugehörigkeit zur Bruderschaft jener, die nicht für die heutige Zeit taugen, brachte uns zwangsläufig einander näher – gab es irgendwo einen Platz für die beiden Idioten? Sein Status als ein solcher war übrigens fast amtlich. Dafür, daß er nicht Auto fuhr, hatte er immerhin eine Entschuldigung, denn er konnte weder lesen noch schreiben, oder zumindest kaum, was zur Folge hatte, daß er jedesmal auf eine Aufforderung wartete, bevor er den für seine Mannschaft reservierten Umkleideraum betrat, denn er hatte Angst, er könnte die beiden Fußbälle, für die er die Verantwortung trug, versehentlich beim Gegner abgeben.

Sie waren sein Lebensinhalt, diese beiden Bälle. Obwohl das Leder mit Kunststoff beschichtet war, nahm er sie jedesmal unnötigerweise mit nach Hause, um sie mit irgendeinem Mittel einzureiben, so daß sie wie die Sonne strahlten, und wenn er sie in einem Netz auf dem Rücken trug und die große grüne, ihm bis zu den Füßen reichende Pelerine darüberbreitete, sah er aus wie ein buckliger Zwerg. Er war nämlich bestimmt nicht größer als einen Meter vierzig und wog entsprechend wenig. Als ich ihn einmal fragte, ob er auch einen Vornamen habe – denn es war mir unangenehm, ihn mit seinem Spottnamen anzusprechen –, verneinte er dies glattweg und sagte mit Nachdruck: »Ich bin das Wiesel, von klein auf nennt man mich Wiesel, Wiesel hier, Wiesel dort, hi hi, alle kennen Wiesel, hi hi«, und er machte sich noch kleiner, zog den Kopf zwischen die Schultern und beugte die Knie, als wollte er beweisen, daß er in ein Mauseloch schlüpfen konnte, und da er so sehr an seinem Spitznamen hing, wollte ich ihn nicht verärgern, und so kam es, daß meine Mutter ihn eines Tages, als er mich nach Random begleitete, mit »Guten Tag, Herr Wiesel« begrüßte, was ihm sichtlich Freude bereitete. Falls er noch lebt, das heißt, falls er noch immer seine beiden Fußbälle auf Hochglanz poliert, dann erzählt er diese Anekdote bestimmt heute noch: Herr Wiesel, hi hi, stell dir vor, und dabei zieht er, um Statur zu zeigen, einen nicht vorhandenen Krawattenknoten fest. Einmal forderte er einen Spieler sogar auf, ihn mit Herr Wiesel anzureden, bevor er ihm die Bälle aushändigte, woraufhin er doppelt so heftig wie sonst heruntergeputzt wurde, aber wo wir schon zur selben Bruderschaft gehörten, war es das mindeste, daß ich ihm meine Geige anvertraute.

Er stand am Rand des Fußballplatzes und preßte

sie während des gesamten Spiels an sich, verteidigte sie eifersüchtig gegen Neugierige, die ihm vorschlugen, sie doch mal aus dem Kasten zu nehmen und sich anzuschauen, wie sie überhaupt aussah, woraufhin er sie noch fester an sich preßte, wie etwas unendlich Kostbares, wie ein Kind, das er unter seiner Jacke warm hielt, und er wäre eher tot umgefallen, als sie loszulassen. Auf Fragen wie: »Na, Wiesel, wann bläst du uns mal was auf deinem Instrument?« erwiderte er, sie sollten lieber den Ball aufblasen, oder meinte einer: »Sag bloß, Wiesel, du hast deine Maschinenpistole mitgebracht, um die Kasse zu klauen«, richtete er den Geigenkasten auf den vorwitzigen Spötter und drohte: »Komm bloß nicht näher, sonst tack-tack-tack-tack!« All dies verlieh ihm Gewicht und Esprit, und als er mich bei Spielende, nach meinem siegbringenden Tor, mit der freien Hand an der schmerzenden Schulter packte, überschlug er sich vor Freude, und sein in Büscheln abstehendes Haar ließ ihn ein bißchen wie einen Abklatsch von Stan Laurel aussehen: »Die Geige hat dir Glück gebracht, hi hi, es war gut, sie mir anzuvertrauen, hi hi, die Geige war's«, und dann tanzte er, das Kinn auf dem Kasten, der fast genauso groß war wie er selbst, eine Art Gigue, wobei er wie ein Hampelmann abwechselnd die kurzen Beine hob, ein paar Schritte vorwärts und wieder rückwärts machte und mit dem Kopf wackelte: »Du mußt sie von jetzt an jeden Sonntag mitbringen, wir lassen die anderen tanzen, hi hi, die werden sich wundern«, und dabei bestrich er den Sportplatz mit einer imaginären Salve.

II

OHNE GYF HÄTTE MAN MICH auf dem Fußballplatz bestimmt nie wiedergesehen. Diese Art von Wiederkunft ist eher unwahrscheinlich und verheißt nichts Gutes, von wenigen Ausnahmen abgesehen – bei Racine vielleicht, zwölf Jahre nach seiner *Phädra*, allerdings klammheimlich mit den Fräulein von Saint-Cyr. Ohne Gyf einsame Sonntage. Denn was man auch tut, der Sonntag ist fast immer eine Enttäuschung, und so fragt man sich, ob die Sache nicht von Anfang an einen Haken hatte, ob sich hinter dieser nach sechs Tagen Plackerei gewährten Ruhepause nicht noch etwas anderes verbarg. Getreu Gyfs Devise: Wenn die Arbeitgeber so ein Geschenk machen, wird das Arbeitstempo garantiert bald höllisch erhöht.

Trotzdem fieberte man dem Sonntag im Internat die ganze Woche entgegen, als brächte er die Erlösung. Die elektrische Klingel, die im Schulalltag den Rhythmus diktierte – Unterrichtsbeginn und -ende, Pausen, Mahlzeiten, Schlafenszeit –, gab das befreiende Signal immer erst samstags um fünf Uhr nachmittags. Ausgeschlossen, sich schon vorher faul zurückzulehnen, unter dem Vorwand, das Ende des Tunnels sei bereits in Sicht. Gewisse Lehrer hatten sogar diebische Freude daran, nach dem Klingelzeichen in die Verlängerung zu gehen. Und wehe dem, der sich unterstand, durch vernehmliches Seufzen, Hüsteln oder schlicht durch einen Blick auf die Uhr darauf hinzuweisen, daß die Zeit überschritten war! Die Quittung kam prompt: eine Strafarbeit für den ungezogenen Schüler und zehn Minuten Nachsitzen für alle – auf die Gefahr hin, daß manche den Bus und andere die zwischen den Ufern der Flußmündung verkehrende Fähre verpaßten (letztere beobachteten an stürmischen Tagen voller Besorgnis den Seegang, von dem die Überfahrt abhängig gemacht wurde).

Gyf, der Frechste und auch Mutigste von allen, schnallte eines Tages angesichts der wiederholten Verlängerungen des Unterrichts herausfordernd die Schultasche zu, trotzte den vernichtenden Blicken des Lehrers, stand auf und verließ türknallend den Raum. Gut, er wußte, daß für ihn zum Ende des Schuljahres sowieso Schluß war (er absolvierte in Saint-Cosmes nur die Sexta), doch sein Abgang war trotzdem atemberaubend. Und komisch obendrein. Bevor er nämlich die Tür hinter sich zuknallte, warf er ein Papierflugzeug mit einer Aufschrift in der Art von »Wer das liest, ist ein Scheißer!« ins Klassenzimmer – was der Lehrer, nachdem er das Flugzeug konfisziert und auseinandergefaltet hatte, erwartungsgemäß tat. Vor ihm die Köpfe von dreißig Schülern, die schreckliche Angst hatten, sich das Lachen nicht verkneifen zu können. Und was glaubt ihr wohl, was er tat? Er hängte noch zehn Minuten dran.

Aus diesem Grund sahen wir Gyfs Glanznummern mit gemischten Gefühlen entgegen. Bevor wir applaudierten, warteten wir lieber erst ab, bis man uns die gemeinsame Rechnung präsentiert hatte. Das war ihm gegenüber zwar nicht sonderlich solidarisch, aber wir hatten die Nase von all den Schikanen schon so voll, daß wir weitere zu vermeiden suchten. Außerdem sagten wir uns, daß er die Rolle gefunden hatte, die zu ihm paßte, daß er damit kokettierte, sein Ansehen steigerte, eine trotz aller Risiken schöne Rolle, schmeichelhaft und gefürchtet. Die Figur des Helden, des Quertreibers im Schulbetrieb, hatte natürlich ihren Preis, so etwa Schläge, die er einstecken mußte, manchmal handfeste (Ohrfeigen hielt er, ohne mit der Wimper zu zucken, weit besser stand als seine Brille, dieses unschöne Kassenmodell, das mit der Zeit eine seltsame Asymmetrie annahm, denn das linke Glas drückte sich wie ein Monokel in die Augenhöhle), aber sie war alles in allem noch immer verlockender, als in der Haut eines kleinen, vor Angst schlotternden Jungen zu stecken, der, wenn ihn das Los ereilte, an die Tafel zu müssen, den Himmel anrief und, indem er so tat, als hustete er hinter vorgehaltener Hand, verstohlen das an seinem Hals hängende Taufmedaillon küßte.

Besagte Tafel war grün, was ihr eine moderne Note verlieh, die so recht zu den beiden identischen Gebäuden des Gymnasiums paßte – hohe cremefarbene Betonfassaden, große Fensteröffnungen, Rundgiebel, Flachdächer. Sie rahmten einen eingeschossigen, kleinen Pavillon ein, in dessen Mitte sich ein rechteckiges, von einem grünen Gitter verschlossenes Portal befand, das als Pforte und Haupteingang diente. Nachkriegsarchitektur, genau wie in Saint-Nazaire, Le Havre, Brest, Royan und Lorient, diesen im Krieg zerbombten und später vollkommen neu aufgebauten Hafenstädten mit ihren schnurgeraden, breiten Straßen, durch die der Wind fegt. Das am Meer gelegene Saint-Cosmes hatte etwas von einem Ferienheim für Gymnasiasten aus reichem Hause. Was es uns unmöglich machte, uns zu beklagen: Unter solchen Voraussetzungen ist es schwierig, jemandem klarzumachen, daß hinter den Mauern Geisteshaltungen aus einem anderen Jahrhundert die Bombardements der Engländer und Amerikaner überlebt hatten.

Einer schwarzen Tafel haftet etwas Obskurantistisches, Engstirniges, Manichäisches an, wohingegen das frühlingshaft grüne, auf dem Podium nahe dem Schreibtisch an der Wand hängende Rechteck einige Freiheiten gegenüber der Regel einzuräumen schien, zum Beispiel daß die Winkelsumme eines Dreiecks mehr oder weniger derjenigen zweier rechter Winkel entspricht. Dieses Mehr oder Weniger, diese schuldhafte Unentschiedenheit brachte uns jedoch die schlimmsten Demütigungen ein. Gaben wir nicht prompt die richtige Antwort, entspann sich ein grausames Spielchen, bei dem uns sehr rasch klar wurde, wer die Katze und wer die Maus war. Während sich die verängstigte Maus – in diesem Fall ich; einer muß das Opfer sein –, die Stirn in Falten gelegt und die Kreide in der erhobenen Hand, den Kopf darüber zerbrach, wie man die Winkel eines zerlegten Dreiecks aneinanderfügen könnte, und sich sagte, daß ein Winkel mehr oder weniger groß ist und daher drei mehr oder weniger große Winkel zusammen eine mehr oder weniger große Summe ergeben müssen, griff die Katze – wir können sie getrost Monsieur Fraslin nennen –, die allmählich die Geduld verlor, nach dem großen, zum Zeichnen an der Tafel bestimmten Holzzirkel, doch statt das abgenutzte Stück Kreide zu ersetzen, das in der kupfernen Halterung eines Schenkels steckte, die mit einem verschiebbaren Ring versehen war, tippte er mit dem Zeigefinger prüfend auf die Spitze des anderen.

Diesmal ging es allerdings nicht darum, einen Kreis zu zeichnen, sondern vielmehr um eine hochnotpeinliche Befragung, wie sie in den Kerkern des Mittelalters gang und gäbe gewesen war, denn der Inquisitor Fraslin – einer der wenigen Zivilisten in dieser Menagerie von Soutanenträgern, ein langgliedriger, knochiger Mensch mit ausweichendem Blick und zu langer Ziehharmonikahose, der immer wieder mit nervöser Kopfbewegung eine lange braune Strähne zurückwarf, die ihm in die Stirn fiel – zog ein Feuerzeug aus der Tasche, knipste es an, hielt die Spitze des auseinandergeklappten Zirkels in die Flamme und erhitzte sie gründlich, indem er sie wie einen Bratspieß mal in die eine, mal in die andere Richtung drehte, und sobald sämtliche Krankheitserreger vernichtet und jegliche Gefahr einer Infektion gebannt waren, machte er sich einen Spaß daraus, mit dieser keimfreien Lanze in das Hinterteil des begriffsstutzigen Mathematikers zu pieksen, wobei nicht klar war, ob er ihn für seine Unwissenheit strafte oder auf diese Weise sein Denkvermögen anzustacheln versuchte.

Ein offen gestanden weniger schmerzhaftes als peinliches Verfahren, äußerst peinlich sogar, weil es unter dem Gelächter der Mitschüler stattfand, die sich dadurch beliebt zu machen oder vielleicht beim nächstenmal der Folter zu entgehen hofften – als kämen sie nicht trotzdem irgendwann an die Reihe! Während die Gedanken immer wirrer wurden und allein auf die nächste Attacke ausgerichtet waren, tat man so, als würde man nachdenken, und schaute dabei aus den breiten Fenstern, vor denen große weiße Vögel mit silbrigen Flügeln frei und unbekümmert dahinsegelten, mit dem Wind spielten, spitze, erregte Schreie ausstießen, auf Luftströmungen glitten oder sich von einem Aufwind emportragen ließen und plötzlich vor dem blauen Hintergrund des Himmels mit bebendem Gefieder auf der Stelle verharrten, um gleich darauf mit angelegten Schwingen zum Sturzflug anzusetzen, aus dem Rechteck des Fensters zu entschwinden und den weiten, tiefen Himmel zurückzulassen, ohne eine Lösung. Also warf man in größter Not den sitzenden Kameraden, diesen leidgeprüften Lachenden, einen fragenden Blick zu und hoffte, von den Lippen eines Allwissenden die Andeutung einer Antwort ablesen zu können, doch sie hatten selbst zu große Angst, und von Gyf war schwerlich etwas zu erwarten.

Derart allein gelassen, hatte man keine andere Möglichkeit mehr, als aufs Geratewohl eine Zahl an die Tafel zu schreiben, die jedoch augenblicklich mittels der Zirkelspitze beanstandet wurde. Warum nicht 1515? fragt der Picador und verleiht seinen Worten mit der entsprechenden Geste Nachdruck. Hastig löscht man den Irrtum mit der Filzbürste und wirbelt dabei eine Kreidewolke auf. Plötzlich ein

Geistesblitz: Wenn man jedes Dreieck in einen Kreis hineinzeichnen kann, muß die Summe seiner Winkel kleiner als 360° sein. Nun bloß das Ungleichheitszeichen – ein liegendes V – nicht falsch herum machen. Die Eselsbrücke: der Kleinere frißt den Größeren. Das ist wohldurchdacht. Aber unanfechtbar? Nicht ganz. Diesmal ist der Piekser so schmerzhaft, daß man sich den Kopf an der Tafel anstößt. Allgemeine Heiterkeit. Was, Sie lachen darüber? Sämtliche Rechenaufgaben von Seite 127 für morgen. Recht so, sagt man sich. Zu früh gefreut. Und Sie schreiben mir außerdem hundertmal: Die Winkelsumme eines Dreiecks entspricht der zweier rechter Winkel.

Dieses schikanöse Gepiekse bekam Gyf nicht zu spüren, denn dank seiner Stellung und der kurzen Schulzeit, die er noch abzuleisten hatte, genoß er eine Sonderbehandlung, die mal milder, mal härter ausfiel. Das war nur gerecht, denn offen gesagt hätten wir einem Vergleich mit ihm nicht standgehalten. Während er mit seinen zwölf oder dreizehn Jahren die Kapazitäten dieser Lehranstalt frech von oben herab musterte, hatten wir uns, was aktiven Widerstand anging, damit zu begnügen, einem Aufpasser hinter dem Rücken Grimassen zu schneiden, und das auch noch hinter vorgehaltener Hand und mit gesenktem Kopf. Und wenn dieser, ein alter Fuchs, dann etwas witterte und unvermittelt herumfuhr, um den Rebellen in spe auf frischer Tat zu ertappen, stellten wir schleunigst, noch bevor er eine Bemerkung machen konnte, klar: »Ich habe nichts getan, M'sieur« oder: »Ich war es nicht, M'sieur«, was noch größere Wirkung zeigte. Das klingt zwar nach nichts oder zumindest nach nicht sehr viel, doch bewahrten uns derartige Einlagen, mochten sie noch so kleinmütig sein, immerhin davor, Gyfs Großtaten mit offenem Mund bestaunen zu müssen, denn auf die Weise hatten auch wir ein Wörtchen mitzureden, getreu dem Grundsatz, daß alles zählt, daß wir genau wie er unseren Mut bewiesen hatten, im Rahmen unserer Möglichkeiten, versteht sich, und daß es sowieso die Absicht ist, auf die es ankommt.

Von da an hatten wir die Stirn, ihn mitten im Satz zu unterbrechen, nach dem Motto: Ich bin einer wie du. Hatte er die Gleichung »null plus null gleich Totos Kopf« an die Tafel gemalt (ein extrem abstrahierter Kopf, bei dem die beiden Nullen die Augen, das Pluszeichen die Nase und das Gleichheitszeichen den Mund bildeten und alles zusammen von einem Kreis eingefaßt war), stibitzte Ich-bin-einer-wie-du ein Stück zu Boden gefallener Kreide, indem er es nach dem Unterricht mit der Fußspitze bis zur Türschwelle vor sich herschob, wo er sich unter dem Vorwand, seinen Ranzen zuzuschnallen, bückte, um es aufzuheben, was ein zweifaches Risiko barg: einmal, daß er erwischt wurde, was, wie du weißt, schlimme Folgen gehabt hätte, und zum anderen, daß er die Kreide versehentlich zermalmte, und deshalb waren Dribbelkünste und ein gutes Ballgefühl gefragt, dessen sich nicht jeder rühmen kann (schon gar nicht Gyf, dessen Spezialität auf dem Fußballplatz darin besteht, allen Bällen nachzujagen, unermüdlich, aber mit begrenzter Technik) – »Was, du willst mir nicht glauben?« (Er will nicht, und er sagt auch nichts, er ist einfach sprachlos angesichts dieses Ochsenfrosches, der sich den Lehrkräften gegenüber längst nicht so aufplustert.) »Na, dann schau mal her«, und schon wird das Kreidestück samt einem tintenbekleckstenSchnupftuch und ein paar Zuckerwürfeln aus der Tasche gekramt und ihm als Beweisstück unter die Nase gehalten. »Da bist du platt, was?«

Wenn um zwanzig Uhr dreißig die Deckenlampen gelöscht wurden – weiße Kugeln ähnlich wie die im Laden unserer Familie –, kam es nicht selten vor, daß Gyf als einziger nicht im Bett lag, sondern mit dem Gesicht zur Wand auf dem kalten Fliesenboden des Schlafsaals kniete, nicht weit vom Aufpasser entfernt, dessen Gestalt sich hinter den cremefarbenen Vorhängen seines durch Tücher abgetrennten Abteils wie ein chinesischer Schattenriß abzeichnete. Der Mann saß an seinem Tisch, las, um die Schlafenden nicht zu stören, im eigens zu diesem Zweck gedämpften Schein seiner Nachttischlampe (uns ließ die Frage nicht los: Wie kann er sich nur, dicht neben einem leidenden, gedemütigten Kind, seiner Lektüre widmen?) und gefiel sich sichtlich darin, uns glauben zu machen, daß er auch hinten am Kopf Augen hatte, denn jedesmal, wenn sich der Kniende anschickte, sich unauffällig auf die Hacken zu setzen, wies er ihn zurecht, so daß man meinen konnte, er tue nur so, als wäre er in seine Lektüre vertieft, und seine Studien fesselten ihn viel weniger als die Macht, die er nach freiem Ermessen ausüben konnte. Gyf hatte also zwei Stunden lang auf Knien seine Grausamkeit zu erdulden und begehrte gelegentlich dagegen auf, was seine Qual automatisch verlängerte, und im Schutz des Halbdunkels (die Nacht im Schlafsaal ist nämlich eine helle Nacht, denn nachdem der Zerberus die Nachtlampe gelöscht hat, verströmen die Laternen am Meeresufer eine Art Mondlicht, das durch die Spalten der nicht ganz zugezogenen schweren grünen Vorhänge dringt) machte Ich-bin-einer-wie-du, freilich mit dem Kopf unter der Bettdecke, dem grausamen Aufpasser spontan eine lange Nase, um klarzustellen, daß er mit der Strafe, die sein Kamerad verbüßen mußte, nicht einverstanden war. Und Gyf sah sich genötigt, sich für diese heldenhafte Solidaritätsbekundung erkenntlich zu zeigen und einzuräumen, der Widerstand im Dunkeln habe bewirkt, daß ihn dieser Folterknecht von einem Aufpasser zwei Stunden später zu Bett schickte.

So halste er sich denn mit scheinbar unerschütterlichem Gleichmut unzählige Stunden des Nachsitzens, kilometerlange Strafarbeiten (Schreiben Sie mir hundert Zeilen! – was er dann aber nur selten tat), wiederholte Verweise aus dem Klassenzimmer (man konnte nie sicher sein, ihn draußen anzutreffen, wenn man ihn wieder hereinholen wollte) und Vorladungen bei dem für Ordnung und Disziplin verantwortlichen Lehrer auf (er hieß mit Spitznamen Juju und war nicht mal der schlimmste des ganzen Klüngels, trotz seines strengen Gesichtsausdrucks, den er vor allem seinem rechten Auge verdankte, das immer wieder ausscherte und zu den Möwen hinüberschielte, während einen das andere tadelnd anblickte, so daß man sich manchmal fragte, was denn die Lachmöwe mit dem roten Schnabel und einer braunen Kapuze wie der Henker von Béthune Sträfliches getan hatte, um sich zwei Stunden Nachsitzen einzuhandeln – bestimmt hat man ihren spöttischen Schrei falsch aufgefaßt –, doch gleich darauf wird die Ungerechtigkeit aus der Welt geschafft: »Hör mir zu, wenn ich mit dir rede, die Möwe ist unschuldig, der Schuldige sind Sie«), nicht zu vergessen und von allerlei anderen Schikanen abgesehen, die sonntäglichen Ausgehverbote, auf die er angeblich pfiff, war er doch ein Adoptiv- oder gar nur ein Pflegekind. Seine Zähigkeit beeindruckte die Peiniger, die ihm gegenüber, nicht zuletzt wegen seiner familiären Situation, mitunter eine erstaunliche Milde walten ließen.

In dieser gleichsam mönchischen Welt war Schweigen selbstverständlich die Regel, ausgenommen im Schulhof und im Speisesaal, doch mußte in letzterem erst das Tischgebet abgewartet werden, etwas in der Art von: »Herr segne diese Mahlzeit, die Du uns bescheret hast«, worauf wir, mit verschränkten Armen und vorgeblich andächtigen Mienen hinter unseren Stühlen stehend, »amen« sagten und Gyf: »Scheiß drauf!« (ungeachtet des gotteslästerlichen Aspekts muß man zugeben, daß das Essen nicht eben berühmt war), und anschließend erlaubte der bereits erwähnte Juju mit einem energischen Händeklatschen den Möwen (sicherheitshalber bezogen wir es auch auf uns), sich zu setzen und die Schnäbel aufzusperren. Allerdings nicht zu weit. Das Gespenst eines allgemeinen Tumults mit durch die Luft fliegendem Quark, Püree und anderen Projektilen, deren Abschuß wir freilich nur andeuteten, indem wir mit dem vollen Löffel wie mit einem Katapult auf einen Mitschüler oder auf die kugelförmige Deckenlampe zielten – der an den oberen Rand des Löffels gelegte Mittelfinger diente dabei sozusagen als Sicherungshebel –, hatte zur Folge, daß wir noch schärfer beaufsichtigt und wiederholt zur Ordnung gerufen wurden, sobald der durch die großen Fenster und den Fliesenboden verstärkte Lärmpegel in einen Mordsradau auszuarten drohte. Ein neuerliches Klatschen, heftiger als zuvor, ermahnte uns, leiser zu sein, ja, sollten wir rückfällig werden, verurteilte es uns sogar bis zum Ende der Mahlzeit zum Schweigen, das nur vom Klappern der Messer und Gabeln sowie vom Klacken aneinanderstoßender Teller und auf den Tisch gestellter Gläser unterbrochen wurde. Kurioserweise war es nicht Gyf, der in dieser zisterziensisch strengen Atmosphäre unweigerlich laut rülpste, sondern jemand, der ansonsten ein Ausbund von Wohlerzogenheit war und hier ein ideales Übungsfeld für seine phantastische Fähigkeit gefunden hatte, derlei Geräusche auf Abruf zu erzeugen. Allgemeines, befreiendes Gelächter, das um so selbstsicherer ausfiel, als wir im Speisesaal keine kollektiven Strafen zu befürchten hatten. Nur der allseits bekannte Geräuschemacher bekam die üblichen hundert Zeilen aufgebrummt: »Ich werde in Zukunft von solchen Unflätigkeiten absehen«, worauf er jedesmal erwiderte, er leide unter Aerophagie, das gehe aus sämtlichen Röntgenaufnahmen hervor. Und damit hob er eilig das Hemd und zeigte seinen berüchtigten Blasebalg von einem Bauch, Quell seines Leidens, aber nicht das erwartete man von ihm, sondern vielmehr, daß er sich die Hand vor den Mund hielt, und deshalb wurden die hundert Zeilen verdoppelt. Für einen so glanzvollen Auftritt war das fast geschenkt.

Im Unterricht war diese Art von Darbietung undenkbar. Wollte man den Mund aufmachen, mußte man warten, bis man vom jeweiligen Lehrer dazu aufgefordert wurde, was selten Gutes verhieß. Nie wurde jemand aufgerufen, bei dem man davon ausgehen konnte, daß er die Antwort wußte – wenn er sie weiß, warum ihn dann noch fragen? Und genau das wurmt ihn – es ist immer derselbe –, nämlich daß er sein Wissen nicht in aller Öffentlichkeit ausbreiten kann, wovon er sich etwas anderes verspricht als von einer lobenden Anmerkung auf dem oberen Rand der Klassenarbeit, was ja etwas sehr Persönliches, ja fast Intimes ist, während er es gerne hätte, wenn diese offenkundige Überlegenheit laut herausposaunt werden würde. Deshalb vergißt er manchmal vor lauter Ungeduld, die richtige Antwort loszuwerden, den Arm zu heben, und aus Entrüstung über die mangelnde Bildung seines Nachbarn schnalzt er mitunter mit den Fingern: ein trockenes, durch die Reibung zwischen Daumen und Mittelfinger erzeugtes Geräusch, das die Aufmerksamkeit auf ihn lenken soll, wo er doch wissen müßte, der Unglückliche, daß der Lehrer oben auf dem Podium ihn absichtlich, ganz absichtlich ignoriert. Was zur Folge hat, daß sich seine Hartnäckigkeit, dieses laute Schnalzen, schließlich zu seinem Nachteil auswirkt. Sein ganzes Wissen nutzt ihm nichts, und er wird wie ein gewöhnlicher Flegel dazu verdonnert, hundertmal zu schreiben: Im Unterricht schnalzt man nicht mit den Fingern, und zwar in allen Konjugationen und Zeiten, was ihm nicht sonderlich schwerfallen dürfte, glänzt er doch in allen Fächern, also auch in Grammatik und sogar – wie ungerecht! – in Sport. Aber was letzten Endes zählt, sind seine ausnahmslos guten Noten, und die Bestrafung zielt nur darauf ab, jeglichen Verdacht der Bevorzugung auszuräumen.

Wenn der Lehrer es unterläßt, den zu fragen, der alles weiß, dann weil er den drannehmen will, von dem er mit an Sicherheit grenzender Wahrscheinlichkeit weiß, daß er nichts weiß. Letzterer weiß das selber so gut, daß er sich hinter dem Rücken eines Mitschülers ganz klein zu machen versucht, indem er sich an die Platte des Klapptisches preßt, als hoffte er, sich dank einer wundersamen Mimikry farblich nicht mehr vom Holz abzuheben, während der Lehrer den Blick über die gesamte Klasse schweifen läßt und nach einem fälligen, geeigneten, schön unwissenden Opfer Ausschau hält, ohne auch nur einen Gedanken daran zu verschwenden, daß ihm dessen Unwissenheit vielleicht zum Teil selbst anzulasten ist. Als er nun auf den Bankreihen in der rechten Hälfte des Klassenzimmers verharrt, wo du selbst nicht sitzt, fühlst du dich schlagartig zutiefst erleichtert und bist voller Mitleid für den armen Auserwählten auf der anderen Seite des Mittelgangs, aber was soll's, lieber er als du. Jeder kommt mal dran. Doch unversehens löst sich der ausgestreckte Arm des Lehrers von der Achse seines Blicks und wandert nach links, so daß der Winkel des Gesichtsfelds sich immer mehr öffnet, und plötzlich hält der spitze Zeigefinger willkürlich inne und zeigt gnadenlos auf dich, alsbald gefolgt von einem Lächeln des Lehrers, der verzögert den Kopf zu dir hindreht und frohlockt, daß seine plumpe List wieder einmal funktioniert hat.

Also bist doch du dran, und natürlich hast du der Frage nichts anderes entgegenzusetzen als einen mit Grübeleien über dein außerordentliches Pech verstopften Verstand, als ein verdattertes Schweigen. Du hast den Eindruck, daß es der Lehrer (sagen wir mal Fraslin, der schon eine solche Latte von Gemeinheiten vorzuweisen hat, daß nichts Anrüchiges daran wäre, ihm auch noch diese in die Schuhe zu schieben) darauf anlegt, dich vollends lächerlich zu machen, indem er dir eine durch und durch stupide Frage stellt, wie etwa: Wenn der Mensch vom Affen abstammt, und der Affe aus der Krone der Kokospalme, dann folgt daraus logischerweise, daß der Mensch von was abstammt? Na los, von was? Und die suggerierte Antwort fällt dann auch so aus, daß es dich gleichsam Kopf und Kragen kostet: Von der Kokospalme. Bravo, du Dummkopf hoch drei, du Trottel hoch vier, du Hornochse hoch fünf, schreib hundertmilliardenmal: Und ich, ich stamme vom Esel ab, in allen Konjugationen, allen Zeiten, in allen Personen, Einzahl und Mehrzahl, in sämtlichen Sprachen, damit die ganze Welt erfährt, daß sich der höchste Gipfel der Dummheit ein paar Meter über den Meeresspiegel erhebt, und zwar im Gymnasium von Saint-Cosmes, Saint-Nazaire, Département Loire-Atlantique, Bretagne, Frankreich, Europa, Planet Erde, Sonnensystem, Milchstraße, Universum.

Der Religionsunterricht war nicht von ungefähr ein heikles Thema in dieser Welt von Soutanenträgern. (Es gab Ausnahmen: Der eine oder andere, darunter der Juju genannte Lehrer, hatte die lange schwarze Robe vor kurzem abgelegt – sie war oft zu kurz, so daß schwere Quadratlatschen zum Vorschein kamen, und wurde auf Bauchhöhe von einem Gürtel zusammengehalten, der dazu bestimmt schien, die Daumen einzuhaken –, sie gegen den strengen dunkelgrauen Anzug der Geistlichen eingetauscht mit schwarzem Hemd und weißem Stehkragen – letztes Überbleibsel der vormaligen Einheitskleidung – und sich ein kleines silbernes Kreuz ans Revers geheftet, um Verwechslungen mit dem Gros elegant gekleideter Zeitgenossen auszuschließen. In dieser Aufmachung, die ihn wieder wie einen Menschen aussehen ließ, konnte er ernsthaft in Erwägung ziehen, eines Tages in den heiligen Stand der Ehe zu treten.)

Es ging um das Mysterium der Trinität, eines der Grunddogmen, also um die Dreiheit (Vater, Sohn und Heiliger Geist) in dem Einen (Gott), die auf den Konzilen von Nizäa und Konstantinopel zu schönen Wortgefechten geführt hatte, bei denen die verschiedenen Lager wegen der Frage der sogenannten Wesensgleichheit von Vater und Sohn (»gezeugt, nicht geschaffen«) heftig aneinandergeraten waren, ein Streitpunkt, den Gyf auf seine Art abhakte, indem er ungefragt aus heiterem Himmel verkündete: »Die reinste Dreierwette!« Eine metaphysische Bestürzung bemächtigte sich der Bankreihen im Klassenzimmer. Engel flogen hin und her, prallten in der dröhnenden Stille aneinander. Alles machte sich darauf gefaßt, daß sich die Erde auftäte, daß aus dem Himmel Feuer über das Haupt des Lästerers regnete, daß der Allmächtige seinen von roten Blitzen umzuckten Arm ausstreckte und einen schrecklichen Donnerschlag niederfahren ließe. Aber der sanftmütige Juju, ein Auge auf den Boden, das andere auf Gyf gerichtet, der sanftmütige Juju also – denn sanftmütig mußte er sein, wo er den Zwischenrufer doch hätte kreuzigen können – verwies lediglich mit ernster Stimme darauf, daß man mit dergleichen nicht spaße, und unterschied sodann mit Blick auf die Gegner der Wesensgleichheit weise zwischen den Begriffen *homousios* (ähnliche, aber nicht identische Substanz – was nicht sehr aufschlußreich war), *homoios* (nicht substantielle Ähnlichkeit – siehe oben) und *anomoios* (kurz gesagt: der Vater ist der Vater, und der Sohn ist nicht der Vater).

Aber mit der Zeit gewöhnten wir uns an Gyfs Possen. Wir verließen uns so sehr auf ihn, daß wir wie Zuschauer reglos auf eine Reaktion von ihm warteten. In einer heiklen Situation, angesichts einer schreienden Ungerechtigkeit oder einer komischen Szene fragten wir uns: Was wird Gyf tun? Aber manchmal tat Gyf nichts, sondern schien gleichgültig, ein anderer Mensch, als hätte er es plötzlich satt, die Bürde der Rebellion allein auf seinen Schultern zu tragen. Es gab zum Beispiel Tage, an denen er sich erstaunlich bestrebt und aufmerksam zeigte, den Arm hob, um Fragen zu beantworten, glücklich war über einen Vermerk wegen guten Betragens, bedrückt wegen einer falschen Antwort, über die sich lustig zu machen eingedenk seiner Bemühungen nicht gerade barmherzig gewesen wäre, weshalb der Lehrer, um diese ungewohnte Gutwilligkeit nicht zu dämpfen, die Antwort kurzerhand als richtig durchgehen ließ, was die Niedergeschlagenheit des sonst so Aufmüpfigen linderte. In solchen Augenblicken konnte man fast an das Wunder eines reumütigen Gyf glauben. Aber der Wandel schien so prekär, so wenig verläßlich, daß ein Rückfall zu befürchten war und sich in der Klasse nicht viele fanden, die ihm auf seinem neuen Weg Mut machten. Dennoch eiferten wir ihm nach, und so interessierten sich auf einmal dreißig Musterschüler für das Geschick der Rose – lateinisch *rosa* – im Garten der Hadriansvilla.

Wie es komme, daß an dieser Stelle statt eines Ablativs ein Dativ stehe, fragte der Lateinlehrer Georges-Yves (sein Familienname lautete François oder so ähnlich, daher die Abkürzung Gyf). Ob Georges-Yves den Namen des Golfs kenne, in dem die berühmte Seeschlacht zwischen Römern und Venetern stattgefunden habe? Ob Georges-Yves uns wohl sagen könne, welchen Satz der rachsüchtige Cato den Senatoren eingehämmert habe? *Delenda est*? Na los, Georges-Yves, heißt es *delenda est*? Doch statt einer Antwort vernahm man plötzlich das Muhen einer Kuh, das aus einer kleinen zylindrischen Metalldose kam, die man nur umzudrehen brauchte. Georges-Yves, bringen Sie das sofort her!

Die Freude, der gewaltige Ausbruch von Freude, der in Saint-Cosmes einen Schlußpunkt hinter jede Woche setzte, war nur von kurzer Dauer: gerade lange genug, um zum Ausgang zu stürmen und, die Tasche auf der Erde, in sicherer Entfernung von der Schule, mit dem Gesicht zum Meer eine kleine Pause einzulegen und tief durchzuatmen. Danach ging alles viel zu schnell: eine Busfahrt von einer guten Stunde Dauer, Halt an jeder Schiffswerft, um Arbeiter einzusammeln, und danach in jedem Dorf, um sie wieder aussteigen zu lassen, dann die Ankunft zu Hause, abends noch ein bißchen herumtrödeln, sich wohlig ins eigene Bett kuscheln und beim Aufwachen am nächsten Morgen das Gemüt schon von der Angst vor der Rückkehr zermürbt – das war's mal wieder.

Da die Jugendmannschaften üblicherweise am Sonntagvormittag spielten, stemmte man sich nachmittags gegen die Stunden an, damit sie nicht allzu schnell verstrichen; in der Regel bedeutete das, daß man die Pendeluhr in der Küche bei ihrem fatalen Countdown beobachtete, während man Hausaufgaben machte, Karten spielte oder sich später wahllos alles anschaute, was das Fernsehen brachte, Pausenfüller eingeschlossen – etwa eine mit den Buchstaben eines Rätsels bemalte, durch eine Filmlandschaft fahrende Spielzeugeisenbahn. Noch bevor es Zeit war, die Sachen für die kommende Woche zusammenzupacken, war einem bereits schlecht bei der Vorstellung, daß man schon tags darauf wieder in der Schule sein würde. Der Sonntagabend ist nicht zu retten.

Lange Zeit führte der einzige Sonntagsausflug (bei dem das Ziel des Spaziergangs bald von vornherein feststand) zum väterlichen Grab. Da sich der Friedhof wie so häufig, seit die Toten aus dem Umfeld der Kirche ausquartiert werden, ein Stück außerhalb des Städtchens befand, bedeutete dies jedesmal einen längeren Fußmarsch, an den wir uns jedoch notgedrungen gewöhnten, denn schließlich ruhte das einzige Familienmitglied, das einen Führerschein hatte, unter einer Grabplatte aus grauem Granit. Im Grunde ist die Entfernung nicht der Rede wert, aber mit elf Jahren ist man noch in kindlichen Maßstäben befangen, und so erscheinen einem ein paar hundert Meter wie eine Wanderung.

Unversehens entwickelst du dich zu einem Fachmann für alles, was mit dem Tod zu tun hat. Kaum fallen Begriffe wie »Ableben«, »Beisetzung«, »Trauer«, »Friedhof«, »unersetzlicher Verlust«, »untröstlicher Kummer« oder »ewiger Schmerz«, spitzt du die Ohren: Das geht dich an. Da kannst du mitreden. Aber was gibt es da schon zu sagen? Eigentlich nichts, also setzt du die verständnisvolle Miene eines Menschen auf, der Bescheid weiß. Bescheid weiß? Worüber? Darüber, daß so etwas geschieht. Du findest dich im Schlagschatten des Todes zurecht wie ein Fisch im Wasser. Irgendwann wirst du dir auf die Zunge beißen, weil du den großen sterbekundigen Manitu gespielt hast, denn in betrüblichen Situationen wird man sich fortan an dich wenden und dich um die Abfassung von Beileidsschreiben bitten. Vorerst jedoch ist diese Art, mit überlegener Miene offene Türen aufzustoßen, alles, was dir einfällt, um über diese Dinge hinwegzukommen, die nun mal geschehen, genauer gesagt, die dir geschehen sind, das heißt nicht direkt dir – sonst wärst du ja nicht hier, um Zeugnis abzulegen –, sondern einem dir nahestehenden Menschen, so nahe stehend und so untrennbar mit dir verbunden, daß du durchblikken läßt, mit ihm sei auch ein Teil deiner selbst dahingegangen. Und dies ist, magst du diesen Gedanken auch entrüstet von dir weisen, deine armselige Art, nach Mitleid zu heischen.

Wird eines Tages von dir verlangt, einen Aufsatz über einen Sonntag auf dem Land zu schreiben, und hast du bereits lange, den Stift im Mund und den Blick ins Ungewisse gerichtet, vor dich hin gegrübelt und allerlei abgedroschene Themen verworfen (ich bastle mit Großvater, gehe mit Großmutter angeln, plündere mit meinen Cousinen Vogelnester), wirst du plötzlich eine Art Erleuchtung haben und die Wahrheit spielerisch beim Wort nehmen, indem du gegen all die mühsam erfundenen Geschichtchen deiner Mitschüler anschreibst, die Gelegenheit beim Schopf ergreifst und dich in eine bis in alle Einzelheiten genaue Beschreibung deiner Friedhofsbesuche stürzt.

Alles kam darin vor. Zuerst einmal die Strecke, die der Hauptstraße folgt, von den Einheimischen »Straße nach Paris« genannt, eine Bezeichnung, die uns mit dem Abglanz der fernen Hauptstadt schmücken soll und eine Spur zu hochtrabend, aber auch unangemessen ist, wenn man bedenkt, wie schmal die Chaussee ist (an ihrer engsten Stelle, nämlich dort, wo sie vom Platz abgeht, mußte ein Eckhaus abgerissen werden, das halb eingestürzt war, als sich der erste Mähdrescher unserer Gegend, für damalige Zeiten ein Riesenungetüm, bei dem Versuch verkeilt hatte, sich gewaltsam einen Weg zu bahnen). Am Ausgang des Städtchens verlief sich das Trottoir zu beiden Seiten der Straße (nicht aufgrund eines harschen Beschlusses des Gemeinderats, sondern in etwa so, wie sich ein Fluß im Sand verläuft: erst gibt es keinen Randstein mehr, dann bröckelt die Zementdecke und verschwindet schließlich ganz), und so gingen wir vier die grasbewachsene Bankette entlang, und zwar im Gänsemarsch, damit wir nicht von einem Auto überfahren oder vom Luftzug von hinten auf uns zu brausender Lastwagen umgerissen wurden, ein nicht eben einfacher Drahtseilakt zwischen Asphalt und Straßengraben, schon gar nicht mit den kleinen Absätzen von Mama, die sich zwar die schwarze Kleidung der Witwen und sonstige Zeichen der Entsagung auferlegt hatte, sich aber nie zu flachen Schuhen hatte durchringen können, daher dieser trippelnde, nie geruhsame, sondern stets eilige Gang, der auch jetzt noch bezeichnend für sie ist.

Hinter der großen abschüssigen Biegung erblickte man die Umfassungsmauer aus Bruchstein mit allerlei wildwachsenden Pflanzen darauf: Gräsern, Klatschmohn und Levkojen. Einige Kreuze überragten die Mauer, so auch das der alles beherrschenden, von Zypressen umstandenen Kapelle der ortsansässigen Adelsfamilie, der einzigen Toten, die im Fall einer unvermuteten Wiederauferstehung mit Sicherheit ein Dach über dem Kopf hätten, sollte es an jenem Tag regnen. Das mit goldenen Lanzenspitzen bewehrte Friedhofstor aus schwarzem Schmiedeeisen blieb stets geschlossen. Das heißt, es öffnete sich lediglich, um Trauerzüge durchzulassen, so daß Besucher genötigt waren, die gleich daneben in die Mauer eingelassene massive Holztür mit dem widerspenstigen Türdrücker und den quietschenden Angeln zu benutzen, die wie ein akustisches Signal, eine Aufforderung zur Stille waren. Weshalb wir die Stimmen dämpften und auf Zehenspitzen weitertappten, damit unter unseren Schritten der Kies nicht knirschte, der sich wie Schnee am Wegesrand und an wenig begangenen Orten zu häufen pflegt und folglich eine Art Visitenkarte abgibt.

Sämtliche Arten von Gräbern waren vertreten: Grüfte, Grabplatten, Grabmäler, steinerne Sarkophage mit von der Zeit angenagten Inschriften (zweifellos hatte man sie vom alten Friedhof herübergerettet), schlichte Erdhügel für frisch Bestattete, Sammelgräber, von einer kleinen, wie eine Halbkugel geformten Apsis überwölbt, deren Tür sich zu einem bis auf halbe Höhe mit Gebeinen und Schädeln aufgefüllten Schacht öffnete, doch am verbreitetsten, weil am erschwinglichsten, war die Standardausführung, eine rechteckige Einfassung aus grauem Zement, die mit Sand oder Splitt ausgestreut war – bei Kindergräbern mit rundlichen, weißen Kieseln, wie ein Beet voller Bonbons, süße Wegzehrung für eine lange Reise.

Unsere Friedhofsbesuche erschöpften sich übrigens nicht in einer frommen Andacht vor dem väterlichen Grab. Wir waren, kurz gesagt, Richter und Gerichtete in einem, denn ein Großteil des Schnickschnacks auf den Gräbern, unter dem manche schier verschwanden, stammte aus unserem Geschäft: Blumengebinde und mit Perlen besetzte Kronen, die auf einem fliederfarbenen Stoffband in silbernen Lettern eine auf unsere Veranlassung hin angefertigte Inschrift trugen, welche aufgrund der feinabgestuften Reihenfolge der Verwandten Besuchern Aufschluß über die großzügigen Spender geben sollte (was uns manchmal Kopfzerbrechen bereitete, etwa wenn ein Schwiegersohn eines Schwagers Wert darauf legte, ebenfalls auf dem Band zu erscheinen); schwarze Marmorplatten mit der Aufforderung, für das Seelenheil des Verblichenen zu beten, der mitunter in einem Medaillon unter bauchigem Glas zu sehen ist, als würde sein Abbild von einem Periskop aus den Tiefen des Grabes heraufprojiziert; Glaskugeln, in denen eine Madonna von Lourdes oder ein Arrangement im Stil eines Brautstraußes eingeschlossen sind; und natürlich das gesamte Sortiment an Keramikblumen mit ihren weinroten, von Staubbeuteln und einem mit raschem Pinselstrich hingetuschten Stempel gezierten Kelchen, die allerdings in dieser Welt des schönen Scheins inzwischen Konkurrenz erhalten haben, nämlich durch das Aufkommen der Plastikblumen, die wir, immer auf der Höhe der Zeit, mit einem Lob bedenken möchten.

Noch sehen sie ihren Vorbildern zwar nicht zum Verwechseln ähnlich, aber ihre Haltbarkeit und das Argument, für den Preis eines einzigen Buketts sei das Grab das ganze Jahr über geschmückt, bewirken, daß man ein Auge zudrückt und schwört, sie sähen täuschend echt aus und es fehle nur der Duft. Abgesehen davon, daß im Lauf der Monate und unter dem Einfluß der Witterung die Farbe verblaßt und das Plastik brüchig wird, besteht ein weiterer Nachteil darin, daß die Vielfalt bislang noch begrenzt ist und nur eine sehr klassische Auswahl angeboten wird: Rosen, Nelken, Tulpen, Stiefmütterchen. Das ist in etwa alles, aber es reicht aus, um Florist zu spielen, die Blumen in einer Hand zu halten, immer wieder anders zu arrangieren, auszutauschen, die metallenen Stengel zurechtzubiegen – was einen Vorzug gegenüber echten Blumen darstellt –, sie auf eine Länge zu bringen, indem man sie am unteren Ende mit der Kneifzange stutzt, und den Strauß schließlich ein Stück von sich wegzuhalten, um den erzielten Effekt aus einigem Abstand besser beurteilen zu können, und all dies, während man den Trauernden, dessen Augen bisweilen in Tränen schwimmen, hin und wieder fragend anblickt. Übrigens hatte dieser kaum den Fuß über die Schwelle des Geschäfts gesetzt, da führte man ihn angesichts seiner Leichenbittermiene, noch bevor er auch nur den geringsten Wunsch äußern konnte, die Treppe zum Untergeschoß hinunter, wo sich die bescheidene Abteilung für Friedhofsartikel befindet. Wir bemühen uns mit um so größerem Eifer, seinen Erwartungen gerecht zu werden, und legen ihm gegenüber, der eine

Stunde lang sein Kinn knetet, bevor er endlich eine Entscheidung fällt, um so mehr Geduld an den Tag, je aufrichtiger und wahrhaftiger uns sein Kummer erscheint. Manchmal um den Preis des einen oder anderen Verzichts und ästhetischer Verrenkungen. Fragt uns der Hinterbliebene, nachdem er vorgeschlagen hat, den roten Rosen doch eine violette Tulpe und eine weiße Nelke hinzuzufügen, nach unserer Meinung, sehen wir lieber davon ab, sein Leid noch zu vergrößern, indem wir ihm statt dessen etwa zu Möhrenkraut raten, sagen uns, daß die durch den Verlust eines geliebten Menschen ausgelöste Erschütterung mitunter zu Trübungen des Geschmacks führen kann, und nicken – ohne jedoch unterwürfige Begeisterung zu bekunden, die zweifellos seinen Argwohn erregt hätte (auf dem Land ist man den sogenannten schönen Dingen gegenüber etwas unsicher und deshalb auf diesem Gebiet recht empfindlich), sondern mit einer Miene, die ihm zu verstehen geben soll, wir hätten uns dergleichen zwar nicht getraut, aber warum nicht?

Mit der Folge, daß wir am nächsten Sonntag auf dem Friedhof voller Ungeduld nach dem famosen Bukett Ausschau halten, das uns den Vorwand zu manch einer Bemerkung über das unschuldige Opfer liefert, das darunter ruht und so etwas, egal, wie sein Leben verlaufen ist, bestimmt nicht verdient hat.

Mit der Folge auch, daß wir im Vergleich, als wollten wir unseren Kummer unbedingt noch überhöhen, ziemlich stolz auf das Grab unserer Familie zeigen, mit der schlichten, schmucklosen dicken Platte aus gesprenkeltem grauem Granit, die zu beiden Seiten hin leicht abfällt (stark genug allerdings, um zu verhindern, daß allerlei Nippes oder Blumenvasen darauf gestellt werden, denn die würden so schief stehen, daß das Wasser herausliefe). Der Grabstein ruht auf einem reichlich eine Hand breiten Sockel, und vorne ist aus ihm ein trapezförmiger Blumenkasten herausgehauen, in dem dicht an dicht Begonien gepflanzt sind, wobei diese weniger um ihres gefälligen Aussehens willen ausgesucht wurden, obgleich sie in der Blütezeit für einen rotorangefarbenen Tupfer sorgen, sondern wegen ihrer Fähigkeit, dem Meeresklima zu widerstehen. Aber daß die kleinen Blüten dort aus dem Granit heraussprießen, ist fast so, als hätten sie einen der härtesten Steine durchbohrt und es geschafft, sich einen Weg ans Licht zu bahnen, und als wäre es getreu ihrem Beispiel möglich, dem verflixten Grab zu entkommen.

Das große, liegende, aus der Grabplatte herausgemeißelte und polierte Kreuz ist in diesem Park, in dem die Kruzifixe sonst wie Schildwachen an den Kopfenden der Gräber aufgepflanzt sind, ebenfalls einzigartig. Kunstvoll bearbeitete, durch eine Mennigeschicht vor Rost geschützte Exemplare aus Eisen, wie man sie mitunter an großen Straßenkreuzungen sieht, oder aus Stahlbeton mit zylinderförmigen oder rechteckigen Armen beherrschen nämlich das Bild. Weder Sterne noch Mondsicheln gibt es innerhalb dieser Mauern, auch keine Hinkelsteine oder Säulenstümpfe mit schräger Bruchstelle. Wer hier unter seinem Kreuz ruht, muß wohl oder übel des Jüngsten Gerichts und der Wiederauferstehung des Fleisches harren.

Manchmal kommt es uns so vor, als hinge unser Vater an der Rückseite des großen liegenden Kreuzes – das nackt war, ohne Christusfigur –, als bräuchte man es nur aufzurichten wie einen Obelisken, um ihn wieder auf die Füße zu stellen. Denn daß er sich unter der Grabplatte befindet, ist eine Tatsache. Beweis dafür ist, daß wir im Näherkommen die Stimmen senken. Wir achten auf unsere Worte, wie wir es zu seinen Lebzeiten getan haben, und wenn wir uns früher einen sprachlichen Ausrutscher leisteten, dann nur, wenn wir die Gewißheit hatten, daß er uns nicht hören konnte. Kein einziger Fluch in seiner Gegenwart, keine unpassenden Bemerkungen, keine zotigen Ausdrücke, kein Argot. Er selbst ist stets darauf bedacht, ein gutes Beispiel zu geben und sich nicht gehenzulassen. Er muß sich schon mit dem Hammer aus Versehen kräftig auf den Finger hauen, damit er außer sich gerät und eine donnernde Schimpfkanonade losläßt, in der es sich Gottes geheiligter Name gefallen lassen muß, mit der ganzen Palette von Lästerungen bedacht zu werden.

Wenn er uns also nach wie vor einschüchtert, kann er nicht weit sein. Warum sonst sollten wir vor dem Grab plötzlich verstummen, wo wir doch, als wir den Friedhof betraten, beim Anblick des famosen Buketts noch gejubelt haben, in gebührendem Abstand zum Grab, versteht sich. Weil er es nicht gebilligt hätte. Weil er da ist. Übrigens ist es wie beim Versteckspielen: sobald der Kies unter unseren Schritten nicht mehr knirscht, spüren wir, daß uns heiß wird – als bräuchten wir nur die Steinplatte hochzuheben, um die Wärmequelle zu entdecken und den Gesuchten zu finden. Aber das wäre zu grausam. Wie würde er wohl aussehen, unser in seinem Versteck aufgestöberter Vater, wenn er uns in die Falle ginge und ins Leben zurückbefördert würde, an dem er zweifellos nicht sonderlich gehangen hat, denn sonst würde er uns heute nicht alleine in so vielen Tränen herumwaten lassen, daß man mit ihnen ein Schwimmbecken füllen könnte. Also spielen wir mit, tun so, als würden wir ihn suchen und nicht finden. Wir überlassen ihn dem traurigen Los eines dem Blick der Lebenden endgültig Entzogenen.

Damit man uns nicht für geistesgestört hält, tun wir so, als glaubten wir daran, daß sein Körper verwest und seine Knochen verbleichen, bis sie mit der Zeit unter Einwirkung des sauren Bodens und des einsickernden Wassers zu Staub zerfallen. Dies ist die gängige These, und man tut gut daran, sie sich zu eigen zu machen. Doch wenn wir dann in andächtigem Schweigen, die Hände vor dem Bauch übereinandergelegt, mit gesenktem Kopf und feuchten Augen am Saum des Grabes aufgereiht stehen wie am Rande eines Abgrunds und »Vater unser im Himmel« murmeln, als wäre das Gebet eigens für ihn geschrieben worden, dann spüren wir innerlich sehr wohl, daß nichts so abläuft, wie behauptet wird, jedenfalls, was diese Sache mit der Verwesung angeht. Und daran können auch sämtliche Augenzeugenberichte und Exhumierungen nichts ändern. In unserem tiefsten Inneren, in diesem stillen Winkel, zu dem der Lärm des Lebens nur gedämpft vordringt, in diesem Raum, der sich gegen Beweise und Neunerproben sperrt und in dem sich seltsame Gedanken regen, in diesem Herzstück des Herzens, von dem uns aus dem Verborgenen ein Strom wirrer Worte entgegenfließt, läuft alles genau andersherum, als wäre sein verklärter Leib unversehrt.

Dieser tritt nicht als getreues Spiegelbild der körperlichen Hülle in Erscheinung, wenngleich er ihr in groben Zügen ähnelt, zweifellos mit der Absicht, das Wiedererkennen zu erleichtern; er teilt dir nichts mit über die eine oder andere Falte um die Augen oder im Mundwinkel, wird dir, falls du diese vergessen haben solltest, keine Auskunft über die Farbe der Iris erteilen und sich nicht dem Zerfall der Gesichtszüge, an die du dich erinnerst, widersetzen. Doch so unvollkommen er in der Wiedergabe von Einzelheiten sein mag (und so getreu im Gesamtbild, was den Geist des Entschwundenen und die Vorstellung, die man sich von ihm macht, angeht), besitzt er gegenüber dem Anderen, dem Fleischlichen, dem Wandelbaren immerhin den Vorteil, den Verheerungen der Zeit weit besser standzuhalten. Er fürchtet nicht einmal eine Trübung des Gedächtnisses. Der Grund? Dadurch, daß er sich in die vom Dahingegangenen hinterlassene Leere schmiegt, verkörpert er, der verklärte Leib, sehr genau die Gestalt dessen, den wir vermissen.

Manchmal ist an seinem Grab das Gefühl seiner Gegenwart so stark, die Vorstellung von seiner Verwesung so abwegig, daß du dich dabei ertappst, wie du zum Himmel aufblickst, wo sich in deiner Einbildung das mitfühlende, beruhigende, vollkommen friedliche Gesicht des Entschwundenen abzeichnet. Dieses Bild ist ganz klar und von der strahlenden

Ruhe, die dich jenseits der Welt des Scheins erwartet, so daß du ihn beneidest, den Kopf in den Nacken legst und zwischen den Wolken nach einer Spur von ihm suchst. Doch ein Wimpernschlag, und die sichtbare Welt hat dich wieder: Da oben ist kein Antlitz, keine Andeutung eines Lächelns, nicht einmal einer jener blauen Flecken, mit denen dieses Land so geizt und die dich, wenn sie auch nicht eben einen Trost darstellen, doch zumindest vor dem Gefühl bewahren, vom Himmel erdrückt zu werden. Nichts als Wolken, Massen von Wolken, die sich dunkel und tief in großen Knäueln dahinwälzen oder wie schmutzige Watte von West nach Ost dehnen, die, schwer von der Nässe des Meeres, in Wellen auf mehreren Ebenen unterschiedlich schnell dahintreiben, so daß es den Anschein hat, als lieferten sie sich dort oben einen wahnwitzigen Wettlauf, als wäre ihnen nicht danach, länger zu verweilen, weshalb sich die oberen und unteren Schichten bei der Richtungswahl mitunter entzweien und sich die einen für den geraden Weg entscheiden, während die anderen einen nördlicheren Kurs einschlagen, sie, diese unablässig Fliehenden, diese wilden atlantischen Horden, die ausziehen, die Welt zu erobern, und die allgemeine Auflösung vollzieht sich dergestalt, daß sich von den niedrigsten Schichten Dunstschleier absondern, die Schwächsten im Verbund, die an den Flanken der dahinwandernden Herde ausgestoßen werden, Fetzen toten Firmaments, die, den Segeln eines Geisterschiffs gleich, schlaff herabhängen, im Wind treiben, sich in Baumwipfeln verfangen, sich in der Ferne verflüchtigen.

Als du begreifst, daß du von diesem Himmel außer Wind, Wolken und Regen nichts zu erwarten hast, läßt du traurig den Kopf hängen und schließt die Augen. Doch kaum hast du deine Enttäuschung verdaut, zeichnet sich auf der Innenseite deiner Lider auf himmelblauem Grund von neuem das strahlende Gesicht ab. Und mit diesem Hin und Her zwischen Erde und Himmel beschloß ich meine Schilderung eines Sonntags auf dem Land.

UND WISST IHR WAS? Wißt ihr, was mir diese Hausarbeit eingebracht hat? Zuerst einmal vergegenwärtige man sich die grausame Zeremonie bei der Verteilung der Aufsätze: Der Lehrer, mitten im Klassenzimmer, gab jedem die korrigierte Arbeit zurück oder ließ sie weiterreichen, begleitet von einem ausnahmslos spöttischen Kommentar (denn allein Schweigen bedeutete ein Lob), der darauf abzielte, allgemeines Hohngelächter hervorzurufen, eine Art anbiederndes Meckern, in das sich der derart Beglückte, egal wie groß seine Enttäuschung war, einzufallen bemühte als Beweis, daß er ein guter Verlierer war und über sich selbst lachen konnte.

Um eine möglichst große Wirkung zu erzielen, begann der Lehrer entweder mit der schlechtesten oder mit der besten Note, je nachdem, ob ihm der Sinn danach stand, den besten Schüler zappeln zu lassen und in ihm einen Zweifel zu säen, oder sich als krönenden Abschluß ausgiebig den Versager vom Dienst vorzuknöpfen. Der Schüler, der auf den letzten Platz abonniert war und auch die düstersten Vorhersagen für seine Zukunft – in der Art von: »Ein so klägliches Ergebnis eröffnet nicht eben verheißungsvolle Perspektiven« – stets mit ironischem Grinsen über sich hatte ergehen lassen, nämlich Gyf, war nicht mehr da. Er hatte uns zum Ende des ersten

Schuljahres verlassen, war bestimmt geflogen, weil seine Streiche am Ende in keinem Verhältnis mehr zu den mildernden Umständen standen, die man ihm aufgrund seiner familiären Situation zugebilligt hatte. Traurig hatten wir zu Beginn des neuen Schuljahres zur Kenntnis genommen, daß er nicht mehr da war, und uns auf ein freudloses Jahr eingestellt. Was es für mich dann auch wurde, denn einige Monate später, nach den Weihnachtsferien, las ich aus den Blicken meiner Mitschüler zum erstenmal meinen neuen Status einer vaterlosen Halbwaise heraus.

In meiner Rückbesinnung auf einen Sonntag auf dem Land ging es genau darum. Ungeduldig erwartete ich das Ergebnis, war ich mir doch zumindest sicher, mit der Beschreibung eines Friedhofsbesuchs nicht noch eine von diesen unvermeidlichen Angelpartien, diesen frei erfundenen Geschichten aufgetischt zu haben, die in so einem Fall stets herhalten mußten und für die man niemals auch nur den geringsten Nachweis forderte. Warum wurde zum Beispiel nie verlangt, den dreißig Kilo schweren Karpfen oder die Hunderte von kleinen Rotaugen des wundersamen Fischzugs zwischen die Seiten des Aufsatzes zu legen? Ich jedenfalls hatte nichts zu befürchten, von mir aus konnte man ruhig jemanden losschicken, um an Ort und Stelle nachzusehen, es war alles da, genau so, wie ich es beschrieben hatte, abgesehen vielleicht von den goldenen Lanzenspitzen auf dem Friedhofstor – manchmal überlagern sich die Erinnerungen, und das Gedächtnis macht hier und dort Anleihen, etwa beim Eisenzaun einer Präfektur, aber alles in allem riskierte ich nicht, beim Schwindeln ertappt zu werden, und außerdem: Welcher Prüfer wollte schon die Verantwortung auf sich nehmen, durch ein vernichtendes Urteil Unglück auf Unglück zu häufen?

Die Aufsätze zogen also an dir vorbei, die Noten wurden immer schlechter, und die Zahl der Anwärter auf den letzten Platz schrumpfte. Schon bald hielt der Lehrer, der mitten im Klassenzimmer stand, den letzten Aufsatz mit ausgestrecktem Arm von sich und wedelte damit herum, als wollte er sagen, so etwas habe er noch nicht gesehen, das sei der Heuler, der Hammer, das müsse man sehen, um es zu glauben – und ich war nun der einzige, der noch nicht bedient worden war. Gleich würde das Urteil gefällt werden, begleitet von den schlimmsten Schmähungen. Das Blatt, das wie in einem heftigen Sturm flatterte, würde sich unter einem Schwall von Spottnamen auf mich herabsenken.

Es wurde verkündet, dieser letzte Platz sei eine große Premiere. »Was sagen Sie dazu, daß Sie das Schlußlicht sind? Das ist Ihnen noch nie passiert, nicht wahr?« Du protestierst mit einem unbeholfenen Kopfschütteln und versuchst so zu tun, als hättest du dich schon einmal in einer ähnlichen Lage befunden. Was nicht stimmt. Sie ist für dich im Gegenteil vollkommen neu. Du hoffst ganz einfach, durch diese Verneinung, dadurch, daß du die vermeintliche Uraufführung herunterspielst, den Worten des erbarmungslosen Anklägers die Schärfe zu nehmen und ihm die Nummer zu verpatzen. Klägliche Gegenwehr, klägliche Galgenfrist. Als hätte er nicht ohnehin das letzte Wort! »Finden Sie es nicht ungerecht, daß nur die Besten aufs Podium dürfen? Dabei ist eine Arbeit wie diese« – das Blatt am Ende des Armes flattert noch heftiger – »auf ihre Art auch eine Glanzleistung. Na, dann steigen Sie mal auf den Tisch und machen Sie kikeriki!« Und er faßt dich an der Hand, zieht dich auf die Bank und überreicht dir feierlich deine am Rand und zwischen den Zeilen mit Anmerkungen übersäte, von durchgestrichenen und korrigierten Wörtern wimmelnde Klassenarbeit, alles mit Rotstift, so daß es aussieht wie Blutflecken auf einem mit *banderillas* gespickten Stierrücken, und du weißt nicht, was du angestellt hast, um so viel Häme zu verdienen, unterdrückst mit großer Mühe die unerbittlich aufsteigenden Tränen, und während du von deiner hohen Warte herab vor dem Fenster das Meer entdeckst, das tief unten wogt, von Wellenbrechern zerschlitzt wird, seine Schaumdecken über den Kieselstrand breitet und als Markierung seines Vorstoßes eine Borte aus braunem Tang zurückläßt, hast du das Gefühl, als wärst du nun vollkommen auf dich gestellt, als wäre dir sogar der Ozean feind, wo er doch Saint-Cosmes in einem Akt der Brüderlichkeit unter sich begraben, aus all seiner nutzlosen flüssigen Masse eine Brandungswelle absondern und deinem Martyrium brutal ein Ende bereiten könnte – du hast in deiner Fassungslosigkeit das Gefühl, als nutzte die Welt, wie wenn sie nichts Besseres zu tun hätte, den Weggang des großen Abwesenden feige aus, um all ihre Kräfte gegen dich zu bündeln, ja, du hast das Gefühl, allein, hilflos zu sein.

War dies nur ein Vorgeschmack auf mein künftiges Los voller Prüfungen? Mir waren schon immer schnell die Tränen gekommen. Eine Gabe, die nicht unbedingt ein Geschenk ist. Was macht es für einen Eindruck, wenn du ständig flennst, bei jedem Ja und jedem Nein, jeder unfreundlichen Bemerkung oder jeder Aufmerksamkeit, wenn du stets eine Träne auf Abruf im Augenwinkel hast, bereit, sie bei der geringsten Gefühlsregung zu vergießen? Du fragst dich, wo diese Bassins voll salzigem Wasser sitzen mögen, die, wenn sie überlaufen, die Lider anschwellen lassen – obwohl es doch eigentlich umgekehrt sein müßte: hydropische Lider, die sich beim Weinen entleeren –, aber besonders lästig ist, daß diese reaktiven Tränen nicht immer aus gutem Grund fließen. Nichts ist schwerer zu beherrschen: Das Herz scheint nicht betroffen, zumindest brennt es dort offensichtlich nicht, und trotzdem setzt sich ein automatisches Löschsystem in Gang. Gegen deinen Willen. Unmöglich, die Tränen zu unterdrücken. Allenfalls eine Zeitlang, indem du die Augen hartnäckig offenhältst und den Ozean anstarrst, den du verfluchst, weil er sich taub gegen deine Qualen stellt. Aus Erfahrung weißt du allerdings, daß diese Linse aus Wasser, die wer weiß wie an der Pupille haftenbleibt, beim leisesten Klimpern ohne Vorwarnung zwischen den Lidern hervorquillt, eine Tränenflut entfesselt, gegen die du machtlos bist und die dich noch verletzlicher werden läßt, und dieser offenkundige Beweis für deine Zimperlichkeit stempelt dich augenblicklich als schwächliche Natur ab – eine äußerst heikle Einstufung in der Welt eines Gymnasiasten. Denn bevor man sich über deine

Empfindlichkeit wundert, bevor sich der Jammerlappen vom Dienst in einen Ausbund von Mitleid verwandelt – die Wahrheit sieht natürlich anders aus –, mußt du lange den Spott der vorgeblich Hartgesottenen erdulden, die Beherrschtheit mit einem steinernen Herzen verwechseln und die, sollten sie selbst einmal einen seelischen Unfall erleiden, um nichts auf der Welt eine Transfusion zulassen würden.

Auf diesem Gebiet hatte ich meinen Ruf jedenfalls weg. Nur ein Beispiel aus dem Vorjahr, aus einer Zeit, in der noch keine Gefahr im Verzug war, weil unser Hausstand damals noch vollzählig war:

Im Internat wurde die Post während des Mittagessens, meistens beim Nachtisch, verteilt, und da sämtliche Briefe geöffnet wurden, tat man gut daran, seine Briefpartner vorzuwarnen, die zwar selber kein Risiko eingingen, dich aber durch einen sprachlichen Ausrutscher in die Bredouille bringen konnten. Was die abzusendenden Briefe anging, so wurden sie selbstverständlich seziert, analysiert und nötigenfalls im Beisein des Verfassers kommentiert, falls letzterer, bei allem Lob für die außerordentlich gute Verpflegung, zwischen den Zeilen auch gewisse Vorbehalte hinsichtlich der Schmackhaftigkeit des, sagen wir, Nudelomeletts hatte anklingen lassen. Er wurde ins Büro des Zensors zitiert, der ihm, den fraglichen Brief in der Hand, die beanstandete Passage vorlas, und mußte alsdann lang und breit rechtfertigen, was er sich bei seiner gastronomischen Kritik gedacht hatte, die verheerende Folgen für den guten Ruf von Saint-Cosmes habe, dieser Hochburg des Wohllebens, was allein schon die unvergleichliche

Lage am Meeresufer beweise. Alle Welt beneidet uns, und Monsieur rümpft die Nase, hätte Monsieur wohl etwas dagegen, dreitausendmal das Rezept für das Nudelomelett abzuschreiben und anschließend noch einmal von vorne anzufangen, weil er bestimmt das Salz vergessen hat? Da wir jeden Montagabend unseren Wochenbericht verschicken mußten und Gyf eigentlich keinen Adressaten hatte, nahm er diese Gelegenheit zum Anlaß, eine Art indirektes, auf die Lehrkräfte gemünztes Beschwerdebuch zu führen. So hatte er in einem seiner Briefe geschrieben, am schlimmsten sei nicht etwa das stundenlange Knien, zu dem ihn der Schlafsaalaufseher verdonnere, sondern die Tatsache, daß sich dieser, in dessen unmittelbarer Nähe er sich für die Dauer der Bußübung aufhalten müsse, oft mehrere Tage hintereinander nicht dazu aufraffen könne, die Socken zu wechseln. Was sattsam bekannt war. Zufall oder eine Zurechtweisung von oben – jedenfalls bemühte sich der Mann mit den extrem schweißtreibenden Fußsohlen fortan um Besserung.

In dem Brief stand eigentlich nichts Schlimmes. Tante Marie, unsere alte Tante Marie, die man nach fünfzigjähriger Lehrtätigkeit an der Schwesternschule gnadenlos entlassen hatte und die nun schon seit einigen Monaten in ihrem Häuschen Trübsal blies, war gestürzt und hatte sich den Arm gebrochen. Ein gebrochener Arm ist kein Weltuntergang: Man gipst ihn ein, danach schreiben alle ihren Namen darauf, und vierzig Tage später ist die Sache ausgestanden. Obwohl das mit den Signaturen nicht unbedingt so gewesen sein muß, weil die betagte

Lehrerin im Ruhestand über dieses Alter gewiß schon hinaus war. Aber sobald der Knochen wieder zusammengewachsen wäre, sollte sie ihre Schreibarbeit, die hauptsächlich in der Abschrift von Gebeten bestand, alsbald wieder aufnehmen, um ihr schon beträchtliches Kapital an bereits abgeleisteten Tagen der Sühne zu mehren. Diese Nachricht war also ganz und gar nicht katastrophal und wahrscheinlich nicht einmal der Hauptanlaß für den Brief, den der sanftmütige Juju mir, wohl um mich zu beruhigen, mit den Worten reichte, es stehe nichts Schlimmes darin. Ihm selbst sei einige Jahre zuvor ein ähnliches Mißgeschick widerfahren, und er habe sich sehr gut davon erholt. Zum Beweis bewegte er den Arm, als betätigte er den Schwengel einer Wasserpumpe. Woran man erkennt, daß das Öffnen von anderer Leute Post eine heikle Angelegenheit ist, die unter bestimmten Umständen unendlich viel Taktgefühl erfordert.

Doch obgleich derart vorbereitet, erweist du dich als machtlos gegen diese Tethys der Tränen, die stets hinter den Lidern lauert und den geringsten Vorwand nutzt, um die Schleusen zu öffnen. Schon bald schwamm mein Quark, sehr zum Bedauern meiner sieben Tischgenossen, die es sich zur Gewohnheit gemacht hatten, meine Portion untereinander aufzuteilen, weshalb ich beim Festlegen der Sitzordnung immer zu den Begehrtesten zählte.

Im Lauf des ersten Schuljahres im Internat war ich, angewidert von der verabreichten Kost, die sich nicht im geringsten mit der mütterlichen Küche messen konnte, dazu übergegangen, mich im wesentlichen von Butterbroten und Zuckerwürfeln zu ernähren: zwölfeinhalb Stück für meine allmorgendliche Schale Milchkaffee, der bereits vorgezuckert war und uns in großen Aluminiumtöpfen serviert wurde, auf Wagen aus cremefarbenen Eisenrohren hereingerollt von zwei ältlichen, verhutzelten, schnurrbärtigen Nonnen in dicker schwarzer Tracht, die vorne von einer Schürze geschützt war, unter der ein Rosenkranz heraushing. Unter den Hauben der Nonnen rieselten Schuppen hervor. Sie waren schon so lange nicht mehr barhäuptig herumgelaufen und hatten sich so streng an die Regeln ihres Büßerordens gehalten, daß ihre Kopfhaut zwangsläufig darunter gelitten hatte. Uns erklärte man bis zum Überdruß, gute Belüftung sei eine hygienische Maßnahme. Kaum betrat ein Lehrer das Klassenzimmer, riß er eiligst die Fenster auf und rief: »Hier riecht es wie in einem Raubtierkäfig!« (In der Folge wurden besagte Raubtiere dann als Esel, Kälber oder Hornochsen bezeichnet, je nach momentaner Eingebung, doch vor allem nach der Meinung, die der jeweilige Lehrer von seinem Zoo hatte.) Die Fauna unter der Schwesternhaube dagegen gehörte zweifellos eher zur Welt der Mikroben, aber die Stirn, an der die gestärkte, weiße Stoffbahn scheuerte, dank deren die kleinen Nonnen einen so hohen Schädel wie Boris Karloff hatten, schuppte sich auf bedenkliche Weise, und da auf dem Milchkaffee immer wieder nicht zu identifizierende Hautfetzen schwammen, fragten wir uns, ob sie auch wirklich von der Milch stammten. Die zwölfeinhalb Stück Zucker waren also ein Muß.

Dank meiner zugegebenermaßen höchst eigenwilligen Rekordleistung hatte ich rasch Berühmtheit erlangt. Ganz Saint-Cosmes marschierte zum Frühstück ungläubig auf (nach dem Aufstehen um Viertel nach sechs hatten wir bereits eine Stunde Lernen sowie einen Gang in die Kapelle hinter uns gebracht, wo wir verschlafen die Laudes murmelten), um gemeinsam mit mir die zwölfeinhalb Zuckerstücke abzuzählen. Unglaublich, unvorstellbar, ungenießbar, ich versündigte mich an meinem Leben, meinem Organismus, meiner Bauchspeicheldrüse. Hinter vorgehaltener Hand sprach man von »Zahnmord« (tatsächlich bezahlte ich dafür mit zwei bis zum Zahnfleisch schwarzen Backenzähnen – du siehst, mein geliebtes Töchterchen, Zucker ist ganz und gar nicht gut für die Zähne, aber nimm ruhig noch einen Bonbon, wenn dir der Sinn danach steht). Selbst Gyf stellte sich ein und warf mir faulen Zauber vor: Mein Milchkaffee sei dermaßen mit Zucker gesättigt, daß sich die Hälfte der Würfel nicht mehr auflöse. Stimmt, sie lagen scheinbar unversehrt auf dem Boden der Schale, aber es verhielt sich mit ihnen wie mit Gegenständen von der Titanic: kaum holt man sie aus ihrem nassen Grab, zerbröseln sie. Deshalb bewältigte ich den Rest meiner Zuckersuppe mit dem Kaffeelöffel. Was diese Jünger des Ungläubigen Thomas jedoch am meisten beschäftigte, war das halbe Zuckerstück, dieses Ergebnis langwierigen, geduldigen Experimentierens unter unzähligen Fehlschlägen und mit reuigen neuen Anläufen. Gegen die Tränen ankämpfend, sah ich mich genötigt, ihnen zu erklären, daß dreizehn zuviel seien, wohingegen zwölf ein bißchen fade schmeckten.

Dank dieses Umstands, also wegen dieser aus Butter und Zucker bestehenden Kost, wuchs ich im ersten Schuljahr lediglich vier Zentimeter, während meine Kameraden, die Geschmacksverirrungen wie Nudelomelett und Apfelkompott aus der Büchse in sich hineinstopften, im selben Zeitraum in die Höhe schossen. Allerdings kamen sie in den Genuß einer Extraportion, der meinen, die sie mit meiner Zustimmung in Beschlag nahmen, um sie untereinander aufzuteilen oder eine Münze darum zu werfen. Deshalb schob Gyf, der befürchtete, meine Tränenflut könnte den Quark überschwemmen, meinen Teller vorsichtshalber ein Stückchen von mir weg, und während er seinen Löffel im Quark versenkte, nahm er mir – »Du erlaubst« – den Brief aus den Händen, um an der Quelle herauszufinden, welche Tragödie mir so großen Kummer bereitet hatte. Man hätte glatt meinen können, daß mindestens meine gesamte Familie ausgerottet worden war. Das jedoch paßte nicht so recht zu den Worten des sanftmütigen Juju, die, sofern er mit der vielsagenden Bewegung des angewinkelten Arms nicht einen geflügelten Ausdruck wie: »Ich pfeif drauf!« hatte veranschaulichen wollen, eher beruhigend gemeint waren.

Nachdem Gyf den Brief gelesen hatte, erstattete er den erstarrt dasitzenden Tischgenossen Bericht und erklärte, es gebe wirklich keinen Grund zur Beunruhigung, von Hals- und Beinbruch sei nicht die Rede, nur vom gebrochenen Arm einer alten Tante, und –

er schlang den Quark hinunter – hinter meinem Benehmen stecke nichts anderes als mein (wörtlich) Hang zum Flennen. Worauf die anderen ihm vorhielten, sie hätten nicht gehört, daß ich ihm zwischen zwei Schniefern meinen Nachtisch in aller Form abgetreten hätte, und deshalb müsse er ihn gerecht verteilen. Na gut, aber er habe den Brief gelesen, und das verleihe ihm gewisse Rechte. Von wegen Rechte! erwiderte ein Möchtegernjurist und schritt unverzüglich zur Beschlagnahmung des Tellers, während ich mir ein Plädoyer zurechtlegte: Natürlich sei ein gebrochener Arm nichts Weltbewegendes, aber man dürfe das Alter der Betroffenen nicht vergessen, zweiundsiebzig Jahre, und außerdem vergeßt nicht, daß kleine Bäche irgendwann große Flüsse bilden und aus einem kleinen Kummer also auch ein großes Unglück werden kann, womit ich sagen wollte, daß sie sich lieber ein bißchen zurückhalten sollten. Und ich mich übrigens auch.

Tatsächlich sollte mir der Gang der Dinge recht geben, aber einstweilen zog Gyf, der wenig geneigt war, sich etwas vormachen zu lassen, den Teller erneut mit einem heftigen Ruck zu sich heran und brachte ihn, als sein Widersacher plötzlich losließ, schließlich ganz in seine Gewalt, allerdings ohne Quark, der sich, wie von einem Katapult abgeschossen, teils auf seiner Brille, teils auf dem schönen Pastorenanzug des (unter diesen Umständen nicht ganz so) sanftmütigen Juju ausbreitete, denn letzterer war herbeigeeilt, um die beiden Heißhungrigen auseinanderzubringen. Man gab einhellig mir die Schuld, zumal uns wegen dieses Vorfalls für mehrere

Tage der Nachtisch gestrichen wurde. Nicht alles ist rosig in der Welt einer Trauerweide.

Und jetzt, da ich auf meiner Bank stand, hätte ich allen Grund gehabt, mich gehenzulassen. Wie ein Hagel waren die Schicksalsschläge, für die der gebrochene Arm der Tante nur das unheilvolle Vorzeichen gewesen war, auf uns niedergeprasselt. Denn auf den Tod unseres Vaters war drei Monate später der von Tante Marie gefolgt, sie war an einem Kummer zerbrochen, an dem sie zum erstenmal in ihrem Leben dem Himmel die Schuld gegeben hatte, sie, die als gute Christin alle Prüfungen auf sich genommen hatte im Vertrauen darauf, daß Gott auf eine geheimnisvolle, doch wohlwollende Art auf sie aufpaßte, und so mochte es noch durchgehen, daß zwei ihrer Brüder im Krieg gefallen waren, daß der dritte den Tod seiner Frau nicht überlebt und den neunzehnjährigen Sohn ihrer, Tante Maries, liebevoller Obhut überlassen hatte, daß ihre jüngste Schwester der Spanischen Grippe erlegen war, daß ihr selbst, von der Religion und ihren beiden Neffen abgesehen, kein anderer Trost als der geblieben war, ihr Wissen als Lehrerin an drei Generationen kleiner Mädchen weiterzugeben, und durchgehen mochte auch ihr Dasein einer Quasi-Eremitin zwischen ihrem Häuschen und der Schwesternschule (ein ganz kleines Opfer verglichen mit der unendlichen Glückseligkeit, die man sich davon versprechen durfte), doch der jähe Tod ihres inniggeliebten Neffen im Alter von einundvierzig Jahren hatte etwas an sich, das auf einmal nicht mehr durchging. Als hätte man ihren Geist gezwungen, die gelbe Linie zwischen

Zumutbarem und Unzumutbarem zu überschreiten, jenseits deren der Zweifel sein gräßliches Gift braut. Und so war Tante Marie nur um Haaresbreite davon entfernt, sich von Gott loszusagen, als sie in ein langes Koma sank – worin man vielleicht einen Akt der Vorsehung erblicken sollte mit dem Zweck, unsere fromme Tante zu erretten, bevor sie sich von ihrem wankelmütigen Verstand zur Gotteslästerung verleiten ließ –, das an einem neunzehnten März, dem Tag des heiligen Joseph, Namensgeber sowohl ihres Bruders als auch ihres Neffen, ein Ende fand.

Nachdem der sanftmütige Juju einen Anruf erhalten hatte, bestellte er mich in den Pausenhof, wo er mir, ein Auge auf mich gerichtet, das andere damit beschäftigt, eine Dreizehenmöwe von einer Silbermöwe zu unterscheiden, mit ernster Miene die schlechte Nachricht überbrachte: Deine Tante ist tot. Und nach kurzer Bedenkzeit – Tethys ließ bereits meine Lider anschwellen –, um einer Verwechslung vorzubeugen: Du weißt, welche? Natürlich wußte ich es. Da sowohl Tante Mathilde als auch Tante Lucie und Tante Marthe wohlauf waren, schien es alles in allem nur logisch, daß sich der Tod die alte, im Koma liegende Lehrerin auserkoren hatte. Erleichtert legte mir Juju nahe, die Schule Schule sein zu lassen, meine Sachen zu packen und noch am selben Abend den Bus nach Random zu nehmen, wobei er nicht ahnte, daß er mich wenige Wochen später erneut würde zu sich rufen müssen, diesmal in sein Büro mit der Doppeltür, von der die zweite, gepolsterte, ihn vor Indiskretionen schützte und es ihm gestattete, andere Töne anzuschlagen.

Die Wiederholung dieser Prozedur hatte eher etwas Groteskes, und das paßte ihm nicht ins Konzept. Die Tatsache, daß er mir nahezu wortgetreu dieselbe makabre Eröffnung machen mußte, nahm der Angelegenheit etwas von ihrer Ernsthaftigkeit und deklamatorischen Wirkung. Daher brachte er sie rasch hinter sich, indem er mir mitteilte, mein Großvater sei soeben verstorben. Du weißt, welcher? Sein unstetes Auge versuchte sich an den Vorhängen festzukrallen, während er selbst sich ärgerte, daß er sich vom eigenen Schwung hatte mitreißen lassen, anstatt seine Zunge im Zaum zu halten. Er hörte die Worte, die er selbst sprach, wie ein Echo dessen, was er vor einigen Wochen gesagt hatte. Womöglich erwartete er, daß man ihn bedauerte. Aber war von uns beiden nicht eher der zutiefst zu bedauern, der in seinem zwölften Lebensjahr bereits zum wiederholten Mal Grund zum Trauern hatte?

Der andere Großvater war schon lange nicht mehr im Rennen, der Kummer hatte ihn dahingerafft, nachdem seine Gattin, die große Aline, einem an Rimbaud gemahnenden Leiden, einem Problem mit dem Knie, erlegen war, aber der sanftmütige Juju hörte schon nicht mehr zu. Er beglückwünschte sich insgeheim, daß sich der Vater dieses Knaben die Weihnachtsferien für seinen Abgang ausgesucht und ihn, Juju, dadurch von einer ebenso notorischen wie unliebsamen Pflicht entbunden hatte. Zu seiner Beruhigung sei gesagt, daß auch in diesem Fall jede Verwechslung ausgeschlossen war.

Als ich von meiner Schulbank herunterstieg, senkte ich den Kopf, um die Tränen in meinen Augen zu verbergen, und dabei fiel, vermutlich vom Gewicht der dicken Gläser herabgezogen, meine Brille zu Boden. Das war schon öfter vorgekommen, aber die unzerbrechlichen Gläser, die zumindest so genannt wurden – und die in der Welt der Kurzsichtigen tatsächlich einen gewaltigen Fortschritt darstellten –, hatten den Aufprall bis dahin jedesmal gut überstanden. Mit dem Nachteil allerdings, daß sie, wenn sie auch nicht zerbrachen, so doch leicht verkratzten. So lebt man sozusagen mit Engelshaar – den Kratzern – vor den Augen, das man lange vergeblich loszuwerden versucht hat, durch Zwinkern, indem man die Gläser dauernd mit einem Taschentuch putzt oder – wenn man ein sorgsamer Mensch ist, einer von der Sorte, die das Etui aufbewahrt, obwohl es vollkommen überflüssig geworden ist, weil man die Brille sowieso ständig auf der Nase tragen muß – mit dem rechteckigen Stück Sämischleder, auf das Name und Adresse des Optikers sowie ein Kneifer aufgedruckt sind – das einzige Geschenk, das einem die Kurzsichtigkeit je eingebracht hat.

Unzerbrechlich? Nicht wirklich, höchstens im Vergleich zu den üblichen Gläsern. Sagen wir lieber robuster, aber auch das in Grenzen, und so zerbrach eines der Gläser – sie wurden nur von einem Nylonfaden gehalten, der in einer schmalen Rille am Glasrand verlief – beim Auftreffen auf dem Fliesenboden in unzählige kleine Splitter, die sich wie Saatkörner unter den Pulten verstreuten.

Im allgemeinen war jeder unvorhergesehene Zwischenfall willkommen. Bis der jeweilige Lehrer in seiner Machtvollkommenheit die Situation wieder im Griff hatte, gönnten wir uns ein wenig Zerstreuung. Die Schüler, die dem Schauplatz des Dramas am nächsten saßen, nutzten die Gelegenheit, um ein Spielchen zu spielen, etwa: Überschwemmung im Klassenzimmer (oder: Invasion der Kakerlaken), wobei sie die Füße hoben, ihre gegen den Fuß der Bank gelehnten Schulranzen in Sicherheit brachten und so lange ihr Interesse am Unterricht verweigerten, wie sie unter der Bedrohung der »gläsernen Gefahr« standen. Der böse Fraslin, der einen Moment lang geglaubt hatte, er könnte den Vorfall einfach ignorieren und weitermachen (wohinter eher Grausamkeit als Wohlwollen steckte, denn was konnte ich Halbblinder schon tun ohne die Möglichkeit, auf mein Problem aufmerksam zu machen?), tat so, als fragte er sich, wer wohl für dieses Durcheinander verantwortlich war (als wäre ich aus freien Stücken auf die Bank gestiegen!), und indem er scheinbar Gnade walten ließ, schickte er mich den Besen aus dem Schrank im angrenzenden Klassenzimmer holen, was für mich gleichfalls alles andere als erfreulich war: Dort erwarteten mich eine nicht weniger boshafte Lehrkraft, Fragen nach dem Wie und Warum, sarkastische Bemerkungen, noch mehr Augenzeugen und zum Schluß das ewig gleiche, lästige: Er heißt übrigens »Wiedersehen-macht-Freude«. (Was für ein merkwürdiger Name für einen Besen!)

Mit dem ich sodann kleinlaut ins Klassenzimmer zurückkehrte – »Was stehen Sie so dumm herum, stellen Sie ihn in eine Ecke, setzen Sie sich, und schauen Sie an die Decke, Sie können in der Pause auffegen« –, wo ich augenblicklich begriff, daß der Despot meine Abwesenheit genutzt hatte, um mit einer Übung zu beginnen, was mir, der ich den Anfang verpaßt hatte und unmöglich von einem Kameraden abschreiben konnte, zwangsweise ein Ungenügend und eine entsprechende Strafe einbringen würde. Woraus man ersehen kann, daß Niedertracht eine Kunst ist.

Nachdem ich meinen Platz wieder eingenommen hatte, war meine Qual noch längst nicht zu Ende: Als ich aufblickte, wurde mir klar, daß ich ohne Brille nicht viel sehen würde. Wenn mich der Lehrer also angewiesen hatte, an die Decke zu schauen, dann wohl deshalb, weil die Decke an sich nicht sonderlich interessant war und es daher keine Unannehmlichkeit darstellte, sie nur unscharf zu sehen, aber beunruhigend war eher, daß sich die grüne Tafel nun mit bleichen, von meiner Bank aus nicht zu entziffernden Zeichen bedeckte, als würde sich die Kreidewolke, die die Bürste beim Wischen der Tafel aufwirbelte, nicht etwa setzen, sondern sich im Raum ausbreiten und dort vorn immer dichter werden. Und die Tränen taten noch ein übriges, so daß vor meinen Augen alles verschwamm und sich zu einem trüben Brei vermischte, der meine Isolierung noch verstärkte, die Welt auf Distanz hielt und meinen Rückzug in mich selbst besiegelte.

Ich nahm meine Brille oder das, was von ihr übrig war, betrübt über das kostspielige Mißgeschick (unzerbrechliche Gläser waren natürlich teurer, und man konnte nicht mit einer Erstattung durch die Krankenkasse rechnen, und wenn, dann nur mit einer so geringfügigen, daß es ein Witz war – ein stets wiederkehrendes Thema in einer Familie von Brillenträgern mit bescheidenem Einkommen, die nicht abgeneigt war, in dem Scherbengericht, das über sie mit ihrer verminderten Sehkraft abgehalten wurde, eine latente Ungerechtigkeit zu erblicken, und das, wo Kaufleute wie wir – auch dies ein durchgängiges Motiv – sowieso nie auf etwas Anspruch haben, im Gegensatz zu Beamten, die nach Lust und Laune herumreisen, Ausbildungsbeihilfen für ihre Kinder erhalten und nur arbeiten, wenn es ihnen paßt), und setzte sie wieder auf. Vor meinem rechten Auge verdrehte sich der Nylonfaden zu einer Acht. Auf dem linken Auge sah ich dafür um so besser, da sich das Brillengestell beim Herunterfallen verbogen hatte und das unbeschädigte Glas sich nun wie ein Monokel in die Augenhöhle preßte – was im Vorjahr Gyfs Erkennungszeichen gewesen war.

Ich brauchte nur abwechselnd die Augen zu schließen, um zwischen zwei Sichtweisen, zwischen zwei Welten wählen zu können. In der einen zeichnen sich klar und deutlich das höhnische Lächeln des Herrn Lehrers, eine Grammatikregel an der Tafel, die Farbe von Schnabel und Füßen der Dreizehenmöwen (wodurch man sie von den Silbermöwen unterscheiden kann) und die Blattform der Bäume im Hof ab (dank deren man sie als Linden erkennen kann): eine Welt, ihrer selbst so sicher, daß sie sich zur Schau stellt, wogegen die andere beträchtlich eingeengt (der Horizont rückt bis auf drei Meter heran), undeutlich und verschwommen ist, eine Huldigung an das Ungefähre, wo der Himmel ein auf den Kopf gestelltes Meer und die Wolken schäumende Gischt sein könnten, wo die grüne Tafel außer ihrem Kreideschleier nichts zu bieten hat, wo die Gesichter gesichtslos und folglich ohne Bosheit sind und wo das Leben, filzig und watteweich, seine Schärfe verloren hat und als Vorstufe einer anderen Welt erscheint.

Eine weitere Folge ist, daß die elementaren Gesetze der Physik modifiziert werden. So reist der Schall im Universum des Kurzsichtigen schneller als das Licht. An der Stimme, nicht am Blick, merkst du, daß du angesprochen bist. Das Motorengeräusch und nicht das Auftauchen des Wagens im letzten Moment hält dich davon ab, eine Straße zu überqueren. Kokette Blicke lassen dich kalt, ein zärtliches Wort rührt dich zu Tränen. Falten glätten sich, und da die Stimme über lange Zeit ihr jugendliches Timbre behält, kommt es dir nicht so vor, als wäre die Welt rings um dich her so stark dem Altern unterworfen, wie immer behauptet wird.

Unnötig, jemanden von den Vorzügen eines guten Sehvermögens überzeugen zu wollen: Es bewahrt einen davor, Straßenlaternen zu grüßen, sich auf seine Brille zu setzen, im Restaurant die Tür zur Küche statt zu den Toiletten aufzustoßen oder stundenlang eine Stecknadel in einem Heuhaufen zu suchen, weil man ihn mit dem Weizen verwechselt hat; doch in diesem Umkreis gedämpften Daseins (so wie Geräusche vom Dunst gedämpft werden), in dem ich mich seit jenem schicksalhaften Tag vor Weihnachten notdürftig eingerichtet hatte, im Herzen meines Sternennebels, in dieser weichen Hülle des Todes, die die Weiterlebenden umschließt, erwartet man nicht, daß allein Helligkeit Licht ins Dunkel bringt.

Man erwartet tatsächlich nicht viel, schon gar kein Mitleid, sondern eher Schonung, denn man ist hart genug gestraft, und es wäre nur barmherzig, nicht noch eins obendrauf zu setzen. Doch als ich meine einäugige Brille auf der Nase und meine Klassenarbeit in der Hand hatte, traute ich meinen Augen nicht. Mein Peiniger hatte sich nicht etwa damit zufriedengegeben, die Seiten wild mit Rotstift durchzustreichen und mir die schlechteste Note zu geben, sondern er bemängelte in mehrere Zeilen langen, verletzenden Bemerkungen auch meine ebenso ungenaue wie unzulängliche Ausdrucksweise (»Hat man jemals ein Kreuz schwanken sehen?« Dem stimme ich durchaus zu, natürlich schwankt ein Kreuz nicht, nicht einmal bei starkem Wind, aber nachdem uns immer wieder eingebleut wurde, einen abwechslungsreichen Wortschatz zu gebrauchen und Verben zu verwenden, die eine Bewegung ausdrücken, passiert einem so ein Ausrutscher schon mal vor lauter Beklommenheit) und auch, daß ich das Thema verfehlt hätte (»Zur Erinnerung: ›Schildern Sie einen Sonntag auf dem Land‹«).

Worauf wollte er eigentlich hinaus? Daß Random

keine ländliche Gemeinde war? Uns zu Städtern aufzuwerten war zwar durchaus schmeichelhaft, aber weshalb fand derselbe Lehrer dann nichts dabei, uns, das heißt mich und ein paar andere Internatsschüler, gelegentlich als Bauern zu bezeichnen? Eine kurze Ortsbesichtigung rückte die Dinge im Handumdrehen ins rechte Licht: Der aufmerksame Beobachter, dem aufgefallen war, daß es auf dem Friedhofstor keine goldenen Lanzenspitzen gab, konnte den ländlichen Charakter der kleinen Gemeinde im Département Loire-Atlantique, durch deren Hauptstraße immer wieder Viehherden, Traktoren, ja sogar Fuhrwerke kommen, nicht leugnen. Und was den Sonntag anging, so waren Vergnügungen so selten, daß man sich nur mit Mühe einen anderen Zeitvertreib hätte einfallen lassen können. Eine Tanzveranstaltung? Zu jung. Fußball? Wurde vormittags gespielt. Angeln? Random liegt nicht an der Loire, und außerdem entsprach dies so ganz und gar nicht unserer Art (es wäre unter anderem mit einem Picknick verbunden gewesen, aber könnt ihr euch unsere zarte junge Witwe vorstellen, wie sie mit den Fingern ein Hühnchen ißt?). Brombeeren pflücken? Und warum nicht auf Walfang gehen? Sonntags – und damit zielen wir nicht am Thema vorbei, sondern treffen seinen Kern – besuchten wir unseren Vater unter seiner Granitplatte.

Ganz genau gesagt seit dem Tag nach Weihnachten, diesem monumentalen Meilenstein von einem Datum, an dem ihn eine arterielle Anomalie (oder übermäßiger Zigarettenkonsum oder eine allzu aufreibende Arbeit oder Lebensuntauglichkeit oder das Vorbild seiner ebenfalls zu früh verschiedenen Eltern oder ein altes Schuldgefühl, weil er von seinen Geschwistern als einziger die Geburt überlebt hatte) seinen Lieben entriß (eine beschönigende Formulierung). Dem muß man drei Tage hinzurechnen, denn erst dann nahm der rituelle Besuch auf dem Friedhof seinen Anfang.

Zählt mit: Tod in der Nacht von Donnerstag auf Freitag, die Zeit für behördliche und kirchliche Formalitäten, keine Bestattung am Sonntag – also warten bis Montag. Das ist lang für einen Leichnam. Nicht, daß ihm das Stillhalten schwerfiele, aber dieser Übelkeit erregende süßliche Geruch, den er mit der Zeit verströmte, machte sich allmählich unangenehm bemerkbar, während Bekannte und Unbekannte, die nach Verkündung des Undenkbaren von überall herbeigeeilt waren, die junge, vom Schmerz betäubte Witwe mit den von den schlaflosen Nächten und vom Weinen geröteten Augen in die Arme schlossen, bevor sie eine Weile andächtig an der Seite ihres entschwundenen Freundes verbrachten.

Vorausschauend hatte man für dieses kleine Alltagstheater alle Stühle, die es im Haus gab, zusammengetragen und zu drei Seiten des Betts aufgestellt. Eine Dauervorstellung über drei Tage und vier Nächte, Beleuchtung nach alter Manier mittels zweier auf die Nachttische links und rechts vom Kopfende des Betts gestellter Kerzen, deren geschmolzenes Wachs den Fuß der Leuchter mit kleinen, perlenförmigen Tropfen bedeckte. Viel hat sich an der Todesfront nämlich nicht getan: die gleiche Flamme seit grauer Vorzeit, das gleiche flackernde Licht zur Abwehr der vordringenden Finsternis, doch die Schatten zu beiden Seiten des blutleeren, nur vom fahlen Kerzenschein belebten maskenhaften Gesichts sind der inneren Sammlung durchaus zuträglich.

Tagsüber bleiben die inneren Fensterläden aus massivem Holz geschlossen und lassen lediglich einen senkrechten Streifen grauen Lichts durchsikkern, dessen unterschiedliche Helligkeit uns Aufschluß über das Voranschreiten des Nachmittags gibt. Nichts gebietet mit so natürlicher Autorität Stille wie das Halbdunkel. Auf einmal bekommt auch das geringste Geräusch Bedeutung: ein in der Ferne vorbeifahrendes Auto oder Moped, das Scharren von Füßen auf dem Boden, das Schaben eines Stuhls, den jemand vorsichtig verrückt, das Rascheln von Stoff – Beine, die übereinandergeschlagen werden –, ein gemurmeltes Gebet. Ein weiterer Vorzug der Dunkelheit: Man braucht keine den Umständen angemessene Miene zu machen – bei hellichtem Tag quasi ein Zwang. Manch einer, der sich keinerlei Regung anmerken läßt, sähe sich sonst womöglich dem Vorwurf einer gewissen Gefühlskälte ausgesetzt. Statt dessen umhüllt der an die Wände geworfene schattenhafte Schleier die Gedanken eines jeden wie ein Ascheregen.

Denn alles wird gedeutet, wie ihr wißt, und nie so sehr wie in Augenblicken, in denen man sich an das geringste Zeichen klammert. Eine mechanische Bewegung, eine förmliche Bemerkung laden sich mit einer Intensität auf, die sie übersteigert. Jede Äußerung wird für bare Münze genommen, seziert und auf die geringfügigsten Nebenbedeutungen hin abgeklopft. Und wenn sie noch so unbeholfen ist – man geht einfach davon aus, daß der, der sie macht, sich etwas dabei gedacht hat. Es ist furchtbar – ja, es ist furchtbar. Die Besten gehen als erste – ja, er war der Beste. Ein unvergeßlicher Mensch – natürlich werden wir ihn nie vergessen. Eine Hand schließt sich um deine Schulter, und es ist der Trost schlechthin, der sich auf deiner Schulter niederläßt, ein tränenumflorter Blick ist die Essenz des Kummers, ein wohlmeinendes Lächeln – ist der vielleicht gar nicht so betroffen, wie er zu sein vorgibt, wenn er angesichts unseres Unglücks noch die Kraft zu lächeln aufbringt? Sie können einem viel erzählen. Man wiederholt für sich auch die belanglosesten Aussagen: Dein Vater war bekannt wie ein weißer Wolf. Ein weißer Wolf kann nur als Inbegriff der Seltenheit gedeutet werden, er ist nicht wie ein weißes Kaninchen, das kleine Mädchen in die Träume hineinbegleitet. Ein Wolf steht für etwas Starkes, Geachtetes, für einen wilden, unbändigen Geist. Und auf einmal kennt die Erinnerung an diesen Menschen keine Schranken mehr, läßt sich nieder, wo es ihr beliebt, durchstreift vertrautes Land. Als hätte er ein Leben voller Markierungspunkte geführt in der Absicht, uns den Weg abzustecken.

Die Andacht fällt unterschiedlich lang aus, ein jeder gestaltet sie nach Maßgabe seiner Trauer kürzer oder länger, wobei aus Gründen des Anstands eine Viertelstunde nicht unterschritten werden darf. Weniger wäre für den Toten und seine Angehörigen wie ein Schlag ins Gesicht, und man würde riskieren, ins Gerede zu kommen. Und mehr? Die Handlung dieser improvisierten Tragödie ist zu dürftig, um die Aufmerksamkeit der weniger Betroffenen länger zu fesseln. Vom Halbdunkel und der beruhigenden Stille beflügelt, schweift der Geist träumerisch weit fort vom Gedenken an den Toten.

Ein Beispiel: Die junge Witwe, die ihr in die Arme geschlossen habt und die sich bereit macht, einen langen Tunnel zu durchqueren, dessen Ausgang sie, wie sie befürchtet, vielleicht nie erblicken wird, sollte einige Jahre später, als sie von einer Totenwache zurückkehrte, zu unser aller Verwunderung (wir sahen darin einen ersten kleinen Lichtschimmer am Ende des Tunnels) von einem aberwitzigen, nicht zu bezähmenden Lachkrampf geschüttelt werden. Ihr Verhalten hatte allem Anschein zum Trotz nichts Skandalöses. Für uns war es durchaus nachvollziehbar: ein im fortgeschrittenen Alter Verstorbener, der es sich im Leben hatte gutgehen lassen, ja sogar freudig aus dem vollen geschöpft und seit vielen Jahren damit kokettiert hatte, daß er mindestens hundertzwanzig Kilo wiege, mehr könnten die Waagen ja nicht anzeigen. Und jener Koloß ruhte nun im Halbdunkel auf einem maßgefertigten Bett, die gefalteten Hände zusammengebunden, damit sie nicht von dem Fleischberg herabglitten. Die junge Witwe, die nun nicht mehr ganz so jung war, stellte eine Ähnlichkeit mit jemandem fest, wußte jedoch nicht, mit wem: dieser voluminöse Wanst, dieses doppelte Doppelkinn, das der festgezogene Krawattenknoten noch mehr hervorquellen ließ, dieser kleine, zwei Finger breite Schnauzbart, diese auf der Stirn klebende Haarsträhne, dieser runde Kopf. Und als sie für das Seelenheil des Verstorbenen betete: Herr, nimm in Deine Stätte der Seligen die Seele Deines bescheidenen Dieners auf, der nichts weiter getan hat, als sich an all den guten Dingen zu laben, die Du erschaffen hast, fügte sie im Geiste einen Nachsatz hinzu: Wo wir schon dabei sind – hast Du in Deiner Herde nicht zufällig ein Schäfchen, das diesem hier zum Verwechseln ähnlich sieht? Oliver Hardy (der aus *Dick und Doof*), raunte ihr der Herr zu, dessen Auge nichts entgeht. Da war's um sie geschehen. Oliver Hardy auf dem Totenbett! Man macht sich, nachdem der Schnurrbart krampfhaft gezuckt hat, darauf gefaßt, daß der Tote gleich niest, daß er uns zum letztenmal eine seiner Faxen zum besten gibt, schließlich ist Oliver Hardy unsterblich. Es gibt also keinen Grund mehr, ernst zu bleiben. Deshalb der explosionsartige Lachanfall beim Verlassen dieses Stummfilmkinos – und die gute Nachricht: Mama am Ende ihres langen Tunnels.

Bei unserem Vater hingegen wäre es undenkbar

gewesen, daß man sich, kaum daß man das Haus verlassen hätte, vor Lachen den Bauch hielte. Wie konnte man an der Aufrichtigkeit all der betrübten Menschen zweifeln, die unentwegt an seiner sterblichen Hülle vorbeischritten? Tote hatte es auch vor ihm schon gegeben, keine Frage, aber es war wohl unbestreitbar, daß die von ihnen hinterlassene Leere nicht so tief empfunden wurde, daß der Schrecken und das Gefühl des Aufbegehrens einem Vergleich nicht standhielten. Dies wird belegt durch das Gedränge im Zimmer, die fassungslosen Mienen, die Gesichter, denen einen Namen zuzuordnen wir nicht mehr imstande sind, jetzt, wo die Menschen in dem Maße, wie sich die schreckliche Kunde verbreitet, von immer weiter her kommen, von weit außerhalb der Gemeinde, ja sogar des Départements. Und nur, um dabeizusein. Sobald man das Gefühl hat, daß es reicht, daß man lange genug dagewesen ist, um von der jungen Witwe wahrgenommen zu werden, nutzt man das Eintreffen eines neuen Trauergasts, um ihm unauffällig den Platz zu überlassen.

Nur die Frauen haben Rosenkränze bei sich. Die Männer trauen sich nicht oder glauben nicht an die Macht des Gebets. Sie haben sich vor allzu langer Zeit angewöhnt, sich nicht zu beklagen, nichts zu verlangen, sich allein auf ihre eigene Kraft zu verlassen. Kommen sie nicht darum herum, sich zu bekreuzigen, tun sie es verstohlen mit angelegtem Ellbogen und geneigtem Kopf, um den Abstand zwischen Stirn und Nabel zu verkürzen, so daß sie den Fuß des Kreuzes etwa auf Höhe des Plexus und die Enden der Querbalken zu beiden Seiten der wie ein

Salzschälchen geformten Mulde am Halsansatz markieren. Von ihnen erwartet man eher tröstliche Worte, und zwar solche, mit denen kein Schlußstrich unter das Geschehene gezogen wird, sondern die den Blick neuerlich auf eine Zukunft lenken, die sie allerdings meist wie aus der Warte des Propheten in ziemlich weite Ferne rücken, so daß sie kaum Gefahr laufen, an Ort und Stelle Widerspruch zu ernten.

Die Floskeln klingen veraltet und unbeholfen, verlegen und wohlwollend. So wie diese an die Waisen gerichtete: »Ihr werdet ernten, was er gesät hat.« Dies wird mehrfach wiederholt, als wollte man uns vollends davon überzeugen, und zwar mit einer so unbeirrbaren Miene, so voller Gewißheit, daß man sich fragt, was er wohl hat säen können, dieser Vater, welches Saatkorn der Weisheit, welche Schatzkarte er wohl vergraben hat, die den künftigen Zeitpunkt der Ernte zu einer Art Ostermorgen werden ließen, an dem man in den Garten hinausstürmt, um zwischen dem Lorbeerbaum und den Blumen nach den versteckten Jesuskindlein aus Zucker und nach Schokoladeneiern zu suchen.

III

Ein Déjà-vu-Erlebnis, wenn auch ein flüchtiges, nur daß sein Haar ihm jetzt bis auf die Schultern fiel, oben auf dem Kopf von einem weißen Scheitel getrennt und seitlich hinter die Ohren geschoben, denen er in der Tat einiges zumutete, denn sie mußten außerdem das Gewicht der Brillenbügel tragen. Und genau das hätte mich auf die richtige Fährte bringen müssen: die ganz von der Kasse bezahlte Brille der untersten Preisklasse, eine, wie sie kein Optiker in sein Schaufenster legen würde, es sei denn zur Karnevalszeit, und wie man sie lediglich in der tiefsten Provinz und in der Armseligkeit eines Waisenhauses fand. Für gewöhnlich entschieden sich Studenten, die nicht wie ihre Eltern aussehen wollten, für die Modelle Tschechow oder Trotzki, deren runde Metallgestelle ihnen ein gewisses intellektuelles und spartanisches Etwas verliehen. Aber wer eine Brille wie diese trug, war über jeden Zweifel erhaben. Wer sich solch einen Rahmen zulegte, gehörte mit Sicherheit nicht zu denen, die sich im Klassenkampf auf irgendeinen Kompromiß einließen. Dieses Basismodell war zweifelsohne als Ausdruck unverbrüchlicher Solidarität mit der Masse unserer werktätigen Kameraden zu verstehen, als Wahrzeichen eines fundamentalen Anspruchs, der nichts anderes als eine strahlende Zukunft verheißen konnte.

Angesichts der Tatsache, daß sich eine neue, glücklichere Zeit ankündigte, gab man sich besser optimistisch oder redete sich dies zumindest nach Kräften ein, denn hier ging es um eine ernste Sache, der das langsam einsickernde Gift des Zweifels schlecht bekommen wäre. In diesem Zusammenhang konnte man durchaus eine gewisse Unnachgiebigkeit der Gesinnung an den Tag legen. Schließlich säugte die stinkende Hyäne der Profitsucht an ihren Zitzen hinterhältigerweise nicht nur die Hochfinanz, sondern auch den Einzelhandel. Was, Mama – eine stinkende Hyäne? Diesen Gedanken verfolgte ich lieber nicht weiter und ließ auch den toten Vater aus dem Spiel – ein Opfer der unterdrückerischen Kräfte des Kapitals? Darin steckte ein Körnchen Wahrheit, allerdings möchte ich mich nicht weiter darüber ausbreiten, wenn es auch in gewisser Weise zutraf, daß er sich totgearbeitet hatte, aber es war noch zu früh, die Meinen in Schutz zu nehmen und ein Bild von ihnen zu zeichnen. Zumal die Familie auch nicht eben im Ruch der Heiligkeit stand, aber lassen wir das mit der Heiligkeit lieber, reden wir von etwas anderem. Dummerweise hatten mich meine Waffenbrüder bei einer Diskussion über Revisionismus und brachliegendes Ackerland mit ihren dialektischen Künsten dazu gebracht, meine Ausführungen in vollkommenem Widerspruch zu meiner Ausgangsthese zu beenden, die an sich schon nicht durch Klarheit bestochen hatte, aber ich war nun einmal vorgeprescht. Was angesichts der höhnischen Bemerkungen meiner Widersacher nur dazu führte, daß ich mich noch tiefer hineinritt, indem ich behauptete, auf ebendiesen Widerspruch hätte ich hinweisen wollen, wobei ich mir innerlich schwor, daß mir das nicht noch einmal passieren sollte. Natürlich erwischte man mich doch wieder, denn es ist schwierig, sich immer herauszuhalten, und zudem ist der Ausdruck »Waffenbruder« nur eine Redensart, zumal wenn man selber gründlich entwaffnet worden ist und ganz allein dasteht.

Ehrlich gesagt kam es nur selten vor, daß jemand an die Tür meines Zimmers im Studentenwohnheim klopfte. Daß es sich im vierten Stock eines Gebäudes ohne Aufzug befand, war daran nicht allein schuld. Bestimmt trug ich selber ein bißchen dazu bei, indem ich alle wohlmeinenden Zeitgenossen durch meine übervorsichtige Art schon von vornherein abschreckte. Der Träger der Vollwaisenbrille war nicht der erste, der das Abenteuer wagte. Erst unlängst hatte ich Besuch von einem ehemaligen Mitschüler aus Saint-Cosmes erhalten und ihn augenblicklich verdächtigt, er sei nur gekommen, um mich zu bespitzeln und sich über mich lustig zu machen. Warum sonst wäre er quer durch die ganze Stadt gefahren (die Fakultät für Medizin lag an einem, die für Geisteswissenschaften am anderen Ende)? Weil er sich nach meiner Gesundheit erkundigen wollte? Sich Sorgen machte, ob ich auch regelmäßig die Vorlesungen besuchte? Erinnerungen an unsere gemeinsame Schulzeit auffrischen wollte? Gut, wir hatten ein paar Jahre zusammen die Schulbank gedrückt – obwohl er uns am Ende des vorletzten Jahres verlassen hatte –, aber nicht mit demselben Status. Er war ein Externer oder, um es anders und in Abgrenzung zu unserem Los auszudrücken, ein Privilegierter gewesen, der darüber hinaus aus den besseren Kreisen von Saint-Nazaire stammte – der Vater war auf der Werft so etwas wie ein hohes Tier, die Mutter in der Gemeinde karitativ tätig –, und dem Wohlstand der Familie sowie dem Gebot der Nächstenliebe hatte ich es damals zu verdanken, daß ich an einem Donnerstag (zu jener Zeit noch ein schulfreier Tag) in ihr schönes Haus am Meer eingeladen wurde, eine Art Villa, die aus der Epoche zwischen den beiden Kriegen stammte und angesichts derer man sich fragte, wie sie wohl von dem auf Hafen und Stadt niedergegangenen Bombenhagel, der Saint-Nazaire in ein Ruinenfeld verwandelt hatte, verschont geblieben war.

Die Einladung kam um so überraschender, als ich nie das Gefühl gehabt hatte, daß wir, er und ich, Freunde oder auch einfach nur Kameraden gewesen wären. Auf dem Gymnasium gab es zwei klar voneinander getrennte Gruppen, und er gehörte nicht zu den an die Kette gelegten Mitschülern. Immerhin erlaubte es mir diese aufmerksame Geste, die mir unversehens zuteil wurde, den ewig gleichen Spaziergängen in Zweierreihen (glücklicherweise mußten wir nicht Händchen halten) am Donnerstagnachmittag zu entgehen, immer auf dem Zollweg am Meer entlang oder, bei schlechtem Wetter, in umgekehrter Richtung bis zum Hafen, wo wir uns einen Spaß daraus machten, riesige Frachtschiffe mit einem Bein vom Kai wegzustemmen. Wenn wir dann nach einem fünf Kilometer langen Marsch den ausgewählten Strand erreicht hatten (eine kleine, feinsandige Bucht zu Füßen eines Steilhangs, die bei Flut vom Meer abgeriegelt wurde), war es uns selbstverständlich verboten, zwischen den Felsen herumzuklettern oder auch nur die Zehenspitzen ins Wasser zu tauchen, so daß die Hauptbeschäftigung darin bestand, Weitsprungwettkämpfe im Sand zu veranstalten oder langweilige Partien »Vier gewinnt« zu spielen (wenn man den Dreh heraushatte, war das Spiel schon gelaufen, noch bevor man begonnen hatte: wer als erster seine helle Muschel oder seinen kleinen Kiesel auf die richtige Stelle im karierten Spielfeld legte, hatte bereits gewonnen). Natürlich nahmen wir jedesmal einen Ball mit, eine schäbige Schaumstoffkugel, so schrundig wie der Mond, aber im feinen Sand war dribbeln unmöglich, und so fiel der Nahkampf noch erbitterter aus. Um so größer war das Interesse am Posten des Torhüters, für den sich wegen der spektakulären Hechtsprünge, die ein solches Spielfeld zuließ, mehr Anwärter als gewöhnlich fanden. Allerdings mußte man sich vor Kieseln, Steinen, toten Zweigen, Flaschenscherben und rostigen Drähten in acht nehmen, die unter dem Sand verborgen sein und die Landung zu einem schmerzhaften Erlebnis machen konnten. Wie dem auch sei, angesichts der Entfernung und der Tatsache, daß wir um fünf Uhr zum Lernen zurück zu sein hatten, mußten wir, kaum daß wir angekommen waren, nach kurzem Aufenthalt schon wieder ans Aufbrechen denken.

Stand der Sommer vor der Tür und hing uns auf dem Rückweg die Zunge heraus, war es uns ausnahmsweise erlaubt, bei dem Eisverkäufer haltzumachen, der seinen Stand am Strand aufgebaut hatte, unweit der Villa meines neuen Gelegenheitsfreundes. Dieser nutzte das ab und zu, um wie ein entlassener Häftling, der seinen Zellengenossen einen Besuch abstattet, mit uns ein paar Worte zu wechseln. Die Prozession der Internatsschüler führte unmittelbar vor seinem Elternhaus vorbei, so daß ich am Tag der Einladung, als wir im Garten unter einer Schirmpinie, deren stark geneigter Stamm seit vierzig Jahren Wind aus derselben Himmelsrichtung anzeigte (obwohl dieser nicht immer vom Meer her weht), eine Partie Tischtennis austrugen, über die Hecke hinweg hörte, wie die ganze Horde meinen Namen zusammen mit eher ärgerlichen Attributen brüllte.

Ich hätte mich ihnen nur zu gerne angeschlossen. Durch Höflichkeit und Lebensart bestechen zu müssen, wenn man die ganze Zeit Angst hat, einen Schnitzer zu machen und sich beobachtet fühlt, ist an sich schon kein Kinderspiel, aber das Schlimme an betuchten Leuten ist, daß sie alles haben, also auch eine Tischtennisplatte. Dabei war Tischtennis wirklich nicht meine Stärke. Da ich zudem wenig Übung hatte, fiel mir das Spielen doppelt schwer: Zuerst einmal mußte ich versuchen, die Bälle, die mir mein Gegenüber weich zuspielte, zu erwischen, um sie dann über das Netz zurückzubefördern, wobei ich hoffte, daß sie bei ihm auf der Platte landeten. Man mag nun einwenden, ebendies seien die Grundregeln des Spiels. Stimmt, aber nur theoretisch. Ob ich den Ball erwischte, hing einzig und allein vom Geschick meines Gegners ab (und geschickt war er, er spielte wie ein Weltmeister), der sich (seines Zeichens Pfadfinder) großmütigerweise bemühte, die Mitte meines Schlägers anzuvisieren. Doch obwohl ich diesen durchaus nicht parallel zur Tischplatte hielt, prallten die Bälle immer wieder vom Schlägerrand ab und beschrieben auf dem Rückweg geradezu abenteuerliche Flugbahnen: Einer nistete sich in der Krone der Pinie ein, und als schmollte er, weigerte er sich, wieder herunterzufallen. Aber so etwas war die Ausnahme. Zwischen der Netzoberkante und den niedrigsten Zweigen bot sich mir genügend Raum, um nicht den gesamten Ballvorrat des Hauses aufzubrauchen.

All dies hinderte meinen Kameraden jedoch nicht daran, sich mit meinen Leistungen sichtlich zufrieden zu zeigen. Nachdem wir uns rasch warmgespielt und in etwas weniger als zehn Minuten drei Partien ausgetragen hatten, äußerte er gegenüber seiner Mutter, die sich nach meinen Fähigkeiten erkundigte, beim Mittagessen, ich hätte ihm einen gewissen Widerstand entgegengesetzt, und er habe sich mächtig anstrengen müssen, um die letzte Partie mit einundzwanzig zu drei für sich zu entscheiden. Es klang so, als wartete ich voller Ungeduld auf eine Revanche.

Zu meiner Verteidigung sei gesagt, daß ich einäugig spielte. Nachdem eines meiner Brillengläser vor ein paar Tagen zu Bruch gegangen war, hatte ich mir vorgenommen, mich bis zu den nächsten Ferien zu gedulden, um es ersetzen zu lassen. Ich befürchtete nämlich einige Unannehmlichkeiten durch den Nebel, in dem ich während der Zeit der Reparatur gefangen wäre, zum Beispiel könnte ein boshafter Lehrer mein Gebrechen ausnutzen und mich gnadenlos anherrschen: »Was lese ich da?«, wobei er mit dem dünnen Rohrstock auf eine mit Kreide an die Tafel geschriebene mißglückte mathematische Formel tippen und mir, wenn er keine Antwort erhielte (entgegen der Wortwahl gilt die Frage nämlich nicht ihm selber), auftragen würde, besagte Formel, die er sich sogleich wegzuwischen beeilte, hunderttausendmal abzuschreiben. Ich folgte dem Unterricht also nur mit einem Auge, während der verschwommene Blick des anderen an dem zu einer Acht verdrehten, auf ein neues Glas wartenden Nylonfaden hängenblieb.

Kaum verließ ich jedoch das Klassenzimmer, nahm ich die halbe Brille ab und lernte um den Preis manch peinlicher Verwechslung nach und nach, beim Fußballspielen dem als ekliptische Scheibe wahrgenommenen Ball zu folgen, mir, damit ich nicht irgendeine nicht zu identifizierende Gestalt in der Ferne (das heißt weiter als drei Meter weg) grüßen mußte, den Anschein zu verleihen, als wäre ich tief in Gedanken versunken, meine Augen nicht zu überanstrengen, indem ich sie zusammenkniff (was zu Kopfweh führt und einen wie einen Idioten aussehen läßt), und mich mit der ungefähren Welt zufriedenzugeben, indem ich mir einzureden versuchte, ich werde schon nicht viel verpassen und nicht alles sei unbedingt und in jedem Moment (das Meer ist sowieso ständig im Wandel begriffen) einen Blick wert.

Zum Tischtennisspielen aber hatte ich meine

Zyklopenbrille nach einem fruchtlosen Versuch, bei dem ich mit dem Schläger wiederholt in die Luft gedroschen und mich mein Kamerad besorgt darauf hingewiesen hatte, daß der kleine weiße Ball auf der anderen Seite an mir vorbeigeflogen war, wohl oder übel wieder aufsetzen müssen. Was mich vor ein ebenso tragisches wie klassisches Dilemma stellte: Da wir bei unseren Partien nach dem Essen eine Zuschauerin hatten (die um ein Jahr ältere Schwester des Champions, eine atemberaubende Schönheit mit langem kastanienbraunem Haar, dunklen Augen und der Figur einer Weltmeisterin im Tanzen, die sie auf leicht nach außen gestellten Füßen spazierentrug), fragte ich mich, was besser sei: mich ohne Brille lächerlich zu machen, indem ich danebenschlug, oder mich mit meiner halbierten Sehhilfe auf der Nase zu blamieren, denn mir war klar, daß mein Talent als Pingpongspieler, selbst mit zur Hälfte verbesserter Sicht (ich spielte ausschließlich Vorhand, und obwohl mein Kamerad mir nach Möglichkeit nur auf meine starke Seite servierte, verpatzte ich einige Schläge, da sie die Seite des fehlenden Brillenglases war), nicht unbedingt ausreichte, um sie zu beeindrucken. Ein brillanter Zufallstreffer bewirkte, daß ich mich für die zweite Lösung entschied (er brachte mir einen der drei Punkte, die ich am späten Vormittag erzielte: Der Ball prallte vom Ende meines Schlägergriffs ab, flog messerscharf übers Netz und erwischte meinen Gegner auf dem falschen Fuß). Da mich dies in der Überzeugung bestärkte, daß sich mein Können mit ein wenig Übung steigern ließe, hoffte ich darauf, unter den Augen der Schönen Ähnliches zu vollbringen und mit meinem Schläger wie ein Magier, der etwas aus dem Ärmel zaubert, einen Schmetterball, wie man ihn noch nie gesehen hatte, als eine Art krönenden Abschluß hinzulegen, mit der Folge, daß sie sich mir in die Arme würfe, um den Sieger zu küssen, mochte der Besiegte auch ihr Bruder sein, doch dies stellte, wiederum aus der Warte der klassischen Tragödie betrachtet, kein unüberwindbares Hindernis dar, war doch Chimène in die ebensolchen (Arme) eines Mannes gesunken, der am Morgen desselben Tages ihren Vater getötet hatte, und hatte damit Großherzigkeit bewiesen.

Von Random via Saint-Cosmes aus betrachtet, strahlte sie die schlichte Eleganz der Viertel der Reichen aus: dunkelblauer Rock, hellblaue Bluse und um den Hals ein nach Pfadfinderart geknotetes Tuch, allem Anschein nach die Uniform der »Jeannettes«, in deren Gesellschaft sie den Vormittag und einen Teil des Nachmittags verbracht hatte. Noch ganz von der Notwendigkeit durchdrungen, jeden Tag eine gute Tat zu vollbringen, lief sie den von mir verschlagenen Bällen hinterher, brachte sie lächelnd zurück und überreichte sie mir, wobei ich jedesmal errötete und meinem Gesicht zwischen einem Ball und dem nächsten nicht genügend Zeit blieb, wieder blasser zu werden, und da ich mir nicht vorstellen konnte, daß sie sich allein um meiner schönen (hinter meinem einglasigen Brillengestell kaum zu erkennenden) Augen willen abmühte, sagte ich mir, daß sie die Gelegenheit nutzte, um sich einen Vorrat an g.T. für ein ganzes Jahr anzulegen.

War ich allein und drückte die Nase am Spiegel platt, hatte ich, sofern man selbst sein bester Richter sein kann, den Eindruck, daß mein Äußeres eher gewann, wenn ich die schreckliche Brille mit den dikken Gläsern nicht aufsetzte, und ich folglich mehr Trümpfe in der Hand hielt, wenn ich sie wegließ, ich meine mit Blick auf die quälende Frage: Wird sich je ein Mädchen für mich interessieren? Dies ist die einzige, die alleinige Frage, im Vergleich zu der alle anderen unbedeutend erscheinen, sogar das Los dieses Planeten, vorausgesetzt natürlich, daß letzteres an der Antwort auf diese Frage nichts ändert. (Daher Tests in der Art von: Wenn ich es schaffe, bei der Angabe den Ball gut übers Netz zu bringen, ist die Sache geritzt, dann werden wir glücklich, und was Kinder angeht, so ist der Gedanke daran noch ein bißchen verfrüht. Angesichts dessen, was auf dem Spiel steht, zittert die Hand: Und wenn der Ball nun zufällig nicht rüberfliegt? Ein Leben lang allein wegen eines ins Netz gegangenen Balls? Das hieße, am Determinismus im allgemeinen und an Gott im besonderen verzweifeln, also seien wir lieber vorsichtig, wir werden doch nicht so dumm sein und die Zukunft unserer Liebe von einem mißglückten Schlag abhängig machen, legen wir es besser nicht darauf an, den Punkt zu kassieren, sondern gehen wir auf Nummer Sicher und lassen Stil Stil sein: den Schläger schön flach über der Platte, den Ball leicht schräg von oben nach unten schlagen, so daß er gut einen Meter hoch übers Netz fliegt, bisher läuft alles bestens, und jetzt Daumen drücken, daß er nicht zu lang ist, den Hals verrenken, als könnte man die

Flugbahn noch aus der Ferne ändern, es fehlen nur noch wenige Zentimeter – uff! Der Ball landet auf der Platte. Ich brenne schon darauf, zu erfahren, wie die mir Bestimmte heißt und wie sie aussieht, obwohl ich mir darüber im klaren bin, daß eine Schönheit wie sie, die sich auf der Suche nach dem verlorenen Ball, den ich nicht habe zurückkommen sehen, zum x-tenmal bückt und dabei den Ansatz ihrer von Jod und der atlantischen Sonne bereits gebräunten Tänzerinnenschenkel zeigt, für mich nicht in Betracht kommt, ob mit heiler Brille oder nicht.)

Die anderen witterten etwas, und als sie mich ohne Brille sahen, fragten sie mich prompt, warum ich sie nicht mehr trüge, ob aus Koketterie, um mich in den Augen von du weißt schon wem interessant zu machen. Da dämmert dir, daß die Menschen grausam sind, richtig grausam, und sich nicht die Mühe machen, sich an deine Stelle zu versetzen, die Dinge aus deiner Sicht zu betrachten, die die unerfreulichste von allen ist, weil du nie weißt, auf welchem Fuß du tanzen oder was für ein Gesicht du machen sollst, auf jeden Fall ein anderes, denn wer könnte sich schon für dieses interessieren?

Der Konditorsfrau von Random, bei der wir jeden Sonntagmorgen fünf Gebäckstücke kaufen, besser gesagt vier, seit uns ein Esser von Schokoladeneclairs im Stich gelassen hat – Mama legt Wert auf dieses Ritual, darauf, daß das Leben weitergeht oder zumindest eine Imitation davon –, bereitete es (vielleicht ein Zeichen von Verdruß, denn unsere Wahl fällt stets auf das gleiche Gebäck, obwohl sie uns zuredet, doch mal ihre Neuheiten zu probieren, doch vergeblich, deshalb ihr Lamento: Was nutze es, Neuerungen einzuführen, die Leute auf dem Land seien fortschrittsfeindlich, ach, wenn sie doch nur in der Stadt lebte) anscheinend ein diebisches Vergnügen, mich zu fragen, warum meine Brille immer noch nicht repariert sei. Vielleicht sollte ich den Optiker wechseln, übrigens kenne sie da einen, und außerdem würde ich mir die Augen verderben und so enden wie etwa ihr Onkel, erst letzten Monat war es: eine Hornhautoperation. Und dabei legt sie das Gebäck in den kleinen weißen Karton, der keinen Dekkel hat und den sie gleich in ein Stück Seidenpapier einschlagen wird. Aber du hörst schon nicht mehr hin. Warum läßt man nicht zu, daß du eine gute Figur machst? Wen stört es schon? Sollte man einen Anwärter aufs Glück nicht eher ermutigen? Sage ich etwa zu ihr, daß ich das Gebäck an ihrer Stelle anders anordnen würde, zumal es mit vier Stücken einfacher geht als mit fünfen, denn die müßte man zwangsläufig stapeln und es so einrichten, daß ein Mandeltörtchen einen Windbeutel trägt, was besser ist als umgekehrt.

Aber es ist nun mal so, es ist ein Komplott: Gewisse Leute legen es darauf an, dir den Spaß zu verderben. Die einzigen in Random, die aus dem engen, tristen, phantasielosen Rahmen fallen, den einem das Leben im Dorf auferlegt, sind die alten Jungfern, wenn sie überschnappen und sich, nachdem sie ein Dasein in Frömmigkeit gefristet haben, Hüte aus einer anderen Zeit aufsetzen, sich wie Filmsternchen aufführen und alle naselang den Rock lüpfen. Der Spitzname, den man ihnen verpaßt hat, kommt nicht von ungefähr: man nennt sie die Spinnerinnen. Wenn man sie so sieht, begreift man, daß man den Zug nicht verpassen darf. Erst viel später, angesichts des Denkmals, das den Toten aus dem Ersten Weltkrieg gewidmet ist, und der beeindruckenden Liste ihrer potentiellen Verlobten, sagt man sich, daß man heilfroh sein kann, sich nicht in der Epoche geirrt zu haben, und daß diese Frauen, diese Opfer der Geschichte, in der Tat kein Glück hatten. Wenn man sich die Zahl der heiratsfähigen Männer vergegenwärtigt, ist so etwas ein Aderlaß, eine wahrhaft harte Nuß für Heiratsvermittler: beim Appell fehlt mindestens jeder zweite. Ein Vorteil für jene, die zurückkehrten, denn sie hatten plötzlich die Qual der Wahl. Und so war die Strategie simpel: ein Krieg, der einen Teil der Männer dahinrafft, und es so einrichten, daß man zu den Heimkehrern gehört. So erhöhte ich meine Chancen. Ich malte mir die Schwester meines Kameraden als hingebungsvolle Sanitäterin aus, die sich in ihrem eleganten weißen Schleier um die Verwundeten kümmerte, in ihrem leichten Kleid herumwirbelte, und vielleicht sah so die ideale Lösung aus: eine harmlose Verletzung als Beweis, daß man kein Feigling ist, und sich dann von der Schönen pflegen lassen. Die Schwierigkeit bestand darin, einen ebenso verständnisvollen wie treffsicheren Feind aufzutreiben: ein schlichter Streifschuß oben am Kopf, damit die Hände der Schwester deines Kameraden unendlich behutsam einen Turban wikkeln, der bezeugt, daß du an der Front gewesen bist.

Am selben Abend erscheint sie mir wieder in meinen Träumereien. Einmal in ihrer Rolle als Retterin und zum anderen wegen dieser Geste beim Nachmittagskaffee, als sie mich fragte, was ich lieber auf meinem Butterbrot hätte: Marmelade oder Haselnußcreme, worauf ich, verdattert und zu einer Entscheidung unfähig, wieder einmal errötend stammelte, das sei mir egal, aber da sie nicht lockerließ, vernahm sie erschrocken, als spräche ein Ektoplasma aus mir, meine Antwort: beides. Woraufhin sie mir lächelnd ein auf der Welt einzigartiges Butterbrot reichte, rot und nußfarben. Ein Lächeln, das ich augenblicklich so interpretierte: Ich habe ja gewußt, daß der Kamerad meines Bruders, von dem er mir bis heute nichts erzählt hat, ein Schwachkopf ist, mit seiner halben Brille auf der Nase und einem Draht wie zum Butterschneiden vor dem rechten Auge, aber jetzt mal im Ernst, der hat doch nicht etwa die Absicht zu studieren? Und ich malte mir aus, wie die beiden, Bruder und Schwester, die Szene (ein Zwitterbrot und mein albernes Getue), kaum daß ich weg war, noch einmal durchspielten, wie sie mich wieder und wieder nachäfften und dabei jedesmal von einem explosionsartigen Lachanfall niedergestreckt wurden. Aber Rache ist süß: Ich hatte bemerkt, daß sie an den Nägeln kaute, was einer solchen Schönheit in meinen Augen nicht gut bekam und meine linkische Art und meine ramponierte Brille bis zu einem gewissen Grad wettmachte. Deshalb gestattete ich mir an diesem Abend, sie in meine Träumereien einzubauen, in jene, die dem Eintauchen in den Schlaf vorangehen und die man nach Belieben steuern kann.

Bis die Lichter eines nach dem anderen gelöscht wurden (zwanzig in der Schlafkammer des Aufsehers in zwei Reihen angebrachte Schalter, deren Klicken lange Zeit ebenso zwingend war wie das morgendliche Wecksignal), ließ man uns nicht in Frieden. Im Schlafsaal war Stille geboten, sie zu stören barg die Gefahr der üblichen Bestrafungen (obwohl sich nach einem harten, früh begonnenen Tag das Gros der Truppe, Hitzköpfe eingeschlossen, vor allem nach Ruhe sehnte). Um miteinander kommunizieren zu können, waren wir deshalb darauf verfallen, den Kopf in die Wandschränke unterhalb der Fenster zu stecken, denn wir hatten entdeckt, daß in deren unterem Teil die Rohre der Zentralheizung verliefen, und das ermöglichte es uns, mit gedämpfter Stimme in diesen behelfsmäßigen Beichtstühlen ein paar kapitale, für unser Überleben wichtige Informationen auszutauschen: »Fraslin ist krank im Kopf« oder: »Glaubst du, daß Juju auf dem schielenden Auge blind ist?« oder: »Die Winkelsumme eines Dreiecks entspricht noch mal was?« Offensichtlich ließ ich es jedoch in allem an Umsicht mangeln: zwei Internatsschüler, die fünf Minuten lang einer neben dem anderen den Kopf in ihren Schrank stekken – daran mußte etwas faul sein! Der eine wurde aufgefordert, in der Ecke des Schlafsaals, gleich neben den Toiletten, niederzuknien, der andere mußte einen Teil der Nacht auf dem Treppenabsatz vor der Tür zubringen, wo es im Winter eiskalt war.

Vor allem in der dunklen Jahreszeit, wenn wir das Waschen so schnell wie möglich hinter uns brachten und von den dürftigen Installationen (ein waagerecht angebrachtes Rohr, alle fünfzig Zentimeter mit paarweise angeordneten kleinen Hähnen versehen, aus denen kaltes Wasser in einem mickrigen Strahl in ein weißemailliertes Metallbecken rann, eine Art Trog, der für die Kleineren zu hoch war, um die Füße über den Rand zu schwingen), nur spärlichen Gebrauch machten, konnte es passieren, daß uns ein Lehrer, obwohl wir bereits im Bett lagen, alle noch einmal hinausschickte, nachdem er die Füße eines Verdächtigen inspiziert hatte, weshalb es ratsam war, auch nach dem Löschen der Lichter auf der Hut zu sein und die Traummaschine erst dann anzuwerfen, wenn man sicher sein konnte, daß nichts mehr sie aus dem Takt bringen würde.

Und währenddessen warf sich das Meer tief unten unermüdlich mit seinen Wasserwalzen gegen die Wellenbrecher aus Beton, verzehrte seine Kräfte auf dem Strand und zog sich mit einem Zischen zermahlener Muscheln zurück, um einen neuerlichen Anlauf zu nehmen. Niemals entmutigt, sondern immer vor gebändigtem Groll strotzend, setzt es mit weißer, starrsinniger Stirn erneut zum Angriff auf die runden Steine an, schiebt die Borte aus Algen weiter das Ufer hinauf und tritt sodann, von der Anstrengung gezeichnet, abermals den Rückzug an. Doch dieses ewige Wogen, diese klangvolle Begleitmusik, die das ganze Jahr über unsere Nächte erfüllte, war lediglich eine Art Übung, ein Aufwärmtraining vor den großen Manövern im Winter, wenn der Sturmwind den Atlantik derart peitschte, daß man meinen konnte, die nassen Horden würden alles mit sich fortreißen.

Bei den Springfluten um die Tagundnachtgleiche kletterten mächtige Brecher die Uferbefestigung hoch, schlugen über das steinerne Mäuerchen und zerbarsten in zwei Phasen: zuerst die Masse der Welle, dann, mit einer kleinen Verzögerung, ein Gischtschauer, wie Saatgut vom Meer ausgestreut, leicht, gedämpft und in Kaskaden, die den rhythmischen Abschluß bildeten. Diese wiederholten Vorstöße verliefen so, als forderten sich die Wellen gegenseitig heraus, als gälte es, die bewegliche Grenze zwischen beiden Elementen immer weiter vor sich herzuschieben, noch ein Stück Festland zu erobern – mal sehen, wer von uns es am weitesten schafft? Und warum eigentlich nicht versuchen, das Pförtnerhäuschen zu erreichen, dieses kleine viereckige, mit Schiefer gedeckte Gebäude, das zwischen zwei am Ufer aufragende symmetrische Bauten eingezwängt ist? Es war so, als würde jemand in einem Becken einen Bauchklatscher nach dem anderen machen, so daß Uferbefestigung, Gehweg und Straße überschwemmt wurden: Die Wellen, die Gefallen an dem Spiel gefunden haben, nehmen von weit her Anlauf, machen einen Buckel, ziehen in der salzigen Weite tiefe, bedrohlich wogende Täler hinter sich her und rücken vor wie der Wind auf einem Weizenfeld, die Wellenkämme werden weißer und weißer, schäumen, bäumen sich auf, bis sich kurz vor dem Hindernis eine Wand aus Wasser von der Brandung losreißt, mit wundersamem Schwung spielerisch den Steinwall überwindet und sich gleich einem flüssigen Bogen über die Fahrbahn spannt.

Mit gespitzten Ohren, die Bettdecke bis zu den Augen hochgezogen, lauschen wir der Vorbereitung und dem Verlauf der Kampfhandlungen. Der Lärm ist gewaltig, ein Gemisch aus dem Tosen des Meeres, dem von zuckenden Blitzen angekündigten Grollen des Donners und, in manchen Nächten, wenn es scheint, als wäre das Licht der Straßenlaternen in Wattebausche gepackt, dem wehmütigen, ernsten Klageruf der Nebelhörner. An anderen Abenden prasselt der Regen, der sonst so unaufdringlich mit von der Partie ist, jäh gegen die Scheiben, als sei ein wenig umgänglicher Sandmann, der es leid ist, den Schlafsuchenden jeweils nur eine kleine Prise in die Augen zu streuen, darauf verfallen, schaufelweise feinen Kies gegen die Fenster zu schleudern, um uns alle auf einen Schlag ins Reich der Träume zu befördern. Doch die Glasscheiben halten stand, und so bin ich in dem Augenblick, wo die Welle das wie ein Trommelfell widerhallende Dach des Pförtnerhäuschens unter sich begräbt, schon außer Reichweite, weit fort von Schlafsaal und Unwetter, von den Schrecken des Tages und den wiederholten Demütigungen, ein Flüchtling in einem Reich voller Wonnen und purem Trost, gefeit gegen Häme und Bosheit, und diesem Reich kann niemand etwas anhaben, nicht einmal die entfesselten Elemente.

Und an diesem Abend habe ich einen Gast: die

Schwester meines Kameraden hat sich in meinem Bretterverschlag zu mir gesellt, den ich eigens zu diesem Zweck in die Krone eines mitten auf einer Insel stehenden Baumes gebaut habe und in dem wir uns, von der restlichen Welt abgeschieden, aneinanderschmiegen können. Liebe bedeutet in meiner Phantasie nicht mehr als ein paar gewagte Küsse auf den Mund, ich begnüge mich mit langen, zärtlichen Umarmungen, Koseworten und dem Austauschen von Blicken. Zugunsten meines Traumkinos habe ich einige Retuschen vorgenommen: Ich habe mich einen Kopf größer gemacht, damit ich meiner Geliebten in die Augen schauen kann, ohne mich auf die Zehenspitzen stellen zu müssen, und natürlich habe ich scharfe Augen, so daß ich auf die Brille verzichten kann. (Dafür muß ich mir allerdings den Horizont neu erfinden und eine Art komatöses Wischiwaschi durch einen klaren, wie mit einer Rasierklinge an der Trennlinie zwischen Himmel und Wasser gezogenen Strich ersetzen – doch ist dies ein rein formales Konstrukt und für mich von keinerlei Nutzen, denn meine Besucherin würde niemals die Taktlosigkeit besitzen, in die Ferne zu zeigen und zu mir zu sagen: »Siehst du, was ich sehe?«) Ich trage übrigens weiße Mokassins, die ich sehr schick fand, als ich sie an den Füßen eines Großen aus der Abiturklasse sah, der den Schulhof mit weit ausgreifenden, behenden Schritten durchmaß (ich habe ohne großen Erfolg versucht, es ihm gleichzutun, indem ich mich mit einem Bein abstieß und den Fuß mit Bedacht abrollen ließ, wie man es uns im Sportunterricht mühsam beigebracht hatte, doch der zweifellos schlecht bemessene Schwung setzte sich in eine vertikale Kraft um, so daß ich bei jedem Schritt einen Bocksprung vollführte und das Gefühl hatte, federnd und wie in Zeitlupe auf dem Mond herumzuhüpfen).

Was sie betrifft, kaut sie nicht mehr an den Nägeln, so daß ich diese mit einem schönen roten Lack anmalen kann, was ihr etwas Frauliches verleiht. Ich habe sogar daran gedacht, ihr eine zarte blaue Welle auf die Lider zu tuschen, aber alles in allem ist sie durchaus wiederzuerkennen. Es handelt sich eindeutig um das Mädchen, das die von mir verschlagenen Bälle aufgesammelt und mir ein Zwitterbrot gereicht hat. Sie hat den dunkelblauen Rock und die hellblaue Hemdbluse anbehalten. Noch traue ich mich nicht, sie auszuziehen. Selbst im Traum schaffe ich es irgendwie zu erröten, sobald ich nur die Hand ausstrecke. Bald, wenn wir intimer miteinander werden nach all den Nächten im Halbdunkel des Schlafsaals, engumschlungen und vom Hin und Her der Wellen gewiegt, werde ich ihre knospende Brust ein wenig schwellen lassen, ohne jedoch ihre Bluse auszuwechseln, so daß diese zwischen dem dritten und vierten Knopf etwas spannt.

Doch mit der Zeit verblassen ihre Züge. Um sie aufzufrischen, warte ich auf eine neuerliche Einladung, die jedoch nicht kommt. Ein anderer externer Mitschüler, den ich ebenfalls kaum kenne, nimmt sich meiner an. Er ist intergalaktischer Tischtennismeister, hat aber keine Schwester, so daß ich meine verirrten Bälle wohl oder übel selbst einsammeln muß, und da wir in einer vollgestopften Garage spielen und sie sich jedesmal wer weiß wo einnisten, dauern die Partien um so länger. Man scheint mich jedoch als Sparringspartner zu schätzen, denn man möchte mich am darauffolgenden Donnerstag unbedingt wiedersehen: »O Mama, kann mein neuer Kamerad wiederkommen? Ich habe so selten Gelegenheit, mit jemandem zu trainieren, der so hohe Bälle spielt.«

Über die Freundschaft erzählt man sich allerlei Hehres, ja Bewundernswertes: Treueschwüre bis zum Tod, Beteuerungen wie: »Er hätte für mich alles getan« beziehungsweise: »Ich hätte für ihn alles getan«, was zwar nicht sehr aufschlußreich ist, doch in der Tat die *conditio sine qua non* zu sein scheint, aber daß man mit dem Bus quer durch die ganze Stadt gefahren und dabei zweimal umgestiegen ist – die Geschichte nahm ich ihm nicht ab. Und nicht etwa, weil er mich sieben Jahre zuvor in seinen Garten am Rand des Meeres eingeladen hatte, um mich mit einem Tischtennisschläger lächerlich zu machen. Mittlerweile hatte ich das Spiel durchschaut. Zwei wohlmeinende Familien hatten auf meinem Rücken eine Art Wettstreit ausgetragen. Ein armer kleiner Internatsschüler hatte soeben seinen Vater verloren: ein kleines frischgebackenes Waisenkind, das ist eine Prüfung, die uns der Herrgott schickt, um unsere christliche Nächstenliebe auf die Probe zu stellen. Kinder, jetzt müßt ihr Mut und Selbstlosigkeit zeigen, vielleicht ißt dieser kleine Bauer mit den Fingern, aber es ist unsere Pflicht, ihn einzuladen. Und der älteren Schwester predigt man: Du sollst nett zu ihm sein, du sollst nicht über seine Brille lachen, du sollst die Bälle aufsammeln, die er verschlägt, du sollst ihm sein Vesperbrot streichen (und bestimmt noch sechs weitere Gebote dieser Art, damit die Zahl stimmt).

Und nun versetzt euch in die Lage der zweiten Familie, die ebenso wohlhabend und wohlmeinend ist und die es wurmt, daß man ihr die Idee gestohlen hat: Na schön, da es nun einmal so ist, werden wir ihn eben an zwei aufeinanderfolgenden Donnerstagen einladen. Die erste Familie hätte dies wiederum überbieten können, drei Donnerstage in Folge, aber offensichtlich hatten die Schwester und der Bruder der Sache einen Riegel vorgeschoben. Die Schwester: Ich laufe doch nicht an allen meinen freien Tagen den Bällen dieser Brillenschlange hinterher. Der Bruder: Lieber spiele ich gegen eine fensterlose Wand, die schickt die Bälle wenigstens zurück. Wenn es nur seine Tolpatschigkeit wäre, fügt die Schwester hinzu. Aber erinnerst du dich noch an die Geschichte mit dem Butterbrot, lieber Bruder? Und wieder werden die beiden von einem irren, unkontrollierbaren Lachanfall geschüttelt.

Bestimmt hatten sie jenen fernen Nachmittag in ihrer Schadenfreude bis zur Neige ausgekostet, und nun war der Bruder, der sich auf ein langwieriges Medizinstudium eingelassen hatte und sich beklagte, daß sein neues Umfeld reizlos sei (er brauchte doch nur auf Literatur umzusteigen), quer durch die ganze Stadt und sogar noch weiter gefahren (die geisteswissenschaftliche Fakultät lag am Stadtrand inmitten eines ansonsten unbebauten Geländes in der Nähe einer Rennbahn, und das Studentenwohnheim war noch ein Stück davon entfernt), um mich, den komischen Kauz, auszuhorchen und sich mit Neugkeiten einzudecken. Da man seinem Milieu nicht entrinnen kann, verhielt es sich wohl eher so, daß er sich als Laborant, als Schüler Pasteurs, vergewissern wollte, wie seine liebste Nährlösung in einer hermetischen Umgebung reagierte, also in einer Zelle von vier mal zwei Metern, ausgestattet mit einem Einzelbett, einem Tisch mit elfenbeinfarbener Resopalplatte, der zugleich als Schreibtisch diente, einem mit Schaumstoff gepolsterten und mit Kunstleder bezogenen Stuhl (in dem engen Zimmer konnte man sich genausogut aufs Bett setzen, um am Tisch zu arbeiten, vorausgesetzt, man saß gerne tief und schrieb mit der Nase dicht über dem Papier – bei Sehschwierigkeiten etwa) sowie im Eingangsbereich – der vom eigentlichen Zimmer über die halbe Breite durch eine Trennwand aus Mahagoni-Imitat abgeteilt war – mit einem Waschbecken und einem Bidet (der blaue Gaskocher auf der Ablage unter dem Spiegel gehört dem Mieter, ebenso der kleine Emailtopf, außen cremefarben und innen weiß, der ihm hauptsächlich dazu dient, das Wasser für die Teebeutel heiß zu machen).

Weißt du, liebe Schwester, als ich sein Zimmer betreten habe, hat er mich angestarrt, als hätte mich der KGB oder der Klub ehemaliger Zöglinge von Saint-Cosmes geschickt. Man hätte meinen können, er hätte etwas zu verbergen. Was ich übrigens nicht ausschließen möchte, so wie er bei meinem Anblick reagiert hat: Als ich mich mangels einer anderen Sitzgelegenheit aufs Bett niedergelassen habe, hat er die Papiere, die auf dem Tisch lagen, hastig in eine orangefarbene Hülle geschoben, deren Aufschrift ich in der Eile nicht lesen konnte, aber es war ein doppelter Vorname, so ähnlich wie Etienne Marcel (was für eine komische Idee, sich für den einstigen Vorsteher der Kaufmannschaft von Paris zu interessieren!), und außerdem war der Umschlag mit einer sehr stilisierten, um nicht zu sagen sparsamen Federzeichnung geziert, die ein von hinten gesehenes Paar darstellte, und dann hat er die Mappe in eine Tasche gesteckt, dieselbe, die er damals im Gymnasium hatte und von der ich dir schon mal erzählt habe. Es ist eine mausgraue Ziehharmonika-Tasche aus dikkem Leder, die angeblich früher seinem Vater gehört hat, einem Handelsvertreter, der für seine Ringbücher, Akten und Kataloge eine geräumige, robuste Tasche brauchte. Nach seinem Tod hat sie sich sein Sohn unter den Nagel gerissen, unter dem Vorwand, daß sein ganzes Schulzeug hineinpaßte. Denn wie du dich vielleicht erinnerst, hagelte es Strafen, wenn man ein Lehrbuch oder ein Heft vergaß, und deshalb mußten die Internatsschüler morgens an alles denken, mußten auf dem meist mit Klebestreifen oder Heftklammern an der Unterseite ihres Pultdeckels befestigten Stundenplan die Unterrichtsfächer für jeden Tag durchgehen und die entsprechenden Bücher einpacken, denn der Zutritt zum Lernsaal, in dem sich ihre Schränke befanden, war ihnen tagsüber verboten. Also ist er, um sich Ärger zu ersparen – stell dir vor, wenn man etwas vergessen hatte, mußte man die ganze Stunde über mit gekreuzten Armen dasitzen und durfte nicht einmal einen Blick in das Buch des Nachbarn werfen (ich erinnere mich, daß ihm einmal etwas noch viel Grausameres passiert ist, und das, obwohl er nicht vergessen hatte, seinen Band mit den Fabeln von La Fontaine in die Schultasche zu stecken, weil man uns nämlich mitgeteilt hatte, daß wir sie brauchen würden, um eine Textanalyse zu schreiben, aber jetzt stell dir vor, statt uns über eine Fabel arbeiten zu lassen, gab uns dieser – wie hieß er noch gleich? – Praslin oder Fraslin einen Text aus der Einleitung, worin unser Freund ein Komplott gegen sich sah, und vielleicht hatte er damit nicht einmal unrecht, weil er nämlich nicht dieselbe Ausgabe wie der Rest der Klasse, also auch nicht dieselbe Einleitung hatte, aber Praslin oder Fraslin, der uns einfach nur eine Seitenzahl angegeben hatte, verwies ihn darauf, daß man zu Beginn des Schuljahres eine Liste anzuschaffender Bücher an uns verteilt hatte, und weigerte sich, obwohl es ihn wirklich nichts gekostet hätte, ihm sein eigenes Exemplar zu leihen, so daß unser Freund die schlechteste Note bekam, und das nur, weil seine Eltern es für unsinnig gehalten hatten, die neue Ausgabe der Fabeln, die die ältere Schwester doch bereits durchgenommen hatte, zu kaufen, denn sie sagten sich bestimmt, daß man sie von einer Ausgabe zur nächsten schon nicht ändern würde, die Fabeln) –, und deshalb also ist er, da er oft etwas vergessen hat – aus Zerstreutheit vielleicht oder weil er mit dem Kopf woanders war – und die Nase von Strafarbeiten und Nachsitzen gestrichen voll hatte, darauf verfallen, den gesamten Inhalt seines Schrankfachs in sein einziges Erbstück zu stopfen – für ihn ein ziemlich schweres Erbe, diese Tasche –, und weil er damals ein Winzling war, mußte er den Arm anwinkeln, damit nichts auf dem Boden schleifte (nicht der Arm, der war schon richtig proportioniert, sondern die Tasche), was ihm von den Größeren und den Lehrern, die ihn mit einer Schnecke oder einer Schildkröte verglichen, spöttische Bemerkungen einbrachte: Warum trägt er nicht auch gleich sein Bett mit sich rum? Oder seinen Schrank? Worauf er, der sich mit seiner schweren Last abschleppte und den Tränen nahe war (egal, was man zu ihm sagte, er flennte sofort los, weil er überempfindlich war), worauf er also, um ein Beispiel zu nennen, so gut es ging antwortete, dank dieser Methode habe er keine einzige Zeile mehr als Strafarbeit wegen eines vergessenen Buchs aufgebrummt bekommen, und die anderen hätten außerdem in seiner »Wühlkiste« zu ihrer Freude schon oft gefunden, was ihnen fehlte – manchmal eine so dumme Kleinigkeit wie eine Tintenpatrone für den Füller –, also sollten sie lieber erst mal gründlich nachdenken, bevor sie an ihm herumkrittelten. Oder andere Argumente in der Art. Aber als ich ihn dann wieder mit seiner Riesentasche vor Augen hatte, liebe Schwester, da habe ich uns im Geist wie damals an der Pingpongplatte gesehen und daran denken müssen, wie sehr wir beide gelacht haben. Übrigens hast du seinerzeit offenbar mächtig Eindruck auf ihn gemacht. Nach all den Jahren hat er sich nämlich nach dir erkundigt, wie es dir geht und wo du steckst, und da fühlte ich mich ein bißchen überrumpelt und habe geantwortet – versetz dich mal in meine Lage, ich hatte doch keine Ahnung. Wie war das überhaupt möglich, daß ich keine Ahnung hatte? – Na, jedenfalls habe ich gesagt: »Im

Himmel vielleicht?« Da hat er mich angestarrt, und seine Augen haben sich mit Tränen gefüllt. Was das angeht, hat er sich nicht geändert, immer noch dieselbe Trauerweide, dabei muß er schon achtzehn sein, denn wir sind gleichaltrig. Also, und das ist der Gipfel, habe ich ihn getröstet. Er hat sich schlagartig beruhigt, mir Tee angeboten und sich entschuldigt, weil er nichts anderes zu offerieren hatte. Ich habe abgelehnt und gemeint, ich hätte ihn schon lange genug bei der Arbeit gestört, aber er hat behauptet, er habe nicht gearbeitet, auch wenn der Anschein dafürspreche. Er gehe zwar zu allen Vorlesungen, schreibe aber nie mit, und deshalb gebe es nichts zum Durcharbeiten. Das habe er sich angewöhnt, seit er keine Brille mehr trage. (Mein Gott, weißt du noch? Jedesmal wenn wir einen Mülleimer sahen, haben wir gesagt: »Schau, sein Brillenetui.«) Da er sogar von der ersten Reihe aus nicht entziffern könne, was an der Tafel stehe, habe er beschlossen, daß die Vorlesungen ohne ihn stattfinden sollten – mit ihm, aber trotzdem ohne ihn. Wie hat er unter diesen Umständen bloß die Prüfungen in Mathematik, Physik und Chemie bestehen können, wo doch die Tafel am Ende jeder Stunde bekanntlich mit Beweisen und Formeln übersät ist, die man auf jeden Fall lernen und auch behalten muß? Das ist mir ein Rätsel und läßt mich an seiner angeblichen Kurzsichtigkeit zweifeln. Er meint, er habe einfach Glück gehabt, und da er wisse, daß sich das nicht unbedingt wiederholen würde, habe er auf Literatur umgesattelt. Kurzsichtig oder nicht, jedenfalls habe ich zu ihm gesagt, daß ich ihn offenbar doch mitten in der Arbeit angetroffen hätte. »Nein, nein«, hat er beteuert, allem Anschein zum Trotz. Ob er nicht gerade geschrieben habe? Ja, das schon, aber das sei etwas anderes. Da ist mir wieder eingefallen, daß er sich in Saint-Cosmes einen gewissen Ruf als Reimeschmied gemacht hatte, der hundert spöttische, auf einen Aufseher gemünzte Alexandriner oder ein Sonett über den Regen schreiben konnte. Er hat nach dem Pech, von dem ich dir erzählt habe, sogar eine Fabel im Stil La Fontaines geschrieben, deren Moral so ähnlich lautete wie: Und die Moral? Es gibt sie nicht mehr, die Moral. Daran habe ich wieder denken müssen, weil er sich hat erwischen lassen und Praslin oder Fraslin den Text der ganzen Klasse vorgelesen hat, aber vor dem letzten Vers hat er abgebrochen und statt dessen an die Tafel geschrieben: »Moral: Inhaltsanalyse von Band I der Fabeln La Fontaines«.

An diesen Zwischenfall habe ich ihn nicht erinnert, aber ich habe ihn gefragt, ob er immer noch schreibe.

Meine erste Liebe war also ertrunken. Und das als gute Schwimmerin. Was beweist, daß das Meer zu nichts taugt, nicht einmal für die Fische. Es hatte ihren Tänzerinnenkörper verschlungen und ihn der Familie einige Tage später zurückgegeben, ihn achtlos wie einen toten Ast, eine Flasche oder eine Orangenschale auf ebenden Strand geworfen, wo wir unsere Wettkämpfe im Weitsprung veranstalteten und an dem ich mich nach unserer ersten Begegnung lange Zeit der Hoffnung hingegeben hatte, sie würde, von dem Verlangen getrieben, mich wiederzusehen, und in dem Wissen, daß dieser Ort das Ziel unserer Spaziergänge bildete, eines Tages dorthin kommen: Sie breitet ihr Handtuch nicht weit von der Gruppe aus, reibt sich mit Sonnencreme ein, wirft von Zeit zu Zeit einen bewundernden Blick auf meine himmelhohen Sprünge (da ich meine Dribbelkünste im Sand nicht zur Geltung bringen kann, habe ich es vorgezogen, den Posten des Torhüters zu übernehmen) und bringt mir den Schaumstoffball zurück, den ich arglos durchlasse, und das trotz eines herrlichen Hechtsprungs, hinter dem allerdings weniger der Wunsch steckte, ein gegnerisches Tor zu verhindern, als den Ball wie eine Hommage zu ihren Tänzerinnenfüßen landen zu lassen. Ein Ball, den ich nicht mehr hergeben möchte, jetzt, wo er ein wenig von der duftenden Creme abbekommen hat, die ihre Arme, Beine und Schultern bedeckt (sie ist viel zu klug, um sich helfen zu lassen, nur weil sie sich den Rücken alleine nicht eincremen kann), und den ich ganz fest an mich presse, als wäre er ein Teil von ihr – dabei interessiert sich niemand mehr fürs Spiel, weil unsere Lieblingszuschauerin in ihrem farblich von der Jeannette-Uniform inspirierten zweiteiligen Badeanzug (dunkelblaues Höschen und hellblaues Oberteil) jetzt über den Strand schreitet und das lange Haar zurückwirft, bevor sie kopfüber in die Wogen springt, ein paar Meter weiter wieder auftaucht und sich mit kräftigen Schwimmzügen entfernt, bis sie schon bald unseren Augen entschwindet.

Und so hatte das Meer sie also in ihrem sechzehnten Sommer verschlungen, als sie ganz allein weit hinausgeschwommen war: Vermutlich hatte sie einen Krampf bekommen, vergeblich gerufen, vielleicht versucht, die Aufmerksamkeit der Gruppe von Internatsschülern auf sich zu lenken, die am Strand Fußball spielte. Aber all das Gestikulieren, all das Rufen hatten nichts genutzt: Selbst in meinen Träumereien eilte ich nie einer ertrinkenden Frau zu Hilfe. Wozu auch, wenn man nicht schwimmen kann?

Gern hätte ich meinen Schulkameraden gefragt, ob er ein Foto von meiner sirenengleichen Tänzerin bei sich habe. Ihre Züge waren endgültig verblaßt, und als einziges war mir die Erinnerung an ihr langes Haar geblieben – und vielleicht auch an ihren dunkelblauen Rock und den Ansatz ihrer Schenkel, als sie sich im Garten im hohen Gras nach den von mir verschlagenen Bällen bückte, doch war dies nicht unbedingt eine Originalerinnerung. Auf dieses kindliche Bild hatten sich andere Wahrnehmungen aus späterer Zeit aufpfropfen können, etwa die eines Rocks, der von der aus einem Lüftungsschacht dringenden Luft angehoben wurde, Bilder, wie sie vom Kino und vom Fernsehen, das einige Jahre später bei uns zu Hause Einzug hielt, verbreitet wurden. Am schwersten fiel es mir, das verschwommene Gesicht der Ertrunkenen um ein paar Jahre altern zu lassen, denn über die Grenze ihrer sechzehn Jahre, über den äußersten Randbezirk der Kindheit, an dem sich bereits die spätere Frau abzeichnet, gelangte ich nicht hinaus.

Ich hatte mich im hellen Dämmerlicht des Schlafsaals Abend für Abend so sehr bemüht, ihr Phantombild in dem Maße, wie die Zeit verstrich und ihre Züge verblaßten, auf dem neuesten Stand zu halten, und mit diesem umgekehrten Lifting bereitete ich mich zweifellos auf eine neuerliche Begegnung vor, bei der ich mir, inzwischen gereift, eine zweite Chance einräumte, und so kam ich, als ich die orangefarbene Hülle aus meiner Aktentasche zog, nicht umhin, auf die Frage meines Kameraden einzugestehen, daß diese von hinten unbeholfen mit Bleistift gezeichnete Gestalt tatsächlich sie war, daß sie also, ohne es zu ahnen, ihre Auflösung und meine geballten Träumereien überstanden hatte: Eine junge Frau mit langem, offenem, bis zur Taille herabfallendem Haar bietet ihren Arm einem Mann, der einen Schwalbenschwanz und einen mit verwegener

Schlagseite über dem Ohr sitzenden Zylinder trägt, mit der rechten Hand den Hals einer Flasche mit Alkohol umklammernd, der runden, gedrungenen Form nach etwas in der Art von Armagnac, aber aufgrund der wenig gekonnten Linienführung hätte es genausogut ein Pingpongschläger sein können.

Nach außen hin stellte der junge Mann in Galakleidung nämlich einen Doppelgänger Rimbauds dar (das Bleistiftgekritzel sollte an die phantasievollen Zeichnungen Delahayes erinnern, der seinen Freund skizziert hat, wie dieser mit weit ausgreifenden Schritten die Welt durchmißt), was aus dem Titel in einer an Eindeutigkeit kaum zu überbietenden Weise hervorging: Jean-Arthur oder: Noch einmal dasselbe. Eine ebenfalls nur schwer zu übersehende Anspielung auf die Standardfloskel von Trinkern, nämlich: Geben Sie uns noch mal dasselbe, womit in diesem Fall allerdings das Leben gemeint war. Man mußte also wissen, daß besagter Jean-Arthur die Amputation seines Beins überlebt hatte (das auf der Zeichnung durch ein Holzbein à la Kapitän Ahab oder Long John Silver ersetzt war), und ich erläuterte meinem Kameraden, daß er nach der Rückkehr in die Heimat (die Frauen pflegen diese wilden Versehrten etc.) der Schwester eines Freundes aus seiner Kindheit wiederbegegnet war, die von ihm, dem Abenteurer, geträumt hatte, von dem ihr Bruder ihr fortwährend erzählte, und daß er ihr hatte imponieren wollen, indem er ihr, als sie nebeneinander auf einer Parkbank saßen, von seinen Abenteuern berichtete, wobei er kurzerhand so manches dazuerfand: Afrika, Hitze, Wüste, Menschenfresser, Löwen, Sklavenhandel, Sand in Kaffeesäkken, schöne Abessinierinnen, und sie, arglos, aber aufmerksam: Warum schreiben Sie darüber kein Buch? Ich erinnere mich, daß mein Bruder einmal ein Sonett über den Regen in ein Schulheft geschrieben hat, dessen erste Strophe mit den Worten begann: Der Regen ist ein Gefährte. Ist das nicht von Ihnen? Und in dem Augenblick, in dem der vermeintliche Dichter erwiderte: Spülicht, das war alles nur Spülicht, spürte ich, wie ich rot wurde, und obwohl der Bruder der schönen Ertrunkenen mir meine Verwirrung anmerkte, half er mir nicht etwa aus der Patsche, sondern warf einen Blick auf die Uhr: Ich möchte dich nicht länger aufhalten, und dann sagte er noch etwas in der Art von: Wie dem auch sei, jetzt weißt du, wie die Geschichte ausgeht, und mit diesen Worten erhob er sich und gestand mir unvermittelt, er werde das Medizinstudium bestimmt auch nicht bis zum Schluß durchhalten, er habe Lust, alles hinzuwerfen, fortzugehen, Schafe zu hüten. Was? Schafe hüten? Und statt es bei diesem verblüfften Ausruf bewenden zu lassen, hältst du es für einen pfiffigen Einfall, hinzuzufügen, wenn das mit den Berufszielen so weitergehe, würden bald die Schafe knapp werden, was ihm für den Bruchteil einer Sekunde ein Lächeln abnötigt – mehr hätte eine Mitleidsbezeigung bedeutet, die ihn sichtlich überfordert hätte –, gerade so lange, daß er sich dabei umdrehen und die Hand auf den Türknauf legen kann.

Und jetzt bist du wieder allein in deinem Zimmer, dessen zweiteiliges Schiebefenster mit Aluminiumrahmen auf andere, ähnliche Gebäude geht, eine Anhäufung identischer Zellen, eine Architektur, die zusammengestottert wirkt, weil in ihr immer dasselbe armselige Motiv wiederholt wird, ein aus einer ewig gleichen, tausendfach nachgebeteten kläglichen Strophe bestehendes Gedicht. Nachdem dein Kamerad gegangen ist, überlegst du, ob du dir nicht eine gute Gelegenheit hast entgehen lassen, ob es, anstatt alle und jeden der Spionage zu verdächtigen, nicht vielleicht besser wäre, sich einzubleuen, daß es auch uneigennützige Freundschaftsbeweise gibt, etwa mit dem Bus quer durch eine Stadt zu fahren und zweimal umzusteigen, nur um sich nach Neuigkeiten zu erkundigen, um ein klares, klangvolles »Was gibt's Neues?« zu rufen, worauf die Antwort lauten könnte: »Dies und das natürlich, aber zuerst einmal freue ich mich, dich zu sehen, und übrigens hatte ich vor, denselben Weg zurückzulegen, allerdings in umgekehrter Richtung.«

Denn wie es scheint, ist das so üblich, ohne Geheimnistuerei, ohne Hintergedanken. Und weil das so ist, hast du das Gefühl, nicht einmal zu elementaren Dingen wie diesen imstande zu sein, beneidest du die Gruppen junger Leute, die sich treffen, trinken, lachen, sich küssen, reisen, sich zerstreiten, sich wieder versöhnen. Es hilft dir nichts, ihnen gegenüber die allergrößte Herablassung, eine überlegene Miene und Unverständnis für diese Art kollektiven Verhaltens zur Schau zu tragen, du würdest wer weiß was dafür geben, so zu sein wie sie, was in diesem Alter offenbar die Norm ist, aber statt dessen hockst du allein in deiner Bude, fügst Sätze aneinander, reimst Liedzeilen und träumst, über ein Musikinstrument gebeugt, das gerade in Mode ist, von einer wunderbaren Zukunft, in der du dich – welch süße Umkehrung der Verhältnisse (die Letzten werden die Ersten sein) – daran weidest, wie dein Name seinen Platz im Herzen der Massen findet.

Im Augenblick aber versuchst du dir einzureden, was es doch für ein Glück ist, daß deine Einladung zum Tee ausgeschlagen wurde: Hättest du ihn nämlich schon getrunken, wärst du jetzt deines einzigen Zeitvertreibs beraubt. In der Tagesmitte ist die schlichte Teezeremonie für dich nämlich ein Lichtblick, dieses Trübsal und Einsamkeit abgetrotzte Viertelstündchen, diese Summe kleiner Dinge, die, methodisch aneinandergereiht, vorübergehend das Gefühl der Langeweile verdrängen, das dich nicht losläßt: das Wasser, das in den elfenbeinfarbenen, wegen seiner geringen Größe ausgewählten Topf geschüttet wird (es war das kleinste Modell, eins, das ganz oben in einen Stapel ineinandergestellter Töpfe paßt), das Streichholz, das man anreißt und, nachdem man damit den Brenner des Kochers angezündet hat, sacht auspustet, indem man es an die Lippen führt, das vertraute Zischen des unter Druck stehenden Gases, der blaue Flammenkranz, dieser kleine, wackere Puffer gegen die allzufrüh vorrückende Winternacht, das Klappern des Topfes, der gegen die Bügel aus rostfreiem Stahl stößt, der Teebeutel, der in der Tasse aus schlichtem weißem, am oberen Rand mit einer korallenfarbenen Borte eingefaßtem Porzellan wartet und dessen Etikett heraushängt (rutscht es beim Aufgießen des singenden Wassers aus Versehen hinein, färbt es rot und gelb ab, bis hin zu goldbraun, also in etwa in der Farbe des Tees, was einer grünlichen oder bläulichen Eintrübung vorzuziehen ist, aber diesem kleinen Malheur beugt man am einfachsten und wirksamsten vor, indem man das Schnürchen des Teebeutels um den Henkel der Tasse schlingt). Da dieses Ritual, husch, husch auf einer Tischecke vollzogen, all seine Bedeutung einbüßen würde und geradezu danach verlangt, hervorgehoben und mit größtmöglicher Hingabe zelebriert zu werden, wird zuvor mitten auf dem Schreibtisch ein Platz frei geräumt, werden Bücher und Papiere beiseite geschoben und eine weiße Serviette anstelle einer Tischdecke ausgebreitet. Jede Geste ist so bemessen, daß sie ein paar Sekunden in Anspruch nimmt, so auch die Art und Weise, wie man, die Nase in die von der Tasse aufsteigende Dampfwolke getaucht, ohne Hast mit gespitzten Lippen die Temperatur des Tees prüft und ihn anschließend mit kleinen Schlucken trinkt, nicht weil es solch ein Vergnügen wäre – es ist wirklich kein besonders hochwertiger Tee –, sondern weil es dir das Gefühl gibt, die Zeit, ihr trügerisches Dahintröpfeln und ihre tückische Leere auf Distanz zu halten.

Doch die Zeit weiß sich zu wehren, sie ist verdichtbar, doch nicht allzu sehr. Eine Art Mariottesches Gesetz, das ihrem Verrinnen innewohnt, hindert dich daran, nach Belieben mit ihr zu verfahren. Und wenn du jede Geste dieses Rituals bis zum äußersten in die Länge ziehst oder gar das Wasser mehr als nötig erhitzt, damit es nicht so schnell abkühlt – am Ende, wenn der letzte Schluck die Kehle hinuntergeronnen und die Tasse abgespült ist, ist nie mehr als eine Viertelstunde vergangen, und bis zum Abendessen ist es noch lang hin. Vor dir dehnt sich die Leere zweier Stunden, von denen du nicht so recht weißt, wie du sie verbringen sollst, und so wirst du zwischen Tisch und Bett hin- und herwechseln, zwischen der Niederschrift dreier Wörter, die du sogleich wieder durchstreichst, und dem Anschlagen der immer gleichen, unerträglichen, weil allzuoft gespielten Akkorde auf der Gitarre. Denn nichts ist von Dauer, die Langeweile erdrückt alles – selbst Träume.

Diese gesegnete Zeitspanne, die dir an der Grenze zur Nacht die Schulzeit versüßt hat, hat nun, wo die in Hülle und Fülle vorhandene Zeit und das Fehlen von Zwängen ihre Bedeutung banalisiert haben, ihre tröstende Kraft eingebüßt. Es ist sogar schon vorgekommen, daß du gegen die Mächte des Imaginären aufbegehrt hast, so wie Michelangelo mit seinem Moses haderte, daß du vor Zorn über die flüchtigen Ausgeburten des Geistes geweint hast. Nichts läßt die Dinge so müßig erscheinen wie die Einsamkeit.

Im vergangenen Jahr, dem letzten in Saint-Cosmes, hast du die Lockerung des Reglements genutzt (die Internen der oberen Klassen durften vom Schlafsaal in Einzelzimmer umziehen), um heimlich mit dem Gitarrenspiel anzufangen, wie neunzig Prozent deiner Altersgenossen (die restlichen zehn Prozent haben im Rahmen ihrer Erziehung Klavierstunden erhalten). Die mäßigen Noten, die du im Verlauf jenes Jahres geerntet hast, künden davon, wie teuer dich deine Klampfe, dieser Ersatz für das Studium der Mathematik, zu stehen gekommen ist. Allzuteuer letztlich doch wieder nicht, wenn man das paradoxe Glücksgefühl berücksichtigt, sich so einzigartig wie alle Welt zu fühlen, seinem inneren Exil entrinnen und aus sich herausgehen zu können. Davon hattest du schon früher einmal ein klein wenig gekostet, als deine ironischen, gleichsam in einem unerschrockenen Samisdat verbreiteten Alexandriner, in denen du die Macken und Marotten der Lehrkräfte aufs Korn nahmst, hinter den hochgeklappten Pultdeckeln die Runde machten und dir unter deinesgleichen einen Sonderstatus einbrachten, nämlich den des offiziellen Möchtegernpoeten. Aber beim Verseschmieden brauchst du bloß mit den Fingern mitzuzählen, und nicht weiter als zwölf, die Wörter fallen dir von allein ein, purzeln durcheinander, und nachdem sie die Hörprobe bestanden haben, hast du nur noch die Qual der Wahl. Alles in allem und egal, was hier oder dort behauptet wird, ist es nicht gerade ein Kunststück. Etwas anderes ist es dagegen, sechs metallenen Saiten, die dir in die Fingerspitzen schneiden, so daß dir im Lauf der Zeit eine Hornhaut wächst, ein paar harmonische Klänge zu entlocken, und mag diesem verbissenen Musizieren auch die Größe fehlen, verdienstvoll ist es allemal. Du legst den Zeigefinger auf diesen Bund und diese Saite, den Mittelfinger auf diesen und jene, den Ringfinger ebenfalls, und nun stehen dem kleinen Finger noch vier oder fünf Möglichkeiten offen, all dies um den Preis schmerzhafter Krämpfe im Daumen, der auf der Unterseite des Gitarrenhalses unauffällig als Schraubzwinge fungiert.

Soviel zur linken Hand. Doch auch die rechte ruht nicht, mag sie sich auch zunächst damit begnügen, wie eine Sense über die sechs Saiten hinzufahren, möglichst im Takt, denn sie verschiebt es auf später, mit den Fingern zu arpeggieren, zu schrammeln oder zu zupfen. Es kommt vor allem darauf an, einen sauberen Ton zu erzeugen, der nicht so klingt, als stammte er von einem quietschenden, klappernden, auf den Felgen fahrenden alten Drahtesel. Sobald die vier blutunterlaufenen Finger der Linken in der Lage sind, einen bestimmten Akkord nahezu perfekt zu greifen, so daß du ihn unablässig ein ums andere Mal spielst, ist es Zeit für einen anderen, sofern du Wert auf Stücke legst, die nicht im wesentlichen aus Wiederholungen bestehen. Und jetzt wird es richtig kompliziert. Nehmen wir zwei Akkorde: *king* und *kong*, zum Beispiel. Hast du *king* angeschlagen und brauchst anschließend zu lange, um *kong* hinzukriegen, wird sich immer ein aufmerksames Ohr finden, um zu bemängeln, daß du kein Rhythmusgefühl besitzt. Also bittest du einen Klassenkameraden, deine Hausaufgabe in Physik zu machen, damit du sie anschließend nur noch abzuschreiben brauchst, und widmest dich in der Zwischenzeit unermüdlich deinem eigenen Werk. Tring-trong, kring-dong, ding-wrong und schließlich: king-kong.

Voilà, du kannst spielen, zumindest gut genug, um zur nächsten Stufe überzugehen: der Begleitung, das heißt, du hast nun die Möglichkeit, zu ebendiesen Akkorden zu singen, nicht aus voller Kehle (als Anfänger neigt man eher dazu, die Dinge zurückhaltend anzugehen), sondern mit piepsiger, näselnder Stimme, und zwar kämpferische Protestlieder und zersetzende Hymnen, die die bestehende Ordnung in Frage stellen und dadurch der besitzenden Klasse großen Schaden zufügen.

In Wahrheit sind sie für dich nur Lippenbekenntnisse, diese Lieder, ja, du ärgerst dich sogar ein wenig über sie (wohl über ihren Mangel an Nuancen), aber um dich selbst nicht ein für allemal ins Abseits zu manövrieren, gibst du dir einen Ruck und fällst in den Gesang der Zeit ein – ein unschöner Kompromiß, der nicht gerade von großem Mut zeugt, aber die Einsamkeit ist wirklich unerträglich. Wie, ohne gleich als erbärmlicher Konterrevolutionär dazustehen, jemandem klarmachen, daß deine Vorliebe eher sanften Liedern gilt, daß du deine blaue Blume der Romantik in Saint-Cosmes heimlich in den Beeten der Nacht gehegt und gepflegt hast? Übrigens: Kaum beherrschen deine Finger zwei oder drei Akkorde, fängst du an zu komponieren.

Da haben wir's nun: Im Handumdrehen eine Latte schlechter Noten und vier Romanzen. Aber wie und wem die Stücke vorspielen? Vergiß nicht, du bist von krankhafter Schüchternheit, was es dir nicht eben leichter macht, in aller Öffentlichkeit das Wort zu ergreifen, nach dem Motto: Und jetzt werde ich euch ein Lied vortragen, das ich selbst komponiert habe, Text und Musik (womit du suggerieren willst: Der kann einfach alles, dieser charmante junge Mann). Die Gelegenheit bietet sich bei einem Dorffest in Random. Nicht etwa auf der Bühne des Theaters (ein richtiges, nach italienischem Vorbild, ohne Stuck und Goldverzierungen zwar, aber mit Kulissen, Schnürboden und Maschinerie), sondern genau darunter, das heißt unter den Brettern, so daß du, während eine Jugend mit viel Verve auf denselben herumstampft, hören kannst, wie deine Kameraden eine Etage höher ihre Texte aufsagen, das Korps der Ballerinen herumtrippelt und die Musiker – eine angelsächsisch angehauchte Gruppe – aufspielen.

Eine barmherzige Seele hat dich mitgeschleppt. Barmherzig zweifellos, denn bestimmt mußte man dich lange bitten, bevor du dich herabgelassen hast, ja zu sagen (zu deiner Verteidigung sei gesagt, daß du ihr schwerlich hättest erklären können, woher dein Widerstreben rührt, nämlich einzig und allein von deinem Schamgefühl und deiner Angst, täppisch, gehemmt, ja schlafmützig zu wirken, sonst wärst du von dir aus hingegangen). Die Jugend hat ihren eigenen Stil, und daß du nicht ins Bild paßt, sieht ein Blinder. Kaum hast du dich im Theater hinter den Kulissen eingefunden und die anderen beiläufig gegrüßt (sie wundern sich wahrscheinlich, weil sie sich erinnern, daß du noch vor kurzem nicht einmal bereit warst, ihren Gruß zu erwidern, und können sich nicht vorstellen, daß sie, von der anderen Straßenseite aus gesehen, in deinen Augen nur als Schemen existieren, weshalb du dir angewöhnt hast, lieber den Kopf zu senken, als blindlings verschwommene Gestalten zu grüßen, die sich mitunter als vollkommen Fremde entpuppen und verblüfft sind über die Aufmerksamkeit, die ihnen ein Unbekannter entgegenbringt – aber du hörst bereits das Getuschel hinter deinem Rücken: Der ist launisch, sagt nur guten Tag, wann es ihm paßt, heute ja, morgen nein), hast du hoch erfreut in einer Ecke eine Gitarre entdeckt: endlich etwas, um eine gute Figur zu machen, sich Statur zu verleihen, sich in einem bislang unbekannten, günstigen Licht zu zeigen. Also hast du, den rechten Fuß auf einem strohbespannten Stuhl, den Kopf bis zu den Saiten herabgebeugt und in der stillen Hoffnung, daß dich jemand bemerkt, zu spielen und gleich darauf leise zu singen angefangen – (king) Immer regnet's in der Stadt / (kong) und meine Liebe ist so zart –, während die jungen Künstler in Hof und Garten herumflitzen, sich anrempeln und dich im Vorbeirennen mit dem Ellbogen anstoßen, offensichtlich nur mäßig beunruhigt wegen der Zartheit deiner Liebe.

Endlich bemerkt jemand dein Talent, er hört zu und wird dich bestimmt gleich fragen, von wem denn dieses wunderbare Lied sei, doch er unterbricht dich ohne Rücksicht auf deine Liebesangelegenheiten, sagt zu dir, er würde gerne Gitarre spielen lernen, und ob du ihm nicht Unterricht geben könntest, und so antwortest du notgedrungen, du hättest es dir selbst beigebracht, aber wenn er unbedingt wolle, könnest du ihm die Position der Finger auf dem Gitarrenhals für *king* und *kong* aufschreiben, und du beginnst dein unterbrochenes Lied ärgerlich noch einmal von vorne (du gehörst nicht zu den Musikern, die beim dreizehnten Takt einsetzen, als wäre nichts gewesen). Doch da fängt eine Majorette aus Angst, ihre Tanzschritte durcheinanderzubringen, vor deiner Nase (die fast zwischen den Saiten steckt) zu üben an, wobei sie die Schenkel abwechselnd hochwirft, was abgesehen von einer Beschleunigung deines Herzschlags keine unmittelbare Auswirkung auf dein Spiel hätte, würde sie den Stock, den sie in der Hand hält, nicht geschickt zwischen den Fingern herumwirbeln, und angesichts dieser Gefahr und der Tatsache, daß deine ohnehin schon angeschlagene Liebe womöglich gleich niedergeknüppelt werden könnte, beschließt du aus strategischen Gründen, den Rückzug in die untere Etage anzutreten, packst Gitarre und Stuhl, steigst die schmale, staubige Treppe hinunter und postierst dich in der Nähe der Öffnung für den Souffleur zwischen den Pfeilern, die die Bühne tragen.

Dieser Ort ist dir wohlvertraut. Jetzt fällt dir alles wieder ein. Deine alte Tante Marie half früher dem lückenhaften Gedächtnis der Laienschauspieler auf die Sprünge, weshalb deine Schwestern und du das Privileg genossen, sich abwechselnd neben sie auf die Holzbank setzen und die Aufführungen mit den Augen auf Höhe des Bühnenbodens verfolgen zu dürfen. Eine hat dich besonders beeindruckt: die Flucht des hl. Petrus, in welcher der heilige Petrus (ein Vorarbeiter der Molkerei, der schrecklich geschminkt war: kohlschwarze Augenhöhlen, Mund und Backenknochen in grellen Farben angepinselt wie die eines Indianers auf Kriegspfad und er selbst angetan mit einer kurzen, zerlumpten, aus einem Jutesack geschneiderten Tunika), der auf dem Boden des römischen Gefängnisses Carcer Mamertinus hinter hohen Zirkusgittern zu Boden gesunken war, eine Quelle sprudeln ließ (ein in einer Falltür versteckter Gartenschlauch, aus dem in einem kraftvollen Strahl das Wasser schoß, das durch den Souffleurskasten wieder ablief), um seine Kerkermeister taufen zu können, bevor er von zwei Engeln erlöst wurde (einer war der Briefträger, zu erkennen am Schnurrbart, den er sich für diesen Anlaß nicht hatte abrasieren wollen und lediglich mit hautfarbenem Puder bestäubt hatte). So beginnst du also an diesem Ort, den du dank der Aufführungen von Stücken so unanfechtbarer Bühnenautoren wie Georges Ohnet oder Paul Féval in- und auswendig kennst, deine Eigenkompositionen zu singen und hoffst (dies ist bestimmt eine Premiere in der Geschichte des Varietétheaters: ein Auftritt unter der Bühne vor vollem Saal, ohne daß jemand das geringste davon merkt), daß die anschwellende Musik durch den Souffleurskasten nach oben dringt und die Ohren der Gäste in der ersten Reihe oder zumindest die einer Majorette bezaubert. Doch da legt die angelsächsisch angehauchte Musikgruppe wieder los, und da sie allesamt auf E-Gitarren spielen, gibst du dich schon bald geschlagen. Daß es in der Stadt immer regnet, ist am Atlantik kein Grund zur Beunruhigung, aber deiner ach so zarten Liebe hat man allzu übel mitgespielt.

FÜR GROSSMUTTER REICHTEN diese paar Akkorde, um aus mir einen Musiker zu machen. In ihren Augen griff ich die Familienfackel auf, die Großvater bei seinem Tod aus der Hand gelegt hatte, denn zu seiner großen Verzweiflung hatte keine seiner drei Töchter beim Erlernen ihres Instruments besondere Ausdauer an den Tag gelegt, und dabei hatte er, nachdem er der einen das Violoncello- und den anderen das Bratschen- beziehungsweise Klavierspielen beigebracht hatte, davon geträumt, eines Tages ein Quartett zu bilden, bei dem er den Geigenpart übernommen hätte. Großmutter war im Verlauf ihres langen Lebens aufgefallen, daß Passionen und Talente oftmals eine Generation überspringen, und da jene, denen sie das Ergebnis ihrer Überlegungen vortrug, derselben Ansicht zu sein schienen, mußte man sich also ein musikalisches Gen vorstellen, das, wie beim Bockspringen, über die drei Töchter hinweggehüpft war, um, von dem Sprung durch Raum und Zeit deutlich geschwächt, im Kopf eines Enkels von Alphonse zu landen.

So geht nichts verloren. Solch ein ökonomisches Konzept, das in völligem Einklang mit den in der Familie geltenden Lebensgrundsätzen stand, mußte allerdings ein wenig relativiert werden, war auf Mozart doch *king-kong* gefolgt. Aber schließlich konnte

Großmutter diesen Schwund immer noch dem neuen Regelwerk der Moderne zuschreiben. Nachdem sie mich hatte spielen hören oder zumindest die unübersehbar auf einen Küchenstuhl gestellte gebrauchte Gitarre aus weiterverarbeitetem Holz gesehen hatte, das ich im übrigen für mein nicht ganz sauberes Spiel verantwortlich machte, beschloß sie, daß Großvaters Geige, die ihren Kasten seit gut zehn Jahren nicht verlassen hatte, selbstverständlich mir zustehe, wo doch allem Anschein nach seine Begabung auf mich übergegangen sei. Zu Großmutters Verteidigung sei gesagt, daß sie noch nie ein Ohr für Musik hatte.

Ihr Leben lang hatte sie so getan, als interessierte sie sich nicht für das, was die große Passion ihres Gatten und zwischen ihnen beiden stets ein Quell des Zwists gewesen war – ihr am meisten Aufsehen erregender Akt der Rebellion hatte darin bestanden, die Flöte eines Handelsvertreters zu zerbrechen, der mit Alphonse im Duett gespielt hatte, während eine ihrer Töchter im oberen Stockwerk gerade mit einem Kind niederkam. Großmutter hatte es offenbar eilig, sich der musikalischen Erinnerungsstücke ihres verstorbenen Mannes samt und sonders zu entledigen, denn neben der Geige überließ sie mir all seine Partituren sowie seine Aufzeichnungen und Hefte, darunter die aus den Kursen in Fuge und Kontrapunkt, die er am Konservatorium von Paris belegt hatte, als er, damals noch ein junger Mann, der in die Hauptstadt gezogen war, um seine Lehrzeit abzurunden und sein Können als Schneider auf allerhöchstem Niveau unter Beweis zu stellen, die Gelegenheit genutzt und auf dem ihm in seiner Heimat verliehenen Preis für Violine aufgebaut hatte. Dies war, was mich betraf, in etwa so, als vermachte man einem Analphabeten eine Enzyklopädie.

Da ich nicht wußte, was ich mit der Geige anfangen sollte, habe ich sie erst einmal lange in ihrem Kasten liegengelassen, einer Art kleinem, sich verjüngenden Sarg aus schwarzem Holz mit abgerundeten Ecken, einem wie ein flaches Satteldach geformten Deckel, einem umklappbaren Griff aus Kupfer und zwei Schnappschlössern an der Seite. Kasten samt Inhalt wären nicht angerührt worden wie einer jener nutzlosen Gegenstände, den man nicht auszurangieren wagt, weil er eine Rarität oder allzusehr mit Erinnerungen beladen ist, wäre da nicht im Radio ein Ritornell gespielt worden, eine keltische Tanzweise aus der Provinz Berry oder etwas in der Art, ein alter, dem Zeitgeschmack angepaßter Gassenhauer, dessen Darbietung allem Anschein nach kein langjähriges Studium am Konservatorium erforderte. Zumal auf der Hülle der daraufhin gekauften Schallplatte (das Ensemble posiert rings um einen Heuwagen, der von einem Pferd mit Tirolerhut gezogen wird) die hoch oben auf den Garben stehende Geigerin (langes Kraushaar, enganliegende Bluse, weiter Rock) die heikle Frage, wie das Instrument klassischerweise zu halten sei (zwischen Kinn und Schulter eingeklemmt, was nicht nur einen unschönen Kropf, sondern auch eine schmerzhafte Anspannung der Halssehnen sowie einen unangenehmen, durch das Geigengehäuse bedingten Druck auf das Schlüsselbein verursacht – deshalb das von manchen Virtuosen als Puffer verwendete Tuch), dadurch löst, daß sie es direkt auf ihren Busen stützt. Doch auch ohne dieses praktische Polster war das der Beleg dafür, daß man diesem Instrument selbst dann ein paar Töne entlocken kann, wenn man keine offizielle Ausbildung genossen hat, wobei die goldene Regel schlicht und einfach darin besteht, so schnell wie möglich zu spielen, um nicht bei jeder einzelnen Note verweilen zu müssen, die ohne den Druck eines scheinbar von der Parkinsonschen Krankheit befallenen Fingers auf die Saite wie ein langgezogenes, falsettartiges Quieken klänge. Was den Rest angeht, so kriegt noch jeder den Bogen raus, wie man leidlich falsch spielt.

So machte ich mich denn in meinem Zimmer im Studentenwohnheim fleißig ans Üben, nachdem ich vorsorglich einen Dämpfer auf den Steg gesteckt hatte, weil ich mir, bestimmt zu Recht, sagte, daß / Die Wolle unsrer Schafe, die scheren immer wir / die Wolle unsrer Schafe, um die scheren wir uns sehr / möglicherweise nicht nach dem Geschmack all meiner Nachbarn war, die vielleicht Mozart vorzogen (das heißt die Violine unter dem Kinn) oder sogar die Stille, die dem Studieren recht zuträglich ist, während ich jedoch immer wieder unermüdlich von meinen Schafen anfing. Obwohl ich mich anstrengte, meinen bukolischen Sequenzen eine muntere Note, ja etwas Tänzerisches zu verleihen, war ich innerlich darauf gefaßt, daß man jederzeit aus Protest gegen die Wand oder an die Zimmerdecke trommeln könnte, und so glaubte ich, als es schließlich laut an der Tür klopfte, meinen Schafen habe die letzte Stunde geschlagen, was mich traurig stimmte, weil ich mit dem Scheren noch lange nicht fertig war.

Natürlich hätte ich ihn wiedererkennen müssen, trotz der langen Haare und obwohl Jahre vergangen waren, und zwar allein schon an dem tief in die Augenhöhle gedrückten Brillenglas, so daß es aussah, als säße sein Ohr auf dieser Seite etwas weiter hinten, um vielleicht knapp einen Zentimeter versetzt, doch da die Länge des Brillenbügels nicht geändert werden konnte (es war ein Standardrahmen für jedes Alter und Geschlecht), wurde das Glas zwangsläufig ans Auge gepreßt. Und dann diese Stimme, die nach dem Stimmbruch selbstverständlich tiefer war; aber er intonierte immer noch auf dieselbe Art, nämlich mit einem Vorstadtakzent, der gewisse Silben dehnt, was um so verwunderlicher war, als Gyf nie in einer Vorstadt, sondern immer nur auf dem Land gelebt hatte, aber vielleicht war der Akzent ein Überbleibsel aus der im Waisenhaus verbrachten Zeit, die großspurig-spöttische Redeweise eines zu kurz Gekommenen. Aber er erschien nicht etwa wie der Bruder der Ertrunkenen, um ein Wiedersehen ehemaliger Zöglinge von Saint-Cosmes anzuregen, und auch nicht, um gegen den Lärm zu protestieren, sondern im Gegenteil, weil er sich für die Geige interessierte. Ich hatte also recht daran getan, den Dämpfer nicht allzu häufig zu benutzen. Er rückte sofort mit dem Grund seines Besuchs heraus: Eventuell brauche er meine Hilfe. Das schmeichelte mir zwar, doch kaum war das anfängliche Hochgefühl verflogen, fragte ich mich, wem er das wohl weismachen wollte. Wer brauchte mich schon? Ich hatte allen Grund, mißtrauisch zu sein. Hier in der Gegend wimmelte es von Spitzeln. Schon tat es mir entschieden weniger leid, daß ich den Ex-Weltmeister im Tischtennis abgewimmelt hatte. Und jetzt schickte man mir einen Möchtegern-Impresario.

Unaufgefordert nahm er im Lotussitz (genaugenommen im Schneidersitz, aber man hatte soeben den Seeweg nach Indien entdeckt) auf dem Bett Platz und forderte mich auf, mit dem Scheren meiner Schafe fortzufahren. Ihn interessierte vor allem, ob ich den Takt halten konnte. Das war ein wenig heikel. Ich klopfte zwar mit dem Fuß den Takt mit, doch war mein Fuß mit meiner Spielweise solidarisch und machte sich bestimmt nicht die Mühe, mich auf eventuelle Verschiebungen des Rhythmus hinzuweisen. Er paßte sich an, und da kein anderer Tänzer da war, konnten wir, mein Fuß und ich, uns mit den Tempi gewisse Freiheiten erlauben. Solch ein unvorhergesehenes Vorspielen war also nicht unbedenklich.

Ich klemmte mir die Geige unters Kinn, um Eindruck zu schinden, nahm den Bogen zur Hand und spulte meine Wollknäuel unter den aufmerksamen Blicken meines Richters ab, der unversehens anfing, mit den Händen auf die Schreibtischkante zu trommeln. Halt. Er verschränkte die Finger und sagte geradeheraus, so gehe das auf keinen Fall. Ich erklärte, es sei ein Fehler von mir gewesen, für diese Art von Stück die klassische Pose einzunehmen, stützte die Geige auf die Brust, wobei ich nebenher die Feststellung machte, daß die Fiedler auf dem Land dies nicht von ungefähr taten, und bat ihn um eine zweite Chance. Die Wolle unsrer Schafe, die scheren immer wir, die Wolle unsrer Schafe, um die scheren wir uns sehr. Der Bogen hüpfte auf den Saiten, die Finger der linken Hand machten ab und zu einen richtigen Griff, und diesmal wirkte der Schlagzeuger zufrieden. Er stand auf, bedeutete mir mit einer rudernden Armbewegung, fortzufahren, stellte sich in Positur, warf sich in die Brust und vollführte, die Hände in die Hüften gestemmt, ein paar Tanzschritte, wobei er sich in dem schmalen Durchgang zwischen Bett und Tisch mit in die Ferne gerichtetem Blick im Kreis drehte und hin und wieder mit dem Fuß auf den Boden klopfte – die Wolle unsrer Schafe –, sich kreiselnd zum Fenster bewegte – die scheren immer wir –, umkehrte und dabei geschickt der Ecke des Bettrosts auswich – die Wolle unsrer Schafe –, erneut mit dem Fuß aufstampfte, diesmal stärker, und, als er mit besagtem Fuß in den Papierkorb trat – um die scheren wir uns sehr –, beschloß, daß es nun genug sei. Aber die Probe schien ihn überzeugt zu haben: darauf kann man tanzen, meinte er und stopfte die zerknüllten Papiere, unter denen ich die von durchgestrichenen Wörtern wimmelnde Rohfassung meines Jean-Arthur erkannte, zurück in den Papierkorb.

Bei der Gelegenheit fragte er mich, ob ich noch andere Stücke auf Lager hätte. Damit traf er ins Schwarze. Nach dem Muster meines Schafliedchens mit Kehrreim hatte ich mehrere Melodien komponiert, die so klangen, als stammten sie geradewegs aus einem keltisch-auvergnatischen Schmelztiegel, echte Fälschungen, zu denen ich, sofern er es wünschte, in einem Aufwasch Texte schreiben wollte, deren Herkunft nicht weniger verbürgt wäre. Er äußerte diesen Wunsch jedoch nicht, sondern brauchte lediglich einen Tonstreifen für einen kurzen Acht-Millimeter-Film, den er soeben gedreht hatte. Jetzt verstand ich schon eher, warum er so eine Brille trug: Ich hatte es mit einem Künstler zu tun.

Sein Film habe kein Thema – ich bereute auf der Stelle, daß ich mich danach erkundigt hatte –, zumindest insofern nicht, als er keine Geschichte erzähle. Er sei vielmehr eine Art Allegorie, falls ich verstehe, was er damit sagen wolle. Natürlich verstand ich, aber aus Angst, seine Äußerung falsch zu interpretieren, bat ich um einige Erläuterungen. Ich sei mir bewußt, daß das Erzählen einer Geschichte ein reaktionäres Symptom sei und die Massen davon abhalten solle, sich ihres Zustands als Ausgebeutete bewußt zu werden, indem man sie mit konterrevolutionären Leitbildern abfüttere, aber Bilder – ob da nicht die Gefahr bestünde, daß sie für sich selbst sprächen? Anders ausgedrückt, und ich sei durchaus bereit einzuräumen, daß der Begriff Bild für seine Art von Kino nicht unbedingt passe, mache es vielleicht etwas sichtbar. Allerdings: eine Stimmung. Jetzt verstand ich das Projekt meines neuen Freundes schon eher, und obwohl mir klar war, daß ich eigentlich nicht nachhaken durfte – was für eine Stimmung? Ob er zum Beispiel Schauspieler einsetze? Noch bevor er antworten konnte, berichtigte ich mich: mit Schauspielern meine ich Mitwirkende.

Das gefällt mir schon besser, sagte er. Da hatte ich gerade noch einmal die Kurve gekriegt. Für ihn, beschied er mich, sei der Schaffensprozeß vor allem eine Gelegenheit zum Feiern: einen Film machen oder Liebe machen, das sei dasselbe. Es gehe also nicht darum, im faschistischen Sinn des Wortes Regie zu führen – so etwas hätte ich nie im Leben unterstellen wollen! verwahrte ich mich, was er mir auch aufrichtig zugestand –, sondern es jedem einzelnen zu ermöglichen, seine schöpferischen Impulse ungeschminkt und vorbehaltlos auszuleben. Das muß ein interessanter Film sein, schloß ich. Interessant sei nicht das richtige Wort – nein, natürlich nicht, aber ich hätte heute wirklich nicht alle Gedanken beisammen –, und im übrigen habe das Resultat in seinen Augen keinerlei Bedeutung: eine Schraube festzuziehen oder eine Bachsche Fuge zu komponieren, das laufe für ihn aufs selbe hinaus, allein das Tun zähle, aber es sei sowieso noch zu früh, etwas zu sagen, weil er ihn selber noch gar nicht gesehen habe, den Film.

Diese Argumentation klang einleuchtend, denn da das Resultat nicht von Belang war, hatte er sich nicht einmal die Mühe gemacht, ihn sich anzusehen. Dieses tatenlose Tun hatte letztlich etwas von einem schöpferischen Akt. Außerdem führte Interesse am eigenen Werk logischerweise zur Wahrnehmung von Interessen und somit zu Profitdenken, verbrämt mit kleinbürgerlicher Selbstzufriedenheit. Es befriedigte mich sehr, im dialektischen Sinne wohlgemerkt, ihm zu zeigen, daß ich allmählich durchzublicken begann, doch da fiel er mir ins Wort:

Er stimme mir zweihundertprozentig zu, sehe sich aber genötigt, klarzustellen, daß er seinen Film nur deshalb nicht gesehen habe, weil dieser noch nicht entwickelt sei. Das koste eine Stange Geld, und er sei zur Zeit pleite. Aber er rechne in Kürze mit einer Einnahme: ein auf dem Dachboden der Großmutter einer Freundin entdeckter Satz Silberbesteck, den er auf dem Flohmarkt verkaufen wolle. Und sobald alles erledigt sei – ob ich den Film dann sehen dürfe? Selbstverständlich, sonst wäre er nicht hier. Aber bevor er mir meine Aufgabe erläutere – ach so, ich sollte also wirklich die Musik machen! –, fragte er mich, ob ich nicht etwas zu trinken hätte. Nur Tee. Mein Castingmanager schnitt eine Grimasse und schlug vor, in die Kneipe an der Ecke zu gehen (die Ecke war vom Studentenwohnheim immerhin einen guten Kilometer entfernt).

Diese Kneipe hiess *Au Bon Pêcheur*, Zum Guten Fischer, in Erinnerung an die Zeit, als dort, fernab der Stadt, noch ein Fluß verlief, der Liebhaber des Angelsports anzog. Den Fluß hatte man teils zugeschüttet, teils in einen Abwasserkanal umfunktioniert, und die Stadt war mit der Zeit immer näher an das Ausflugslokal herangerückt, das sein Gedeihen der Errichtung einer Freilandfakultät verdankte, die hauptsächlich aus im Wald verstreuten Bungalows bestand, so daß man den Beton, wenn auch unter einigem Protest, durchaus in Kauf nehmen konnte. Die Wirtsleute hatten sich, als für sie fast schon die Stunde des Ruhestands gekommen war, im Handumdrehen zu eifrigen Fürsprechern der verrückten Jugend gewandelt. Sie waren jederzeit für einen kleinen Scherz zu haben, und während sich Madame Jeannette geschäftig im Lokal zu schaffen machte, wich Monsieur Louis nicht von Kaffeemaschine und Zapfhahn. Mag sein, daß ihnen an manch einem Abend, wenn sie über der Abrechnung saßen, vor lauter Müdigkeit ein »Was macht man nicht alles mit?« entschlüpfte, aber da sich die Langhaarigen als ebenso starke Trinker wie die Fischer erwiesen, wenn sie auch etwas lauter waren, zeichnete sich am Ende ihrer Mühsal die Aussicht auf einen glücklichen Lebensabend ab.

Zu den wenigen Dingen, die man gegen die Langhaarigen vorbringen konnte, gehörte, daß manche von ihnen es fertigbrachten, einen ganzen Nachmittag vor einem einzigen Glas zu sitzen, ohne es für nötig zu halten, noch etwas zu bestellen (manche steckten auch nur den Kopf zur Tür herein und machten, falls alle Plätze besetzt waren, auf dem Absatz kehrt, zum großen Verdruß von Madame Jeannette, die ihnen hinterherlief und beteuerte, man könne durchaus noch zusammenrücken), und daß sie sich turbulente Kickerpartien lieferten, mit Revanche, Entscheidungsspiel, Antithese, Synthese, Geschrei und Protestrufen, bei denen Monsieur Louis und seine Gattin die Verlierer stets lebhaft ermunterten, eine Runde auszugeben.

Gyf, der für mich nach wie vor ein anonymer Regisseur war, schien Stammgast des Lokals zu sein, was aus dem fragenden »Das Übliche?« hervorging, mit dem ihn Monsieur Louis hinter der Theke begrüßte. Das Übliche war ein kleines Bier vom Faß, und das war nicht mein Fall, aber jetzt, wo ich einen Bewunderer hatte, war es vielleicht angesagt, diesen lieber nicht zu verärgern, indem ich aus der Reihe tanzte und etwa einen Tee bestellte, weshalb ich auf seine Frage: »Für dich dasselbe?« unvorsichtigerweise antwortete: »Ja, für mich dasselbe.« Unvorsichtigerweise, denn nach dem fünften Bier und einigen Unterbrechungen (»Entschuldige mich«, und schon verschwand ich durch die Tür im hinteren Teil des Lokals, für die man die Schlüssel erbitten mußte, was die Wirtsleute jedoch keineswegs zu stören, sondern vielmehr zu freuen schien, denn wenn ich an ihnen vorbeiging, erboten sie sich – der Gipfel der Aufmerksamkeit! –, mir dasselbe noch einmal zu bringen, so daß ich bei meiner Rückkehr ein volles Glas vorfand, für das ich Madame Jeannette auch sogleich überschwenglich dankte, worauf sie den Tisch abwischen mußte, weil ich es nämlich, gewiß vor Rührung, umgestoßen hatte, und mir beteuerte, es sei nicht weiter schlimm, und: »Louis, noch ein kleines Bier für den Herrn«) hatte ich Erbarmen mit meinem eigenen Los. Ich war überwältigt, wie viele Menschen Interesse an mir zeigten, das war zuviel für einen Tag, und wie immer in solchen Situationen stiegen mir die Tränen in die Augen. Meinem Gegenüber, das sich Gedanken über meine allzu offenkundige Rührung machte, erklärte ich, es sei nichts weiter, ich sei einfach nicht daran gewöhnt. »Möchtest du lieber Weißwein?« erkundigte er sich.

All die Aufmerksamkeit schien es mir wert, das Mißverständnis noch ein wenig weiterzutreiben, und so kam es, daß Gyf kurzerhand eine Flasche Wein bestellte, die Madame Jeannette eilfertig brachte, zusammen mit zwei kleinen Gläsern, die ich augenblicklich wiedererkannte: Duralex, Modell Picardie, 8 cl (die kleinste Ausführung – bei Kneipenbesitzern verständlicherweise beliebt), weil ich davon Hunderte im Laden verkauft hatte, von klein auf gewöhnt an dieses: »Guten Tag, Madame, was wünschen Sie?« Und die Dame: »Ist deine Mama nicht da?«, was einen schrecklich ärgert, als würde man es mit fünf oder sechs Jahren nicht hinkriegen, eine Ware an den Mann oder die Frau zu bringen und einen Kunden zu bedienen, der Trinkgläser haben will, eine nützliche Präzisierung für jemanden, der befürchtet, man könne ihn mißverstehen, getreu dem Grundsatz: besser zuviel als zu wenig, was man anderswo »dick auftragen« nennt und einem Theatermenschen, einem Cineasten und einem Romancier nicht übelnimmt – warum sich also über unsere Kundschaft mokieren? Aber ein Trinkglas ist nun einmal ein ganz normales Glas, eines für den täglichen Gebrauch. Das andere, das feine, zerbrechliche mit einem Fuß, bleibt im Schrank, und man trinkt nicht daraus, weshalb man die verschiedenen gewöhnlichen Modelle zur Auswahl stellt, übrigens alle unzerbrechlich, aus gehärtetem Glas, Madame, wie meine Brille, es kommt nur auf die Schmelze an, aber wenn es doch mal explodiert, dann in hunderttausend Milliarden Stücke.

Doch dies war nicht der Augenblick, die Meriten des Einzelhandels herauszustreichen, und so behielt ich mein Wissen für mich und wandte mich wieder unseren Schafen zu. Also, in dem Film, worum geht's da eigentlich? Ich ließ, was die Wortwahl betraf, alle Vorsicht fahren. Der mittlerweile hinreichend beschwipste Dialektiker war längst nicht mehr so empfindlich, und nachdem er kurz nachgedacht, die hinter der Theke aufgereihten Flaschen betrachtet und sein Brillenglas noch etwas tiefer in die Augenhöhle geschoben hatte, indem er mit dem Daumen an der Nasenwurzel auf den Brillenrahmen drückte, gestand er aus heiterem Himmel: einfach nur um ihn und eine Tussi beim Bumsen. Wir hatten dem Weißwein bereits kräftig zugesprochen, mein Begriff von Ästhetik hatte sich beträchtlich gelokkert, und nachdem ich mir noch ein Glas eingeschenkt und in einem Zug hinuntergekippt hatte – zu schnell offenbar, denn bei einem Hustenanfall kam mir ein wenig von der Flüssigkeit wieder hoch –, räumte ich ein, dies sei wirklich eine geniale Idee, und ich verstünde nicht, warum man nicht schon früher darauf gekommen sei.

Mein Widerpart hielt mir glattweg entgegen, man sei durchaus schon früher darauf gekommen und nenne so etwas gewöhnlich einen Pornofilm, aber – und er unterstrich seine Worte mit einer Handbewegung, die nicht nur jede mögliche Verwechslung, sondern auch die Asche seiner Zigarette vom Tisch fegte – das habe nichts damit zu tun. Natürlich nicht, was du nicht sagst, ich würde das nie durcheinanderbringen. Aber was es da eigentlich zu sehen gebe? Einen Kerl und eine Tussi, mehr brauche ich dir wohl nicht zu erklären, sagt er und schenkt mir nach. Stimmt, das ist nicht nötig, deutlicher geht es nicht. Man mußte wirklich ein perverser Revisionist sein, um eine wie auch immer geartete Verbindung zu den Zuhältertypen in gewissen Streifen herzustellen. Man kann euch also beide sehen, das heißt dich und…? Eine Freundin, meinte er ausweichend.

Entschuldige mich. Ich mußte wohl allzu schwungvoll aufgestanden sein, denn mein Stuhl kippte jäh nach hinten und richtete es so ein, daß ich mit zu Boden ging. Während ich mich mühsam aufrappelte, eilte die hilfreiche Madame Jeannette herbei, zog mich an der Hand hoch und schalt zugleich ihren Gatten: Ich habe dir schon wer weiß wie oft gesagt, daß dieser Stuhl wackelt. Kein Zweifel, man verstand mich immer besser, das Leben erschien mir nicht mehr so mühselig. Nachdem der Gerechtigkeit Genüge getan war, holte ich mir nochmals den Schlüssel. Diesmal machte mir das Schloß ganz schön zu schaffen. Jemand mußte in der Zwischenzeit daran herumgemurkst haben, denn der Schlüssel wollte beim besten Willen nicht hineinpassen, so daß ich nach mehreren fruchtlosen Versuchen auf die Idee verfiel, ihn umzudrehen und es mit dem Ring zu versuchen. Da griff Monsieur Louis ein und stellte, nachdem ich entsprechende Bemerkungen gemacht hatte, klar, er habe nicht die Absicht, irgend etwas auszuwechseln, das werde noch funktionieren, bis er in Rente gehe, und als er mir die Tür aufgeschlossen hatte, meinte er, ich solle ihn ruhig rufen, falls mir übel werde.

Bei meiner Rückkehr erwartete mich abermals eine volle Flasche, deren Hals auch diesmal wieder von einer weißen Plastikbanderole umschlossen war, die in seltsam gothischen Lettern die Aufschrift »Muscadet« trug. Diese genaue Benennung war insofern äußerst wichtig, als Monsieur Louis hinter seiner Theke die uneingeschränkte Freiheit besaß, wer weiß was in die Flasche zu füllen, was uns in unserem Zustand nicht weiter aufgefallen wäre. Als ich diese neuerliche Prüfung vor mir und Gyf halb zusammengesunken am karminroten Tisch sah, überkam mich Übelkeit, und ohne mir diesmal auch nur die Zeit zu nehmen, mich zu entschuldigen, machte ich überstürzt kehrt, um wiederum den Schlüssel zu holen, doch der flinke, umsichtige Mann hinter der Theke, der bestimmt um das auf dem Boden ausgestreute Sägemehl fürchtete, kam mir zuvor und riß die Tür sperrangelweit auf. Die so gewonnenen Sekunden nutzte ich, um mich in dem dafür bestens geeigneten Örtchen mühelos eines Großteils der zuvor konsumierten Getränke zu entledigen. Es geht schon, sagte ich zu Gyf, der sich Sorgen machte, als er mich mit blassem Gesicht zurückkommen sah. Und um ihn vollends auf die falsche Fährte zu locken, fügte ich hinzu, daß das Essen in der Mensa nicht immer frisch sei, daß man uns schon mal verdorbenes Fleisch auftische und daß mir ein derartiges Mißgeschick übrigens schon einmal in Saint-Cosmes passiert sei, doch da fiel mir mein Kamerad ins Wort, hob ein Lid und hatte einen nicht gerade zündenden Geistesblitz: Saint-Cosmes? Da war ich auch, in der Sexta.

Da hatte ich trotz des wabernden Nebels vor meinen Augen, der noch etwas dichter war als gewöhnlich, eine Erleuchtung: dieses ins Auge gedrückte Brillenglas – wer anders konnte das sein als er? »Gyf, du bist es, Gyf!« Und Gyf: »Seit Jahren hat mich niemand so genannt.« – »Wie denn sonst?« – »Georges-Yves.« – »Ach was, das kann man nicht aussprechen, nein, nein, kommt nicht in Frage, für mich bist du ein für allemal Gyf, der unglaubliche Gyf, der einzige, der es geschafft hat, die alte Nonne, die Krankendienst hatte und meistens nur Aspirin verteilte, kommen zu lassen und zu ihr zu sagen: ›Schwester, mir tut's da unten weh.‹« Da unten? Wo? erkundigt sich die alte, schnurrbärtige Schwester, die von Anatomie genausowenig verstand wie vom Kochen, während drei oder vier andere Anwärter für das

Krankenzimmer die Lippen aufeinanderpressen, um sich nicht halb totzulachen. Und der Knirps mit der asymmetrischen Brille wiederholt unbeirrt: Da unten, Schwester. Gyf: »Das habe ich wirklich getan?« – »Na klar, Gyf, meinst du, ich würde mich sonst daran erinnern?« Wir hatten nicht oft Anlaß, zu lachen oder uns für die Demütigungen zu rächen, die nur so auf uns niederhagelten, dieser Mut, diese Tollkühnheit, dieser Einfallsreichtum, aber wenn ich darüber nachdenke: Dein Film, der war damals schon fertig, er war bereits im Kasten, mit zwölf Jahren war alles gelaufen, und es gab nichts hinzuzufügen. Doch Gyf bremste mich in meiner Schicksalsgläubigkeit: Ich wolle doch wohl nicht behaupten, er habe anschließend die alte Nonne aufs Kreuz gelegt.

Gyf, wie er leibt und lebt. Aber wie hat er es nur geschafft, all die Jahre allein durchzukommen, mutterseelenallein? Was uns damals mehr noch als seine Glanznummern beeindruckt hatte, war die Einsamkeit der Vollwaise gewesen, diese entsetzlich verunstaltete Karteikarte im Familienregister. Weißt du eigentlich, daß ich nach deinem Rausschmiß im darauffolgenden Jahr selbst eine Hälfte davon gekostet habe, von dieser Einsamkeit? Mein Vater, der mich am Tag vor Schulbeginn begleitet und mitten auf dem Pausenhof von Saint-Cosmes zurückgelassen hatte – die Internen waren schon alle da, und während am ersten Abend der eine oder andere nach dem Löschen der Lichter im Schlafsaal das Gesicht in die Kissenrolle drückte, um seine Tränen zu verbergen, hüllte sich der kleine Gyf in ein Bettlaken und huschte als Gespenst zwischen den Betten umher, was ihm, noch bevor das Schuljahr richtig begonnen hatte, seine erste »Sitzung« auf Knien einbrachte –, dieser große weißhaarige Mann, der sich noch einmal umdreht, bevor er unter dem Portal der Pforte hindurchgeht, vielleicht erinnerst du dich an ihn – aber nein, wie um Himmels willen sollte er sich an ihn erinnern? –, und der zum Gruß ein letztes Mal den Arm hebt, also, im nächsten Jahr ist er für immer fortgegangen. Damit du mich recht verstehst: nicht, um ein neues Leben anzufangen, mit einer anderen Frau etwa, sondern er ist gestorben, schlagartig gestorben, und zwar am Tag nach Weihnachten, und weißt du, daß ich oft an dich gedacht habe? Ich habe mir gesagt: Andere sind noch schlimmer dran als du: Gyf, der hat niemanden mehr, und trotzdem keine Klage, kein Schluchzer, die Lebensfreude in Person.

Ganz allein war ich nicht, sagt er, ich hatte meine Großmutter. Und über die Augen des unerschrockenen Gyf huscht, vielleicht unter Einwirkung des Gemischs aus Weißwein und Bier, ein flüchtiger, fast flüssiger Schleier, und da ich selbst um Tränen nie verlegen bin, schließe ich mich ihm diskret an, so daß gleich darauf Perlen aus Wasser in mein Weißweinglas kullern, aber bevor ich mir meine Rührseligkeit vorhalten kann – hör auf, dir einzureden, daß dir deine Tränen einen Glorienschein einbringen, aber markiere auch nicht den starken Mann –, bringt Madame Jeannette, einfühlsam wie eine Psychologin, unaufgefordert noch eine Flasche (eine kleine mit 0,3 Litern), und während ich unsere Gläser fülle, mache ich den Vorschlag, auf unser Wiedersehen und unsere zukünftige Zusammenarbeit anzustoßen, denn ich habe es immer eiliger, den Film zu sehen, ich habe wirklich das Gefühl, daß er mir gefallen wird.

Stell dir vor: ein Bett mitten auf einem Feld, auf dem Bett ein Paar beim Liebesakt und rundherum Musiker, die auf ihren Instrumenten spielen, und Mädchen, die mit nacktem Busen und Blumen im Haar herumtanzen. Ich konnte mir das sehr gut vorstellen. Ein starkes, originelles Werk, ein Ereignis, aber etwas machte mich stutzig: was für ein Glückspilz, dieser Gyf! Wie stellte er es mit seiner von der Krankenkasse bestimmt zu hundertzwanzig Prozent erstatteten, weil untragbaren Brille nur an, daß sich die Mädchen so ohne weiteres auszogen? Allein schon dieses wie ein Monokel in die Augenhöhle gedrückte Glas, das über der Wange eine Falte zurückließ, wenn er die Brille abnahm, diese kurze, runde, wie eine Kichererbse eingekerbte Nase, diese niedrige Stirn, die so aussah, als würde dahinter jedesmal lange gegrübelt, bevor eine Idee heraussprang – was fanden sie nur an ihm? Ganz davon zu schweigen, daß er sich die Haare offenbar mit Altöl wusch. Weckte er in ihnen Träume von einer Kinokarriere? Spielte er den Produzenten aus Hollywood, nur daß er die Zigarre durch eine selbstgedrehte Zigarette und die elegante Kleidung durch Klamotten aus der Altkleidersammlung ersetzte? Ich dagegen tappte, um eine gute Figur zu machen und mich mit den beiden von einem scheußlichen Nylonfaden gehaltenen Gläsern, so dick wie Flaschenböden, nicht allzusehr zu entstellen, im Nebel herum und brachte mich um den Anblick der Schönen dieser Welt, und das alles nur, um in ihren Augen nicht das Mitleid sehen zu müssen, das sie angesichts meiner jämmerlichen Erscheinung gewiß empfanden. Vielleicht konnte ich mir in Gyfs Kielwasser Zutritt zum Reich der nackten Mädchen verschaffen? Was erwartete er eigentlich von mir? Beabsichtigte er etwa, eine Fortsetzung zu drehen? In diesem Fall könnte ich ihm beispielsweise nahelegen, ein zweites Bett aufs Feld zu stellen.

Diese innovative Filmkunst hatte mich im höchsten Grade verunsichert, und so rückte ich von meinem Jean-Arthur und all meinen literarischen Ambitionen innerlich immer mehr ab: Was brachte es, mühselig Worte und Sätze zu horten, sie dem weißen Papier abzuringen, was nutzte all die mit der Suche nach dem Ort der Handlung und ihrem Ablauf verbrachte, ja, vergeudete Zeit? Gyf, soll ich dir mal was sagen? Du bist auf dem richtigen Weg. Ich habe wahnsinnige Lust, die Literatur hinzuschmeißen und mich auf das Schreiben von Drehbüchern zu stürzen. Das scheint mir nicht allzu schwierig zu sein, und außerdem kommt es mir so vor, als würde man sich dabei stärker engagieren und mehr von sich selbst einbringen. Aber zurück zu deiner Freundin. Welcher? Na, der, mit der du in dem Bett, mitten auf dem Feld...

Dem von meiner Großmutter, sagt Gyf, wiederum gerührt. Das Feld hat meiner Großmutter gehört, und sie hat es mir nach ihrem Tod hinterlassen, zusammen mit einem kleinen Haus in Logrée, kennst du Logrée? Nein. Aber deine Freundin – Es liegt an der Loire. Ich weiß, wo, jedenfalls so ungefähr. Aber dieses Mädchen, die Hauptdarstellerin aus deinem Film? Für mich gibt es keine Hauptdarsteller und auch keine Rollen, die wichtiger als andere sind. Übrigens sind es keine Rollen. Das weiß ich doch, ich bin auf dem laufenden, ich wollte dich doch nur aufziehen. Aber dieses Mädchen, mit dem du in dem Bett... Heißt sie nicht Yvette? Nein, wieso? Kennst du sie? fragt Gyf beunruhigt, weil er vielleicht befürchtet, einen Fauxpas begangen, einen amourösen

Schlamassel angezettelt zu haben. Mühsam hebt er ein Lid und klopft mit dem Finger auf die Zigarette, verfehlt den Aschenbecher jedoch zum x-tenmal knapp, so daß das Ascheröllchen in eine Weißweinlache fällt, wo es sich auflöst. Nein, nein, ich kenne sie nicht, nur hätten wir dann den Titel für deinen Film unter Dach und Fach. Ach ja? Natürlich, hör zu: Gyf auf Yvette.

Er lächelte ein wenig mitleidig und ließ die Lider wieder sinken, wodurch er mir einfach nur zu verstehen gab, daß ihm der Hintersinn meines Wortspiels trotz seines Zustands nicht entgangen war und er es mir nicht krummnahm, aber das war noch viel schrecklicher, als wenn er mich aufgefordert hätte, mich um meinen eigenen Kram zu kümmern. Mit diesem kleinen Lächeln brachen all meine Kinoträume in sich zusammen, ganz zu schweigen von der Hoffnung, aus der Einsamkeit herausgerissen zu werden. Ich ärgerte mich ein bißchen über mich selbst und schalt mich für meinen Hang zum Weinen, wußte ich doch, daß es mir besser bekam, wenn ich den Mund hielt, aber wie hätte ich mich von diesem plötzlichen Überschwang, von dieser unerwarteten jugendlichen Aufwallung nicht berauschen lassen sollen? So bald hätte ich bestimmt nicht wieder Gelegenheit, mich unauffällig einer dieser Strömungen einzugliedern, die gerade in Mode waren. Wie nicht davon träumen, anders zu sein, als man ist, wo doch der Horizont düster und der Alltag ohne Reiz ist? Das Erwachen war grausam, wie auch nicht, und es war nur allzu normal, daß man mich wieder in meine Zelle zu meiner Schreibarbeit zurückschickte, zu meinem Jean-Arthur oder: »Noch einmal dasselbe«, das heißt zu demselben Leben, zu meinen drei bis zum Überdruß gespielten Akkorden, zu meinem Gefiedel und den Schafen, als hätte sich der Kreis aus Trübsal und Langeweile, dem ich endlich zu entrinnen geglaubt hatte, gerade von neuem geschlossen.

Alles war wieder beim alten. Übrigens erklärte Gyf, ich brauchte mir keine Vorwürfe zu machen, denn seine Freundin, auch wenn sie nicht Yvette hieße, befinde sich in der Szene, die mir offenbar nicht mehr aus dem Kopf gehe (ich machte mir nicht einmal die Mühe zu protestieren), nicht etwa unten, sondern oben. Und außerdem habe er schon einen Titel. Ja? Sag mal? Mein Gegenüber wurde wieder ernst, blies den Zigarettenrauch an die gelblich verfärbte Decke der Kneipe und meinte fast schüchtern: Festakt für Großmutter.

Das ist sehr schön, Gyf.

ICH WURDE IMMER gefragter, soviel stand fest: zum zweitenmal in zwei Tagen klopfte es an meiner Tür. Daraus konnte ich zweifelsfrei schließen, daß man Wert auf meine Gesellschaft legte; dafür sprach allein schon die Dringlichkeit des Getrommels. Fast ließ mich dieses Hämmern, das mir nicht sehr gelegen kam, meiner bisherigen Einsamkeit nachtrauern. Üblicherweise, zumindest in einem gewöhnlichen, zwangsläufig etwas summarischen Kinofilm, legt ein derartiger Aufwand an Energie zweierlei Vermutungen nahe: entweder handelt es sich um einen Feueralarm und die Aufforderung, das Gebäude schleunigst zu verlassen, oder man will sich vergewissern, ob der Bewohner nicht womöglich ohnmächtig geworden ist – in diesem Fall würde man, im Film wohlgemerkt, die Tür eintreten.

Die Vorstellung, in den Flammen zu schmoren, erschien mir als Roßkur gegen meinen Kopfschmerz gar nicht so abwegig. Alles war angenehmer als das Gefühl, daß sich unter der Wurzel jedes einzelnen Haares eine Tretmine befand, als diente die zu einem Bunker umfunktionierte Hirnschale als Experimentierraum für ein neuartiges Sprengstoffsortiment, doch die Aussicht auf all die Scherereien, die die zweite Hypothese mit sich brächte – die eingetretene Tür, den Hausmeister benachrichtigen, Erklärungen abgeben, den Schreiner bestellen, die Rechnung bezahlen –, nötigte mich zu einer verzweifelten Übung: dem Versuch aufzustehen.

Nachdem ich die letzten Fünkchen Verstand aufgeboten hatte, um mich selbst mit allen möglichen Schimpfnamen einzudecken und mein Verhalten vom Vortag als unvertretbar zu tadeln, wurde mir klar, daß es mehr oder weniger abrupte Bewegungen zu vermeiden galt, wollte ich nicht durch eine unüberlegte Reaktion einen Riß in der gallertartigen Gehirnmasse riskieren, die in einem Weinsee zu schwimmen schien wie eine Nußschale auf dem tobenden Meer. Kaum setzte ich einen Fuß auf den Boden, bemerkte ich folgendes: Ich hatte erstens völlig angekleidet und mit den Schuhen an den Füßen geschlafen, was gar nicht meine Gewohnheit war, zweitens lagen meine Schuhe mitten in einer Art Kürbiseintopf, der sich gemeinerweise auf den wenigen, auf dem Boden verstreuten Seiten meines Jean-Arthur ausgebreitet hatte, durchsetzt mit nicht zu identifizierenden Klümpchen, anhand deren ich, von den kleinen gewundenen, weißen Würmchen, die mir wie zerkleinerte Spaghetti aussahen, einmal abgesehen, mühsam die von mir tags zuvor eingenommene Mahlzeit rekonstruierte, und drittens führten Fußboden, Zimmerdecke und Wände ein ausgelassenes Tänzchen auf. Ich versuchte mir Klarheit über meine gegenwärtige Lage zu verschaffen, indem ich mich bemühte, möglichst unbeschadet die bleiernen Lider vollends zu öffnen.

Gyf, der draußen vor der Tür stand, fragte mich nicht, wie es mir gehe, genauer gesagt meinte er nach einem kurzen Blick auf mich, daß er mich lieber erst gar nicht fragte, wie es mir gehe. Doch dann pfiff er leise durch die Zähne, als er sah, in welchem Zustand sich mein Zimmer befand, und machte eine kurze Bemerkung, etwas in der Art von »Gesoffen wie die Matrosen haben wir!«, woraus ich eine Anspielung auf das tobende Meer und den unter meiner Schädeldecke wütenden Sturm zu hören glaubte. Er selber wirkte ziemlich frisch mit dem wie üblich geölten Haar und dem ewigen Stoppelbart, aber bei diesem ersten Eindruck mußte ich es bewenden lassen, denn die Wände wackelten so sehr, daß ich nur mit großer Mühe die Augen offenhalten konnte. Er erinnerte mich daran, daß es auf der Etage am Ende des Gangs Duschen gab, und legte mir dringend nahe, von ihnen Gebrauch zu machen. Wir warten auf dich, sagte er, und nachdem ich blindlings nach meinem Necessaire und aufs Geratewohl nach ein paar frischen Kleidungsstücken gegriffen hatte, murmelte ich folgsam »Auf geht's«, womit ich eine Geistesverfassung demonstrierte, die ich unter den gegebenen Umständen als beruhigend empfand: die lebenswichtigen Funktionen schienen nicht beeinträchtigt zu sein.

Als ich nach erfolgreicher Entschärfung einiger Minen mit triefendem Haar zurückkehrte, stellte ich fest, daß sich in der Zwischenzeit eine gute Fee meiner armseligen Behausung angenommen hatte. Der Boden mit den großen schwarzweißen Fliesen glänzte, daß es mir vorkam, als wäre ich, Opfer eines berauschenden Muscadet, Spielball einer zeitweiligen Sinnestrübung gewesen. Da fielen mir plötzlich meine mit Kürbiseintopf besudelten Seiten ein. Eine Menge Blätter hatte auf dem Boden gelegen, daran erinnerte ich mich genau – meine Marotte, alles herumliegen zu lassen –, ein langer Monolog, in dem mein Jean-Arthur erzählte, wie er zum Rhythmus afrikanischer Trommeln tanzte, nachdem er mit einem Negerkönig einen Waffenverkauf ausgehandelt hatte. Mich hatte das alles viel Arbeit gekostet, dieses stundenlange, hartnäckige Abwägen und Sortieren von Silben je nach ihrem rhythmischen Potential, und ich hatte mich bemüht, das Lokalkolorit, die rote Erde und die Gesänge der Eingeborenen, die strohgedeckten Hütten und die Aufmachung des Medizinmannes ebenso getreu wiederzugeben wie die sich in Trance bewegenden Körper und das Wippen der Frauenbrüste – dieses Bild rief mir wieder Gyfs Filmerei in Erinnerung. Er versicherte mir, er habe sich um nichts gekümmert, und ich solle Théo fragen. Wer das sei, dieser Théo? Das bin ich, sagte sie.

Ich konnte es nicht leiden, wenn jemand in meinen Papieren kramte. Ich wurde jedesmal nervös bei der Vorstellung, der Blick eines anderen könnte an einem Satz, einer Handvoll Worten hängenbleiben, die, aus dem Zusammenhang gerissen und mit bösen Absichten verdreht, womöglich lächerlich wirkten. Und der Verfasser somit auch. Mein Anflug von Übellaunigkeit wurde dadurch verscheucht, daß Théo, die ich erst in dem Augenblick wahrnahm, als sie auf meinen gelblich verfärbten, auf dem Schreibtisch ausgebreiteten Monolog zeigte, Théo, die Aschenputtel gespielt und einen Teil der Rückstände aus dem *Bon Pêcheur* vom Boden aufgewischt hatte, Théo mit diesem merkwürdigen Spitznamen, dem ich eines Tages auf den Grund würde gehen müssen, Théo, die ein Teil des Rätsels war (wie kam Gyf mit seiner scheußlichen Brille zu so hübschen Mädchen?), Théo, die anfangs auf dem Gang gestanden und gesehen hatte, wie ich mit geschlossenen Augen und mich mit der Hand an der Wand entlangtastend zurückgekommen war – daß Théo also, weil sie nun einmal Théo war, ein entwaffnendes Lächeln hatte. Und entwaffnend mußte es sein, denn nachdem sie zwei Sätze aus meinem Jean-Arthur zitiert hatte, entschuldigte ich mich nicht etwa, murmelte ich nicht, daß dies nur eine Rohfassung sei, versuchte ich nicht, sie davon zu überzeugen, daß ich zu weit mehr imstande sei, nein, ich erklärte vielmehr – und während ich mich reden hörte, verfluchte und segnete ich zugleich den offenbar mit Peyotl versetzten Muscadet von Monsieur Louis und Madame Jeannette –, solche Sätze hätte ich gern selber geschrieben. Sie seien doch ziemlich gut formuliert, oder nicht? Und wißt ihr, was? Sie stimmte mir zu.

Worauf ein Augenblick folgte, der zwar sehr kurz, aber dennoch ein Augenblick war, in dem es mir so vorkam, als stünde ich endlich kurz vor dem Ziel. Das Leben war für jemanden, der darin seinen Platz fand, gar nicht so unangenehm. Alles in allem war es annehmbar. Dieses Gefühl hatte nichts mit einem heimlichen Triumph oder mit hämischer Genugtuung gegenüber dem Schicksal zu tun, sondern einfach nur mit gesundem Menschenverstand, denn die Dinge nahmen endlich einen normalen Lauf. Trotz meines Zustands kam ich jedoch rasch zur Besinnung. Der Trick war wirklich zu plump. Das konnte man mit mir nicht machen. Nachdem die bisherigen Methoden versagt hatten (ich war nicht zusammengebrochen, als man mir mitgeteilt hatte, daß meine Jugendliebe ertrunken war, hatte unter Alkoholeinfluß nicht geplaudert), versuchte man nun, mich bei meinen Gefühlen zu packen, wobei man bei mir einen gewissen Frust voraussetzte und Interesse an meinem Jean-Arthur heuchelte. Das erinnerte mich an die großen Klassiker unter den Spionageromanen. Übrigens roch »Théo« geradezu nach einem Decknamen. Dennoch unterschied sie sich als Agentin von ihren Vorgängern durch ihre Größe. Oder vielmehr durch ihr Naturell. Kurzum, sie war ein anderer Fall, und sie war ganz und gar *mein* Fall.

Ich war das Kämpfen allmählich leid, mein Jean-Arthur klagte mehr und mehr über seine Einsamkeit, ich konnte mich nicht mehr auf die Standfestigkeit von Wänden verlassen, und mir sank der Mut bei der Vorstellung, daß ich innerlich wieder wie ein Résistancekämpfer in den Untergrund gehen und gegen einen imaginären Besatzer antreten sollte. Die Stunde der Kapitulation nahte. Dieses entwaffnende Lächeln, dessen Mechanismus ich nach und nach durchschaute: schmollende Oberlippe, zusammengekniffene, glänzendschwarze Augen und auf dem Wangenknochen ein kleines Muttermal, das zum Auge hinaufwanderte, wenn sich das Lächeln verstärkte, dieses dank eines geheimnisvollen, wie ein Gespenst Wiedergekehrten auf wundersame Weise wie ein Fallschirmspringer in meinem Blickfeld gelandete Lächeln. Nichts war trauriger als der Gedanke, der meinen benebelten Geist durchzuckte, nämlich daß es schon bald erlöschen, sich mir entziehen, vielleicht auf immer dem Gesichtskreis, in dem ich alles scharf sah, entschwinden könnte, um mit der großen Verschwommenheit auf dieser Welt zu verschmelzen, entführt von dieser schönen Studentin mit dem langen, braungelockten, auf Nackenhöhe von einem roten Seidenband zusammengehaltenen Haar, die mitten in meinem Zimmer stand, die Hände in den Taschen eines Dufflecoat mit Kapuze und Tressen, der farblich ganz ins Gesamtbild gepaßt hätte (wie gut ein Drittel der Fakultät trug ich selbst eine dunkelblaue Jacke mit Kapuze), wäre er nicht grünblau gewesen.

Diese persönliche Note, dieses Grünblau, das sich elegant von Dunkelblau und Khakibraun abhob, war, nebenbei gesagt, der Beweis dafür, daß an besonderen Menschen alles besonders ist, warum also, Gyf, mußtest du mir dieses Lächeln bringen, ein so besonderes Lächeln, daß ich ihm wohl kaum an jeder Straßenecke begegne, wo mir bislang ohnehin nicht aufgefallen ist, daß man sich zulächelt. Diese flüchtige Erscheinung in meinem Dasein eines mönchischen Kopisten wird meine Trauer nur noch vertiefen. Darf ich hier noch anmerken, daß es, dieses Lächeln, mir eines Tages in einem durchaus vorstellbaren Augenblick der Niedergeschlagenheit womöglich schrecklich fehlen könnte?

Dies um so mehr, als die Schöne über meine literarischen Aktivitäten sehr gut unterrichtet schien. Wie weit ich sei, ob ich damit rechne, bald fertig zu werden, ob ich nicht versucht sei, in meinen Text Auszüge aus anderen Texten einzuflechten? (Ja, ich weiß, die Frauen pflegen diese wilden Versehrten, die aus heißen Ländern heimgekehrt sind.) Als ich meine Verwunderung darüber äußerte, daß sie anhand zweier Sätze alles erraten hatte, stellte sich heraus – erinnerst du dich denn nicht mehr? –, daß wir bereits am Vorabend über diese Fragen diskutiert hatten. Ihr wollt mich an der Nase herumführen. Gyf, sie will mich an der Nase herumführen. Sie nutzt meinen Zustand aus. So macht man andere Leute verrückt, indem man ihnen wer weiß was einredet, Zweifel sät und so. Du führst *uns* an der Nase herum, meinte Gyf. Ich? Ja, mach mir doch nichts vor. Dir was vormachen? Wir haben wirklich gesoffen wie die Matrosen, sagte Gyf zur Bekräftigung.

Und das kleine Muttermal wandert zum Augenwinkel hinauf, während ich mich auf das Schlimmste gefaßt mache und mich so große Scham überkommt, daß ich sogar die Tretminen und tanzenden Wände vergesse und mich darauf einstelle, meinem dicken Buch der Demütigungen ein schamrotes Kapitel hinzuzufügen. Wo war ich stehengeblieben, mal sehen, oh, was für ein Radau in meinem Kopf... Nein, Gyf, sag mir nichts vor... Ach ja, bei Madame Jeannette und Monsieur Louis und dem »Festakt für Großmutter«. Stimmt, danach habe ich so etwas wie einen Aussetzer gehabt, ich kann noch so in meinem Gedächtnis kramen, nachgrübeln und meinen Grips anstrengen, es gelingt mir nicht, eine Verbindung zwischen diesem letzten Augenblick und dem Getrommel herzustellen, das mich geweckt hat, und das heißt, daß es in meinem Zeitplan wirklich einen weißen Fleck gibt. Und wenn ich »weiß« sage, dann meine ich, weiß wie Nebel. Es sieht also so aus, als wäre ich mit euch zusammengewesen. Aber was haben wir, ohne ins Detail zu gehen, denn so getan?

Nichts Besonderes. Das beruhigte mich ein bißchen. Und sonst? Wir hatten weitergetrunken, unter anderem. Daher dieses Rumoren unter meinen Haarwurzeln. Und die erbrochenen Spaghettiknäuel? Wir hatten anschließend Théo und ein paar andere Freunde getroffen und waren alle zu einem von ihnen gegangen, um einen als italienisch angekündigten Abend zu verbringen, also einen auf Nudelbasis. Und ich? Nicht, daß ich ständig nur von mir reden wollte, aber wie hatte ich mich benommen? Irgendwann war ich eingeschlafen. Und bevor ich ins Koma gesunken war? Keine unpassenden Bemerkungen oder ungebührliches, vielleicht sogar anstößiges Verhalten zu vermelden? Nein, eigentlich nicht, abgesehen von dem beharrlichen, fast zwanghaften Versuch, Théo zu küssen.

Aha. Da hatten wir es. Das Rumoren unter meinem Skalp wird immer aberwitziger, gerade sind mehrere Tretminen gleichzeitig hochgegangen. Mühsam hebe ich den Kopf, und plötzlich schießt mir Hitze ins Gesicht, als wäre ich der glühenden Sonne ausgesetzt. Dabei müßte ich eigentlich den Mut aufbringen, der schönen Théo in die Augen zu schauen, mich in allerlei Entschuldigungen zu verzetteln oder ihr zumindest zu versprechen, daß ich so etwas nie wieder tun würde, obgleich ich die Möglichkeit einer neuerlichen Gelegenheit bereits abgeschrieben habe. Soll sie doch Wiedergutmachung verlangen, alles, was sie will, nichts wird dieses Gefühl der Schande vertreiben können oder besser gesagt mich von diesem schlimmen Fluch befreien, der wahrlich kein Honigschlecken ist, denn: Wer würde es ertragen, so wie ich zu sein? Sie soll wissen, daß ich so etwas niemandem wünsche, höchstens meinem ärgsten Feind – daß sich dieser vor aller Augen lächerlich macht, wäre vielleicht gar nicht so übel –, aber ehrlich gesagt sollte mir niemand böse sein. Stellt euch vor, ihr wärt ich, dann viel Spaß! (Ein bißchen Spaß hättet ihr bestimmt, dank meines Jean-Arthur, denn den müßtet ihr dann fertigschreiben, aber offen gestanden würde ich das lieber selbst besorgen, weil ich ein paar sehr genaue Vorstellungen von Stil und lyrischem Ton habe und mich ganz auf mein Gehör verlasse, das in diesem hypothetischen Fall natürlich eures wäre, aber stellt euch beispielsweise vor, bei dem Rollenwechsel träte eine Veränderung des Trommelfells ein, was würde dann aus meinem schönen Text werden? Das Risiko, daß er entstellt wird, ist viel zu groß, und deshalb bleibe ich im Zweifelsfall, selbst auf die Gefahr hin, mir selbst noch unerträglicher zu werden, lieber ich selber, mache weiter wie bisher und setze meinen eigenen Namen unter meine Geschichte.)

Es gab da allerdings eine Frage, die mir noch mehr auf den Lippen brannte als die Scham auf den Wangen: Hatte sich Théo entschlossen, den Verurteilten in seiner Zelle zu besuchen, bevor sie den Scheiterhaufen anzündete und den Übeltäter auf kleiner Flamme schmoren sähe, oder – und dieser Gedanke war freilich von allergrößten Zweifeln begleitet – wollte sie sich der Macht ihrer Reize über denselben während der Ausnüchterungsphase vergewissern? In diesem Fall brauchte sie sich keine Sorgen zu machen, denn ich war von ihr genauso hingerissen, als begegnete ich ihr zum erstenmal. Mir war sonnenklar, daß ich mich auf den ersten Blick in sie verliebt hatte und meinen Gefühlen unter der befreienden Wirkung des Weins ein wenig die Zügel hatte schießen lassen. Ich bedauerte lediglich, daß ich mich nicht an den Geschmack ihrer Lippen erinnern konnte, sofern sie sich überhaupt von mir hatte küssen lassen. Das war fraglich, zumal ich herauszuhören glaubte, daß wir bei ihrem Freund gelandet waren, der nicht eben begeistert gewesen war, als ich zu allem Überfluß auch noch seine Tagesdecke mit zwei oder drei zuvor getrunkenen Glas Wein besudelte.

Aber sie war hier, ohne ihren Kerl mit dem Sauberkeitsfimmel. Wenn sie die Wahrheit sagte, war sie gekommen, um sich nach mir zu erkundigen, aus Angst, ich könnte nicht mehr aufwachen und mein alkoholbedingtes Koma könnte sich über eine heilsame, durchschlafene Nacht hinaus ausdehnen. Sie freue sich, mich in mehr oder weniger guter Verfassung anzutreffen, und hoffe, daß es mir bald noch ein bißchen besser ginge, damit ich ihr von meinen Schriften erzählen konnte, deren Vortrefflichkeit und bahnbrechenden Charakter ich am Vorabend gerühmt hatte.

Auf diese Mitteilung folgte wie ein Salut eine neuerliche Salve hochgehender Tretminen, und ich nutzte das durch die Explosion ausgelöste Getöse, um so leise, daß ich mich selbst nicht hören mußte, zwei oder drei verschämte Worte über mein skandalöses Verhalten vom Vorabend zu stammeln. Was meine schriftstellerische Tätigkeit anbelange, so müsse man natürlich nicht alles glauben, was ich möglicherweise darüber gesagt und woran ich im übrigen keinerlei Erinnerung hätte, wenngleich es durchaus vorkommen könne, daß ich mich mal zu einem enthusiastischen, mal zu einem deprimierten Urteil über mein angebliches Talent hinreißen ließe. Mein Gemütsbarometer hatte sich, wenn ich Théo Glauben schenken konnte, am gestrigen Abend auf »Schön« eingependelt, heute morgen jedoch – ach, es war schon nach zwölf? – könne sie sich zweifelsfrei davon überzeugen, daß sich die Wetterlage fürchterlich verschlechtert habe, daß auf das Hoch ein schlimmes Tief gefolgt sei, und wenn sie mir den Gefallen tun wolle, könnten wir ein andermal darüber reden – dieser mit Bedacht ausgelegte Köder ließ mich hoffen, sie vielleicht schon bald wiederzusehen.

Gyf hatte eine andere Idee. Wir hatten damals einen Armee-, Kriegs- oder Vergeltungsminister, der es für opportun erachtete, die gesamte Jugend, also auch die Studenten, mit Blick auf einen weltweiten Konflikt zu mobilisieren, von dessen bevorstehendem Ausbruch wir allerdings bislang nichts mitbekommen hatten. Daher gab es, sicherlich aus Unwissenheit, gewisse Vorbehalte gegenüber der angekündigten Maßnahme.

Bisher war es zulässig gewesen, daß sich ein junger Mann vor seiner Einberufung eine Gnadenfrist ausbat, um seine Ausbildung, gleich welcher Art, abzuschließen, und dieser gewährte Aufschub nannte sich Zurückstellung. Doch da man vielleicht befürchtete, eine wesentliche Verlängerung des Studiums könnte auf lange Sicht zu einer Armee von Fast-Greisen führen, die gerade mal geneigt waren, dem Vaterland ihren Leib zu opfern (wobei bekannt ist, daß Organe, deren Zeit abgelaufen ist, nicht weiterverwendbar sind), legte man uns nahe, unsere nationale Pflicht unverzüglich zu erfüllen, da sich die Streitkräfte seit jeher von jungem, heißem Blut genährt hätten. Von einem gewissen Alter an sollten wir eiligst dem Vaterland dienen, danach wäre immer noch genügend Zeit, das Studium wiederaufzunehmen.

Man stelle sich vor: Gerade wenn du endlich lernen sollst: E = …, wirst du zu den Fahnen gerufen. Dort mußt du eins-zwei, eins-zwei zählen, was fürs Marschieren von grundlegender Bedeutung zu sein scheint (obwohl kleine Kinder früher laufen als zählen können), lernst von einem Stubengenossen, wie man eine Bierflasche mit den Zähnen öffnet, bunkerst Unmengen von Witzen, die du gleich nach der Rückkehr ins zivile Leben deinen Freunden auftischen willst, gehst in Gruppen aus und machst – als würdest du mit den orthopädischen Schuhen, den schlecht sitzenden Uniformen und dem kurzgeschorenen Haar nicht schon genug auffallen – auch noch auf dich aufmerksam, indem du in Mülltonnen ballerst, stockst dein Repertoire an mehr oder weniger salonfähigen Liedern auf, die du dann auf Urlaub mit den anderen, kreuz und quer in den Gängen ausgestreckt, bis hin zum Faltenbalg, im Zug singst, und wenn dann der große Tag kommt, der Tag der Befreiung, grölst du lauthals: Adieu, du Scheißarmee, und dabei hebst du mit ausgestrecktem Arm die Feldflasche hoch (sie wird ausschließlich fürs Militär hergestellt, und deshalb profitiert nur die Rüstungsindustrie vom Wehrdienst), ohne zu merken, bis zu welchem Grad du bereits den Kontakt zur zivilisierten Welt verloren hast, so daß dich, wieder in der Uni, die gleich zu Anfang gestellte Frage: »Nun, E = was?« einer Lehrkraft, die nicht ahnt, was für eine Masse an Wissen du in dem einen Jahr angehäuft hast, völlig unerwartet trifft, du nach deinem »Bildungsurlaub« in deinem Gedächtnis kramst und schließlich ohne rechte Überzeugung antwortest:

»… = zwei rechte Winkel?« Worauf du von ganz allein dreihundertmilliardenmal schreibst – in diesem Alter wird man nicht mehr bestraft, sondern nur noch auf seinen Sinn für Verantwortung verwiesen: Was zum Teufel hatte ich in dieser Knochenmühle zu suchen?

Für Gyf und ein paar andere, die bereits angefangen hatten, den Widerstand zu organisieren, kam eine Aufhebung des Rechts auf Zurückstellung nicht in Frage. Es galt also, die Mächte der Finsternis durch Massenveranstaltungen unter Einbeziehung unserer werktätigen Brüder zurückzudrängen. Allerdings mußte Gyf hier ein paar herbe Enttäuschungen einstecken, als er im Morgengrauen vor den Fabriktoren in Batignolles Flugblätter verteilte. Zwar hatten ihn die spöttischen Bemerkungen unserer von der Gesetzesänderung nicht sonderlich tangierten Kameraden (die jüngeren von ihnen tendierten sogar dazu, den Wehrdienst vorzeitig abzuleisten) in der Überzeugung bestärkt, daß der proletarische Geist nach wie vor ungebrochen war, aber weit weniger hatte ihm gefallen, daß ihn die verräterischen Milizen der Arbeitgeberschaft, verkörpert durch drei oder vier paarweise agierende Schlägertypen, recht unsanft zu seinen Studien zurückgeschickt hatten.

Nach diesem Vorfall hatte er sich eine neue Brille zulegen müssen, ein noch klobigeres Modell als die Vorgängerin (die auf dem Straßenpflaster zu Bruch gegangen war), doch dies war, seinen eigenen Worten zufolge, seine Art gewesen, den Schulterschluß mit der Welt der Ausgebeuteten zu suchen. Dabei sparten letztere, um sich selbst ein schickeres Gestell leisten zu können. Solches Streben nach dem schöneren Schein verunsicherte Gyf derart, daß er sich schließlich fragte, ob er beim nächstenmal nicht besser daran täte – damit wir uns recht verstehen: einzig und allein, um nicht den Kontakt zur Masse der Unterdrückten zu verlieren, selbst auf die Gefahr hin, sich deren kleinbürgerliche Begehrlichkeiten zu eigen zu machen –, ein ansprechenderes Modell zu wählen. Übrigens beabsichtigte er, dieses Problem bei der nächsten Versammlung der Zelle vorzutragen, die er selbst gegründet hatte, und zwar nach einer Spaltung innerhalb des losen Zusammenschlusses der Splittergruppen mongistischer Obedienz, ausgelöst durch die Frage, ob sich die Mitstreiterinnen schminken durften oder nicht. Was für eine Obedienz, Gyf? Er schob die Brille hoch, so daß sie dicht vor den Augen saß. Jetzt erzählt mir bloß nicht, ihr wißt nicht, wer Mong ist?

Normalerweise erwiderte ich in ähnlichen Situationen kleinlaut: Und ob ich das weiß, obwohl ich mir über die verheerenden Folgen, über den Bumerangeffekt einer Schwindelei durchaus im klaren war, doch da erklärte Théo genau im richtigen Augenblick, sie habe noch nie von ihm gehört. Ich auch nicht, sagte ich, erleichtert und glücklich darüber, daß ich meine Unwissenheit mit der Schönen teilte.

Mong war ein Bauer im Königreich Siam gewesen und hatte im zwölften Jahrhundert den bewaffneten Kampf gegen einen Lehnsherrn angeführt, dessen Hunde seinen mageren Viehbestand gerissen hatten. Gyf hatte Mong, nachdem die Abstimmung durch Handheben erbracht hatte, daß sich letzterer gegen

Make-up für militante Genossinnen ausgesprochen hätte, als erzkonservativ abgestempelt und seither aufmerksam die Geschichte der Brière studiert, auf der Suche nach einem einheimischen Vorbild, das sich nach seinem Dafürhalten besser eignete, den revolutionären Eifer in diesem Landstrich zu schüren. Vor kurzem war er auf einen gewissen Aoustin gestoßen, der im siebzehnten Jahrhundert mit den Zöllnern aneinandergeraten war, jedoch nicht etwa wegen einer Geschichte, die mit Salzschmuggel zu tun hatte (das Gebiet der Königstreuen lag gleich nebenan), sondern wegen eines Liebeshandels, der zu einem in der Folge grausam niedergeschlagenen Bauernaufstand ausgeartet war. Gyf stand kurz davor, der Welt der Geächteten die Gründung seiner Splittergruppe zu verkünden, und es mußte nur noch an einigen Artikeln der Satzung gefeilt werden, insbesondere was die Aufteilung der Ministerposten zwischen Mongisten und Aoustinern betraf (die beiden Bewegungen hatten eingeräumt, daß sie einzeln nicht stark genug waren, um die Macht zu ergreifen). Aber in der Zwischenzeit war Eile geboten: die Generalversammlung, auf der die Parolen für die am Nachmittag stattfindende Demonstration ausgegeben werden sollten, würde gleich beginnen.

Der Hörsaal war brechend voll. Einige Studenten hatten notgedrungen auf den Fenstersimsen Platz genommen, und ein paar Mädchen waren auf die Schultern kräftiger Freunde geklettert und spielten Signalmast, indem sie ab und zu einem bekannten Gesicht mit dem Arm ein Zeichen gaben. Nicht nur die Stühle, auch sämtliche Pulte waren besetzt. Gyf kämpfte sich zwischen ein paar Leibern, welche die Stufen blockierten, zu einer Handvoll Mongisten am Fuß der Tribüne durch, auf der drei langhaarige Jünglinge, die Leiter der Diskussion, untereinander ein Mikrofon herumreichten. Über der Ansammlung junger Menschen hing eine Rauchwolke, die sich zusehends verdichtete. In den Sitzreihen arbeiteten die Zigarettendreher auf Hochtouren, wobei die feinfühligeren unter ihnen es den Auftraggebern überließen, selbst mit der Zungenspitze den Rand des Papierchens anzufeuchten. Die reinste Fabrik mit Ausdünstungen aller Art. Arme Schlucker nahmen mit ernster Miene abwechselnd einen ebenso tiefen wie kostbaren Zug aus einem schwarz verfärbten Stummel und inhalierten lange und andächtig wie gewissenhafte Kurgäste, um den Qualm sodann genußvoll wie in Erfüllung eines Rituals in einem schmalen Kegel in die Luft zu blasen.

Théo schien es nicht eilig zu haben, sich Gyf anzuschließen. Mit einer knappen, anmutigen Handbewegung erwiderte sie den Gruß eines blondgelockten, unsympathischen Hünen und raunte mir gleich darauf etwas Belangloses ins Ohr, was der unsympathische Kerl zweifellos als auf sich gemünzte abschätzige Bemerkung auslegte, nach der Art zu schließen, wie er den Kopf abwandte und sich urplötzlich für die Debatte interessierte. Ich ahnte, daß er bestimmt wer weiß was über meine Beziehung zu der Schönen im grünblauen Dufflecoat mutmaßte, was mich mit einem warmen Glücksgefühl erfüllte, und wäre es möglich gewesen, den Gang der Welt in diesem Moment anzuhalten, hätte ich mir vom

Leben nichts anderes gewünscht als die unendliche Wiederholung dieses Juwels von einem Augenblick, der meinen zerrütteten Geist mit einem Strahlen erfüllte. Wider Willen bedauerte ich lediglich, daß der unsympathische Kerl zuviel Phantasie hatte.

Die Stimmung war wirklich brüderlich, das Duzen ein Muß. Jeglicher Rangunterschied war aufgehoben, ein jeder dazu eingeladen, seine Meinung zu äußern, und selbst der beamtete Intellektuelle, der sich in die Versammlung verirrt hatte und sich unter Pfiffen erhob, um einen rückschrittlichen Standpunkt zu vertreten, wurde mit einem trockenen »Halt den Mund, Genosse, reden kannst du, wenn du an der Reihe bist!« abgefertigt. Worauf der Genosse Professor, den nur noch zwei Jahre vom Ruhestand trennten, Einspruch erhob und verlangte, man solle ihn gefälligst siezen, mit der Folge, daß man ihn als reaktionären Scheißkerl beschimpfte. Die Mitglieder der verfassunggebenden Versammlung applaudierten mit Kennermiene und waren sich darin einig, daß der Mann sich das alles selbst zuzuschreiben hatte.

Nun nahm man den heiklen Teil der Operation in Angriff. Im Grunde waren sich alle einig: das Vorgehen des Ministers war unzulässig und lief darauf hinaus, daß Kinder aus dem Volk von einem langen Schulbesuch ausgeschlossen wurden. Welche Chance besaß schon der Sohn eines Bauern oder Proletariers, nach einer Unterbrechung von über einem Jahr zu einem höheren Schulabschluß zu gelangen? Es kam zu einem kurzen Wortgeplänkel zwischen jenen, die von null Prozent ausgingen, und anderen, die auf eine wohldurchdachte Indoktrinierung der Arbeiterklasse setzten und, da sie sich davon eine heilsame Bewußtseinsveränderung erhofften, unverzagt daran glaubten, daß ein gewisser Prozentsatz es sehr wohl schaffen würde. Die Forderung nach einer Kompromißlösung wurde laut, und so kam man sich auf halbem Wege entgegen, was für unsere Kameraden aus den unterprivilegierten Schichten nicht gerade ein Lichtblick war. Eine ungeschminkte Genossin schlug vor, die Maßnahme des Ministeriums hinzunehmen und als Gegenleistung die Schaffung echter Volksuniversitäten zu fordern, an denen jeder, von der Putzfrau bis zum Müllmann, unabhängig von Alter und Vorbildung nach Lust und Laune studieren könne, sei es das Einmachen von Marmeladen, die Ethik Spinozas, die Relativitätstheorie, das Makramee oder das zweiunddreißigste Theorem des Euklid. Das war zweifellos interessant, doch ein Mathematik studierender Genosse meinte dazu, da das zweiunddreißigste Theorem des Euklid Volksschulniveau entspreche, sehe er keinerlei Notwendigkeit dafür, dergleichen an solchen Universitäten zu lehren, mochten sie noch so volksnah sein. Und was die Marmeladen angehe, so stelle er der Genossin gerne die Rezepte seiner Großmutter zur Verfügung. Ho, ho, machte die Versammlung. Ruhe, Genossen. Es kam zur Abstimmung: Der Vorschlag wurde abgelehnt. Da steuerte Gyf vor aller Augen auf die ungeschminkte Genossin zu, zweifellos eine Mongistin, wahrscheinlich um sie zu überreden, sich den Aoustinern anzuschließen.

Nun sei es an der Zeit, sich ernsten Dingen zuzuwenden – dies war jedenfalls die Ansicht eines der Diskussionsleiter. Eine Unbedachtheit seinerseits, eine Ermüdungserscheinung vielleicht. Mit Blick auf das, was noch kommen sollte, von ernsten Dingen zu sprechen, bedeutete schließlich, daß alles, was zuvor gesagt wurde, nicht ernst gewesen war. Solch ein Verhalten erinnere an die Prozesse der Stalinzeit, protestierte jemand. Gut erkannt, nur mußte es sich der Zwischenrufer prompt gefallen lassen, daß man ihm eine beklagenswerte Verschleierungstaktik vorwarf, die darauf abziele, die Diktatur des Proletariats in einen Topf mit irgendeiner totalitären Bananenrepublik zu werfen. Dem Einwand wurde stattgegeben, und anschließend schritt man zur Abstimmung per Handzeichen, ob Genosse Roger Lanzac abgelöst werden sollte (selbstverständlich handelte es sich nicht um den berühmten Moderator der berühmten Sendung *La Piste aux Étoiles*, die wir uns früher immer bei Onkel Rémi angesehen hatten, der als einer von wenigen im Ort einen Fernseher besaß), und allein schon diese Androhung brachte den Diskussionsleiter derart aus der Fassung, daß er sich auf der Stelle in Selbstkritik erging. Und wer ersetzte ihn? Unser Gyf. Wir waren wirklich stolz, Théo und ich. Ich nutzte die Gelegenheit, um näher an sie heranzurücken, sie anzulächeln und ein paar Dinge zu ihr zu sagen: Ich sei ergriffen vom großen Atem der Revolution und sehe eine strahlende Zukunft voraus, irgendwo zwischen dem himmlischen Jerusalem und dem Reich der Engel.

Gyf sprach unverzüglich die grundlegende Frage

der Losungen an, denn die angekündigte Demonstration sollte schon bald beginnen. Nach einer Zusammenfassung der Lage führte er im Saal rasch eine Umfrage durch, die erbrachte, daß die am häufigsten geforderte Parole »Nieder mit der Armee« lautete. Das war prägnant, aussagekräftig, bedurfte keinerlei Ausschmückung. Die Studenten machten bereits Anstalten aufzustehen, als Gyf erneut das Mikrophon ergriff und in dramatischem Tonfall verkündete: Genossen, ihr habt soeben in einem Atemzug den Kampf der unterdrückten Völker verurteilt, die das Joch des Imperialismus abzuschütteln trachten. Wie das? Was erzählte er da? Wir waren doch voll und ganz für die unterdrückten Völker. Jedes unterdrückte Volk war willkommen. Fast gab es von ihnen nicht genug, so unerschöpflich wie unser Entrüstungspotential war. Wir träumten davon, ein paar von ihnen zu adoptieren. Ein Glückspilz, wer sich dank bester Beziehungen – ein Onkel, der Missionar war, zum Beispiel – als Interessenvertreter eines Stammes in Mato Grosso gebärden konnte, der von den Machenschaften eines mächtigen multinationalen Unternehmens bedroht war und dessen Überleben allein von unserer Unterschrift am unteren Blattrand eines vervielfältigten Flugblattes abhing. Wir standen nun wirklich nicht im Verdacht, gemeinsame Sache mit dem Klüngel der Hunger und Not verbreitenden Feinde der Freiheit zu machen. Gyf übertrieb, und er setzte noch eins drauf: Ihr arbeitet allen Papiertigern und Pappmachélöwen in die Hände, was wird aus unseren vietnamesischen Brüdern – und Schwestern..., soufflierte die ungeschminkte Mitstreiterin – und Schwestern, griff Gyf auf, darauf bedacht, die Reihen der Aoustiner zu stärken, wenn ihr euch durch die Verteufelung aller Armeen der Gründung einer Volksbefreiungsfront widersetzt, die als einzige in der Lage ist, die neokolonialistischen Ketten zu sprengen, welche die Völker im Namen des Profits fesseln. Es lebe die proletarische Armee! rief Gyf. Es lebe die Volksarmee! Wer seinen Platz wiedergefunden hatte, setzte sich erneut. Die von unserem Freund und Genossen aufs Tapet gebrachte Variante war diskussionswürdig. Zuerst einmal galt es, den Aggressor eindeutig zu identifizieren. Das war leicht: die Amerikaner und ihre Handlanger. Vorsicht, warnte Gyf, auch in Amerika werden Menschen ausgebeutet, mit denen wir voll und ganz solidarisch sind, und dann verlor er ein paar Worte über unsere roten Brüder – und Schwestern… – und Schwestern, die den Widerstand auf ebendem Grund und Boden organisierten, der die degenerierten und blutrünstigen Sprößlinge eines postsklavenhalterischen Kapitalismus an seinem Busen nährte. Wer oder was sei denn der Quell aller Konflikte? Den Schuldigen kannten wir ebensogut wie er, es war immer derselbe, überall. Also nur eine Parole: Nieder mit der Armee des Kapitals! brüllte Gyf ins Mikrophon.

Die dialektischen Fertigkeiten unseres Freundes hatten die Diskussion zugegebenermaßen beachtlich vorangebracht. Blieb nur noch, das Konzept auszufeilen, und nachdem eine ganze Reihe von Änderungsanträgen eingebracht worden war und eine Abstimmung per Handzeichen stattgefunden hatte, entschied man sich einstimmig für den Slogan: Nieder mit der Armee des Kapitals! Es lebe die Volksbefreiungsarmee unserer Brüder – und Schwestern – im Kampf gegen den Imperialismus! Das machte wirklich etwas her. Obwohl die Sache mit der Einstimmigkeit nicht ganz zutraf. Als die Arme wieder heruntergenommen wurden, sah man, wie einer (das heißt sein Besitzer) aufstand und das Wort ergriff: Er erkläre sich durchaus mit den ausgebeuteten Völkern solidarisch und zweifle die Notwendigkeit, den Kampf Seite an Seite mit ihnen fortzusetzen, in keinster Weise an, aber es beunruhige ihn, daß mit keinem Wort erwähnt werde, was schließlich der Grund für unser Hiersein sei, nämlich die geplante Aufhebung des Rechts auf Zurückstellung. Er als Bauernsohn sei von dieser gesetzlichen Bestimmung besonders betroffen, da er bereits größte Schwierigkeiten gehabt habe, seine Familie von der Notwendigkeit zu überzeugen, das Studium fortzusetzen. Diese Frage würde sich nach einem Jahr Wehrdienst erst gar nicht stellen. Im Saal machte sich tiefes Schweigen breit, dem allgemeines Geraune folgte, das man eindeutig als mißbilligend hätte auslegen können, hätte es sich um einen Kaufmannssohn gehandelt. Gyf befand, der Einwand des Genossen Bauern sei zwar interessant, doch sei es nun soweit, man habe bereits zuviel Zeit verloren, und so bestimmte er als Treffpunkt die Präfektur.

Unterwegs fiel kalter Nieselregen. Am Himmel herrschte graue Schlechtwetterstimmung, es war einer von diesen schlimmen Tagen, an denen es keine Hoffnung auf ein blaues Loch in den Wolken, auf Aufheiterung gibt und keine andere Lösung bleibt, als sich der Winternacht zu überlassen, so wie man sich der Liebe oder dem Tod anheimgibt. Mit kleinen Schritten, gerunzelter Stirn und geschlossenen Parkas zogen die Demonstranten durch das aschfahle Licht, das ein frühzeitiges Ende des Nachmittags ankündigte. Gyf, der die Brille wegen des Regens abgenommen hatte, marschierte in vorderster Reihe, allerdings ein Stück hinter den offiziellen Anführern, die sich von seinem Auftritt nur mäßig begeistert gezeigt hatten und sich, da sie womöglich befürchteten, dieser Tag könnte das Vorspiel eines Stimmungsumschwungs zugunsten der Aoustiner und deren charismatischem Oberhaupt mit der komischen Brille sein, an ihr Megaphon klammerten, es um keinen Preis aus der Hand gaben und starrköpfig auf ihrem eigenen Mist gewachsene Parolen ausgaben, die jedoch viel zu kompliziert waren und bei den Demonstrierenden deshalb keinen großen Anklang fanden. Letztere, die, wenn überhaupt, nur zögernd einstimmten, um sich warm zu brüllen, hatten längst das prosaische »Nieder mit der Armee!«

verinnerlicht, das wesentlich besser zu ihren dringlichsten Anliegen paßte. Der Sache fehlte es insgesamt an Schwung, alles wirkte sehr laienhaft, um nicht zu sagen ein wenig verklemmt. Dieser Mangel an Überzeugung war einer Handvoll selbsternannter Stimmungsmacher nicht entgangen, die es sich in den Kopf gesetzt hatten, die Demonstration in Fahrt zu bringen und das ausgelassen Studentische an ihr wieder hervorzukehren, weshalb sie sich als Witzbolde aufführten und derart groben Schabernack mit den Passanten trieben, daß sie uns eher zur Schande gereichten.

Demonstrieren ist eine Kunst. Es reicht nicht, hinter Spruchbändern herzumarschieren und im Chor die Lieder mit den für den Eigenbedarf umgemünzten Parolen aufzugreifen, die ein militanter Poet mit Hilfe seines blütenförmigen Megaphons, das in der Mitte sogar eine Art Pistill hat, anstimmt (verlangt man beispielsweise von einem Chef mit Vornamen Pierre eine Lohnerhöhung, so wird daraus: Heute nacht bei Mondenschein, lieber Freund Pierrot, tu mehr in die Tüte rein, sonst bist du morgen tot), man muß überzeugt, fast wild entschlossen wirken und dabei trotzdem den lieben Kerl mimen, zu allen Späßchen aufgelegt und dennoch sittenstreng, dem Wohlleben zugetan, aber mit Haltung, Beleg dafür, daß ein politischer Aktivist die Früchte der Arbeit keineswegs verschmäht, gleichzeitig jedoch darauf achtet, nicht verschwenderisch mit ihnen umzugehen, sich also ernst und beschwingt zugleich, und dabei gemessenen Schrittes vorwärts zu bewegen, ohne daß es jedoch so aussieht, als würde man die

Füße nachziehen, während man den sich am Rand des Trottoirs drängenden Passanten tunlichst ein komplizenhaftes Lächeln schenkt und sie mit einem freundlichen Wort einlädt, sich der Bewegung anzuschließen, es sich verkneift, sich auf ein Wortgefecht mit Provokateuren einzulassen, die einen als Tagedieb beschimpfen, und vor allem anderen den Eindruck erweckt, daß man um nichts auf der Welt mit jemandem tauschen möchte.

Hinter dem harten Kern der voran marschierenden besonders streitbaren Kameraden lichteten sich die Reihen zusehends, als legte es jeder durch die Distanz zu den Genossen darauf an, dabeizusein, ohne dazuzugehören, und deshalb blieb manch einer mit gesenktem Kopf vor einem Schaufenster stehen, plapperte beiläufig eine Parole nach und setzte dabei eine erstaunte Miene auf, als wunderte er sich über seine eigene Stimme, oder man drückte sich am Randstein entlang in der Hoffnung, mit den übrigen Passanten verwechselt zu werden, und rückte von einem Unruhestifter mit einer Miene ab, wie Petrus sie aufgesetzt haben mochte, als er schwor: Ich kenne diesen Menschen nicht. So absolvierte man gewissenhaft eine Art Mindestpensum mit dem Ziel, sein Einverständnis mit dem ringsumher herrschenden revolutionären Geist kundzutun.

Théo, die süße Rebellin, ging schweigend mit, die Hände in den Taschen und die große, tiefe Mönchskapuze auf dem Kopf, so daß man im Profil nicht einmal ihre Nasenspitze sehen konnte, sondern lediglich die kleine Kondenswolke, die ihrem Mund entströmte, wenn sie unter der schützenden Kopfbedeckung hin und wieder den Hals reckte und eine Bemerkung über das Wetter machte, das dem Anschein nach keine Besserung verhieß. Tatsächlich besserte es sich nicht, im Gegenteil, es regnete nun noch heftiger und dichter, so daß sich auf dem Pflaster Pfützen bildeten, denen wir mit kleinen, tänzelnden Schritten ausweichen mußten, eine willkommene Abwechslung auf der eintönigen Strecke.

Das Zusammenspiel von Wasser und Tanz rief mir meine ertrunkene Najade in Erinnerung, und so betrachtete ich verstohlen Théos in schwarzen Pumps steckende Füße, die sich inmitten der Heerschar von Quadratlatschen und anderen hochschaftigen Schuhen, Schnürschuhen, Galoschen und sogar – der Träger war bestimmt ein spartanischer Mensch – Strandschlappen elegant abhoben. Als sie mit einem leichtfüßigen, anmutigen Sprung über eine Pfütze hinwegsetzte, faßte ich mir ein Herz und fragte sie, ob sie jemals Tanzunterricht genommen habe, und gleich hinterher, ob sie gerne schwimme. Ich sah ein schelmisches Auge unter der Kapuze hervorlugen und bereute zutiefst, daß ich es wieder einmal ganz allein geschafft hatte, mich in eine so dumme Lage zu bringen – hätte mich doch nur ein Vater, am besten mein eigener, in der Kunst des Schweigens unterwiesen oder zumindest darin, erst nach reiflicher Überlegung zu sprechen, immer ein passendes, witziges, feinfühliges, zutreffenes Wort parat zu haben, aber dem war nicht so, und deshalb war mir durch sein frühzeitiges Dahinscheiden viel entgangen –, aber statt die Antwort abzuwarten, fügte ich schleunigst hinzu: Der Regen, der immer stärker werde, habe mich darauf gebracht, was, wenn man den Hintergrund nicht kannte, ziemlich schwach klang. Hin und her gerissen zwischen der Aussicht, bald bis auf die Haut durchnäßt zu sein, und der Gewißheit, mich vollkommen lächerlich zu machen, entschied ich mich schließlich für die zweite Lösung und kramte aus der Tasche meines Regenmantels eine khakifarbene Stoffmütze hervor, die ich heimlich in einem Laden erstanden hatte, in dem amerikanische Armeebestände verkauft wurden, blieb ein, zwei Meter zurück, um nicht die Aufmerksamkeit der Schönen zu erregen, setzte die Mütze vorsichtig auf (es waren noch nicht alle Tretminen explodiert), rückte sie zurecht und vergewisserte mich im Außenspiegel eines am Straßenrand geparkten Autos, daß der Mützenschirm die richtige Neigung hatte. Dann legte ich einen Schritt zu, um meine blaue Kapuzinerin einzuholen.

Sie wartete auf mich, denn sie war stehengeblieben und hatte meinen kleinen Kunstgriff aus ihrer Kapuze heraus beobachtet. Gewiß werden all die Anstrengungen, die man unternimmt, um über seinen eigenen Schatten zu springen, selten von Erfolg gekrönt: Théo bricht urplötzlich in schallendes Gelächter aus, was dich natürlich ganz schön aus der Fassung bringt, und da du nicht weißt, was für ein Gesicht du aufsetzen sollst, hältst du ihr ein kleines Lächeln entgegen, zerknirscht und resigniert, denn du bist bereit, für ihr Lachen alle Demütigungen, alle Verletzungen deiner Eigenliebe hinzunehmen, und der Grund dafür ist einfach: Tief in deiner Einsamkeit, vom Wogen der Wellen umgeben, hast du dir

Abend für Abend voll Trauer und Hoffnung eine süße Traumgestalt zurechtmodelliert, der sie ähnelt. Du setzt also zu einer Erklärung an, doch als solltest du deinen eigenen Tod beschreiben, verrennst du dich in allerlei medizinisch-wissenschaftliche Argumente, die du aus einer Zeitschrift hast und die du in die Praxis hattest umsetzen wollen: Die meiste Körperwärme verliere man über den Kopf, und wenn man keine kalten Füße haben wolle, was besonders unangenehm sei, müsse man sich eine Kopfbedeckung aufsetzen, sonst sei es so, als beheizte man ein Haus ohne Dach, als schliefe man unter freiem Himmel, und dann versteigst du dich in unendliche Räume: der Planet Pluto, zu fern für die zu schwachen Sonnenstrahlen, das Eis auf dem Mars, die intergalaktische Kälte, doch plötzlich unterbricht dich die Schöne mitten in deinen Ausführungen über Supernova, Weiße Zwerge und Rote Riesen, weil sie der Ansicht ist, es sei an der Zeit, sich von der Demonstration zu verabschieden.

Und Gyf? gab ich zu bedenken. Von wem redest du? Ich meine Georges-Yves, und ich artikuliere so deutlich, als wollte ich Fischers Fritzens frische Fische anpreisen, Gyf, so hieß er früher einmal, im Internat. Oh, für den sei noch lange nicht Schluß, der habe bis morgen bestimmt noch ein halbes Dutzend Versammlungen vor sich, wo er über hunderttausend spannende Dinge diskutieren werde, bei denen es um die Zukunft der Menschheit gehe oder darum, wer als erster den Mond betreten hätte, Mong oder Aoustin. Aber wenn ich mit einem Themawechsel einverstanden sei – schau einer an, so faszinierend fand sie Gyf also gar nicht –, würde sie sich lieber ins Warme setzen und eine kleine Stärkung zu sich nehmen. Da ergriff ich, statt mich umzudrehen und mich zu vergewissern, ob dieser Vorschlag nicht womöglich an jemand anderen gerichtet war (so dumm bin ich nun auch wieder nicht, ich hatte durchaus begriffen, so aberwitzig das klingen mag, daß es sehr wohl um mich ging), die Initiative, und als der Zug um eine Ecke bog, steuerte ich, die Schöne an meiner Seite, schnurstracks ein kleines Café mit beschlagenen Scheiben an. Was für eine Eskapade! Sich einfach davonstehlen! Ihr könnt euch vorstellen, daß ich mit niemandem auf der Welt hätte tauschen wollen.

Kaum hatte Théo Platz genommen, schob sie die Kapuze zurück, und es war wie ein kleines Wunder, diese Offenbarung ihres Gesichts in nächster Nähe, denn uns trennte nur der Tisch, und diese knapp fünfzig Zentimeter waren die einzige Distanz, innerhalb deren ich klar und deutlich sehen konnte. Sie hatte eine gewölbte Stirn, umrahmt von dunklem, fast schwarzem Haar, das im Nacken lose von dem roten Band zusammengehalten wurde. Die schwarzen Augen funkelten, aber es war ein hohles Funkeln, und man mußte keine große Leuchte sein, um von diesem ein wenig angestrengt wirkenden Blick gleichsam spiegelbildlich die Botschaft abzulesen, die er einem vermitteln wollte. Die beharrlich zusammengekniffenen Augen verliehen ihrem Lächeln fast etwas Schmerzliches, mochte dieses Zusammenkneifen, wie sie mir gleich darauf gestand, auch zum Teil von einer leichten Kurzsichtigkeit herrühren, die sie auf diese Weise auszugleichen versuche, was ihr auf die Dauer jedoch fürchterliche Kopfschmerzen einbringe, so daß sie nicht umhinkomme, in den Vorlesungen eine Brille aufzusetzen (ich erklärte ihr daraufhin, daß es eine wesentlich einfachere Lösung gäbe: gar nicht erst den Versuch zu machen, etwas zu sehen). Und dann diese Augenbrauen, die nicht ausgezupft waren, obwohl dies zur Zeit Mode war, die leicht gerundete Nasenspitze, der winzige Leberfleck, der wie ein dunkles Staubkorn aussah, das sich auf ihrer Wange niedergelassen hatte, so daß man Lust verspürte, es mit dem Fingernagel zu entfernen, die schmollende Oberlippe und das Kinn, das das Oval des Gesichts vollendete, doch da war auch schon der Kellner und wartete, das Tablett auf Schulterhöhe haltend, auf die Bestellung, ehrlich gesagt vor allem auf die von Théo, die er affektiert musterte, wohingegen er mich mit einem kurzen, hochmütigen Blick abtat – aha, eine Fehlbesetzung –, und während Théo überlegte, knöpfte sie den Dufflecoat auf (längliche Knöpfe aus hellem Holz, wie wir sie früher als Pfeifen benutzt hatten, aber ich wollte sie lieber nicht bitten, mal in einen hineinzublasen), unter dem ein schwarzer Mohairpullover zum Vorschein kam, aus dem ein graziler Hals herausragte. Aber da Schwarz nun einmal Formen verschwinden läßt, so wie es die Erinnerung an meine Ertrunkene ausgelöscht hatte, zögerte ich, den Blick nach unten wandern zu lassen.

Mochte Théo noch so lange überlegen, der Mann mit der Weste schien es nicht eilig zu haben, doch kaum hatte sie gewählt, hätte er mich am liebsten genötigt, irgend etwas zu nehmen oder dasselbe wie sie – sie hatte einen Grog bestellt. Nachdem er gegangen war: Sag mal, ist im Grog nicht Rum drin? Unter anderen Umständen hätte ich der Vorstellung, vierzigprozentigen, wenn auch verdünnten Alkohol herunterschlucken zu müssen, die Erschießung durch ein Exekutionskommando vorgezogen, denn die verheerenden Auswirkungen des Vorabends hatten sich noch immer nicht verflüchtigt, doch war ich in diesem Augenblick geneigt, die Dinge anders zu sehen.

Als sich die Schöne jedoch zurücklehnte, zeigte mir der Spiegel über der Sitzbank aus brüchigem, braunem Englischleder etwas, was ich alles andere als ermutigend fand: die Schirmmütze hatte das nasse Haar platt gedrückt und oberhalb der Ohren einen Abdruck wie von einer Merowingerkrone hinterlassen, auf der Stirn klebte eine Strähne, und zwei Korkenzieherlocken rahmten das Gesicht mit der von der Kälte geröteten Nase – dies sah dem wesentlich ansprechenderen Bild, das ich mir noch vor wenigen Augenblicken von mir selbst gemacht hatte, nicht sehr ähnlich. Es war also alles wieder beim alten. Verstoß aus dem Reich der Träume. Rückkehr in die Wirklichkeit. Ich senkte den Kopf, als wollte ich der Schönen diesen Anblick nicht zumuten. Doch da geschah ein zweites Wunder. Théo, die den Kopf eben noch auf die Hände gestützt hatte, zerwühlte mir das Haar, zwang mich, ihr in die Augen zu schauen, und fragte: Und Jean-Arthur? Was wird denn nun aus ihm?

Natürlich wusste ich das recht gut, aber die Geschichte interessierte mich jetzt nicht mehr sehr. Schreiben ist eine einsame Angelegenheit. Jean-Arthur hatte mich davor bewahrt, in einer schwierigen Zeit schlappzumachen, doch jetzt, wo sich Besserung abzeichnete, sollte er meiner aufkeimenden Liebe nicht in die Quere kommen. Was stellten sie sich eigentlich vor, die beiden? Daß ich sie miteinander bekannt machte und mich unauffällig zurückzog? Nichts da, Lisette, pflegte mein Vater zu sagen und zitierte dabei vielleicht eine berühmte Replik, die aus dem Repertoire eines der in Random aufgeführten Theaterstücke stammen mochte. Was Jean-Arthur betraf, so hing es einzig und allein von mir, von meinem Wohlwollen ab, ob er von einem Augenblick zum anderen im Papierkorb landete, dem Gyf, sobald ich auf meiner Geige eine keltisch-auvergnatische Weise eigener Komposition anstimmte, gewiß mit tänzerischer Leichtigkeit einen Fußtritt versetzen würde. Und was die weitverbreitete Vorstellung anging, daß sich Phantasiewesen irgendwann der Macht ihres Schöpfers entziehen und ihren eigenen Kopf durchsetzen, so würde er sich ganz schön umschauen. Also rechnete ich lieber auf der Stelle mit ihm ab: Nun, wenn du es genau wissen willst: Er stirbt. Und jetzt erzähl mir von dir.

Théo fand, daß es da nicht viel zu erzählen gab, und unternahm flugs einen zweiten Anlauf. Warum er sterbe? Alle müßten sterben. Es gebe keinen Grund, warum er dem allgemeinen Los entrinnen sollte. Und das sagte ich nicht einfach so dahin. Das habe nichts mit Romantik zu tun, und auch nicht im mindesten etwas mit dem einsamen, verkannten Künstler, der sich, von allen verlassen, lieber von der Welt verabschiede. Nein, nein. Er sterbe, wie man nun einmal sterbe, wie mein Vater, wie meine Tante Marie, wie mein Großvater, die tragische Dreifaltigkeit meines elften Lebensjahres. Und da geschah etwas Unerhörtes, denn Tränen, wie ich sie gewöhnlich allein schon bei der Erwähnung meiner lieben Verstorbenen aufsteigen spürte, fluteten fast gleichzeitig die Augen der liebreizenden Théo, als wollte sie mir die sichtbare Äußerung dieses allzu schweren Kummers abnehmen, und da quollen die linsenförmigen Tränen auch schon über den feinen Kamm ihrer Wimpern, kullerten die Wangen hinab, vergrößerten, wenn sie darüber hinwegrannen, wie Lupen das kleine Muttermal und verschwanden schließlich zwischen den an die Mundwinkel gelegten Fingerspitzen. O Théo, wie feinfühlig du bist. Wie lieb von dir, dich meinetwegen zu sorgen, wie muß dich das Schauspiel dieser Welt bedrücken, das Elend ringsumher, all die leidenden Menschen und die Revolution, die nicht kommt, aber weine nicht, es ist nichts, schau, wie ich darüber hinweggekommen bin, wie gut es mir jetzt geht, meine Augen sind fast trocken, und sie wären es ganz, würde ich nicht mitleiden an deinem Kummer über meinen Kummer, das ist nun schon eine alte Geschichte, warum seine Zeit damit vergeuden, zu jammern und alte Wunden aufzureißen, wo das Leben so schön, so voller Hoffnung sein kann. Doch da hob sie ihr schönes, trauriges Gesicht, was mich derart erschütterte, daß ich an mich halten mußte, um es nicht mit den Händen zu umschließen, und machte mir klar, daß meine Geschichte tatsächlich zum Weinen, aber nicht der wahre Grund für ihre Tränen sei, und ich, zum hunderttausendstenmal auf meinen Platz verwiesen, den zu verlassen ich nun niemals mehr wagen durfte, fragte mich: Warum findet sich da draußen nie jemand, der mit starker Hand eingreift, der genügend Mitleid mit mir, meinen Schwächen und meinen spärlichen Mitteln hat, um mich wie durch Gedankenübertragung erst sieben mal siebenundsiebzigmal die Zunge im Munde umdrehen zu lassen, bevor ich etwas sage, statt mich in unangenehme Situationen zu bringen, aus denen ich ausnahmslos als Verlierer hervorgehe, die Schande auf der Stirn und die Verzweiflung im Herzen? Warum muß ich für alles, was ich lerne, bezahlen? Tatsächlich war es mit dem Mitleid nicht weit her, denn aus Théos kummervollen Erklärungen ging hervor, daß ich kein Monopol auf diese Art von Trauerspiel besaß, daß auch anderswo Väter starben, beispielsweise ihr eigener, vor erst knapp einem Jahr, um so besser also, daß meine Wunde sich bereits wieder geschlossen habe, denn ihre blute noch immer, und manchmal sei es so schlimm, daß sie am liebsten sterben würde.

O nein, Théo, nicht sterben, nicht jetzt, wir haben

uns doch gerade erst kennengelernt. Warum bloß hatte ich meinen armen Jean-Arthur liquidieren müssen, aus purer Eifersucht, so wie man einen Nebenbuhler aus dem Weg schafft, wo es doch sein ungeheures Verdienst gewesen war, ihre Aufmerksamkeit zu erregen? Ich hätte ihn hätscheln, ihm für diese Gefälligkeit zehntausend Jahre und mehr zubilligen müssen. Jetzt war es zu spät, ihn wieder auferstehen zu lassen, das Unglück war geschehen, und selbst wenn, hätte dies Théos Vater auch nicht wieder lebendig gemacht: Deshalb war ich darauf gefaßt, daß sie sich erheben und mich vor meinem Grog sitzenlassen würde, dessen Dämpfe allein mir schon Übelkeit verursachten, doch als sie zu meiner großen Überraschung sitzen blieb, traurig an einer Zigarette aus hellem Tabak zog, die sie aus ihrer Tasche geholt hatte, und durch die Glastür des Cafés die im strömenden Regen dahineilenden Passanten betrachtete, schlüpfte ich ohne viel Aufhebens wieder in meine Lieblingsrolle, die, in der ich am erfolgreichsten und für die ich in meinen Augen am besten geeignet war: in die Rolle des Vertrauten, der Schwester Oenone und des Bruders Leo.

Also, dann erzähl mal, Théo, besser als bei mir kannst du nicht aufgehoben sein. Wenn sich zwei Vaterlose treffen, ist es wie eine Begegnung zwischen Standesgenossen: Was sollen sie sich schon erzählen? Weißt du, mir ist aufgefallen, daß alle meine Freunde einen Stammbaum mit Hinkefuß haben. Das ist kein Zufall. Menschen, die so etwas nicht durchgemacht haben, können nicht mitreden. Was soll man solchen Leuten schon erklären? Sollen sie ruhig im aus dem vollen leben! Wir dagegen humpeln durchs Leben, mehr schlecht als recht, uns hat man die Hoffnung amputiert. Ich brauche nur die getreuen Schatten meines Gedächtnisses zusammenzutrommeln, um mit dir jenen Schrecken aufs neue zu durchleben und ganz bei dir zu sein. Den Tod kenne ich wie meine Westentasche. Falls es dir hilft, fange ich an: Bei mir ist es einen Tag nach Weihnachten passiert.

Bei ihr war es am Tag der Pfannkuchen, zu Lichtmeß. Singend hatte sie den Teig angerührt und war um den Tisch herumgetanzt, während sie ihn mit Girlanden und Kerzen schmückte, denn ihr kranker Vater sollte geheilt nach Hause zurückkehren. Ihre Mutter war losgefahren, um ihn aus dem Krankenhaus, weit weg in den Bergen, zu holen, wo man beschlossen hatte, ihn zu seiner Familie zurückzuschicken, ein gutes Zeichen, ein Zeichen dafür, daß alles wieder so sein würde wie früher, und so wartete der Teig also in der Schüssel, als das Auto vor der Haustür hielt. Und als Théo freudig, glücklich hinausstürzte, um den Heimkehrer in die Arme zu schließen, hatte ihre Mutter geschrien, sie solle nicht näher kommen. Es war Teil ihres Wesens, ständig herumzuschreien, wohingegen Théos Vater nie die Stimme erhob, oder wenn, dann ganz sacht, und außerdem schlief er jetzt mit nach hinten gekipptem Kopf auf dem Vordersitz. Das war ganz er, diese Pose eines großen schlafenden Kindes. Aber in Wirklichkeit schlief er nicht, wie du dir denken kannst.

Théos Tränen fließen wieder reichlich. Die letzten zwanzig Kilometer hatte ihre Mutter mit einem Toten auf dem Beifahrersitz zurückgelegt. Und als Théo die Wagentür öffnete, fast so, wie sie es sich ausgemalt hatte, nur mit dem gravierenden Unterschied, daß das Happy-End ihres Drehbuchs in einen Alptraum umschlug, war ihr Vater ihr in die Arme gefallen.

Und jetzt möchte sie weg von hier. Sie schlägt vor, irgendwo anders hinzugehen, warum eigentlich nicht zu ihr. Sie sagt, sie habe Lust auf mehr – damit wir uns recht verstehen, und natürlich vor allem ich: auf mehr zu trinken, auf Grog oder etwas in der Art –, und dabei sieht sie mich fragend an, und diese Aufforderung, das Abendmahl in nur einer Gestalt zu nehmen, ist für mich wie ein Befehl. Alles, was du willst, Théo: Für dich gehe ich durch die Hölle.

Nachdem sie draußen vor dem Café die Kapuze hochgeschlagen hat, überrascht sie mich mit einer zärtlichen Geste: Sie schiebt ihren Arm unter meinen, ein Verhalten, wie es eher zu alten Paaren paßte, also zum Repertoire gestandener Reaktionäre zählt, doch bei Théo wirkt diese Geste wie eine Lektion in Stärke und Unabhängigkeit, wie ein Ausdruck ihrer Besonderheit. Nun ist er also gefangen, mein Arm, den ich eigentlich brauchte, um mir die Mütze aufzusetzen, denn es regnet unablässig weiter, doch selbstverständlich würde ich ihn um nichts auf der Welt entziehen – zumal ich dem Regen, dieser vorübergehenden Unannehmlichkeit, ein wenig später die zartfühlendste aller Aufmerksamkeiten verdanken werde, denn als wir schließlich bei ihr sind und ich wie ein begossener Pudel vor ihr stehe, trocknet sie mir mit einem Handtuch das Haar. Zuvor betreten wir jedoch noch einen kleinen Lebensmittelladen, wo sie dem Besitzer ein verblüffend freundliches »Bonjour« zuruft, woraufhin dieser hinter dem Ladentisch heimlich seufzt, denn vermutlich wartet er, offensichtlich ihrem Zauber verfallen, den ganzen Tag nur darauf, daß sie kommt – warum sonst sollte er ihr mit der Beteuerung, es eile ja nicht, anbieten, die kleine Flasche Rum beim nächstenmal zu bezahlen und meinen Geldschein glattweg ausschlagen? So ist er sich sicher, daß er sie wiedersehen wird, daß ihn etwas mit ihr verbindet, und sei es nur eine Schuld.

Als wir vor einem großen Haus aus behauenem Stein stehen, erklärt sie mir, die Besitzerin sei eine alte, gebrechliche Dame, der sie als Gegenleistung für die Unterkunft, ein Zimmer unter dem Dach, dessen Fenster von unten zu sehen ist, gelegentlich etwas vorliest und die eine oder andere Gefälligkeit erweist: kleinere Einkäufe und die Erledigung der Korrespondenz. Deshalb bittet sie mich, im Gang und auf der Treppe auf Zehenspitzen zu gehen. Die Ohren der Hausbesitzerin seien zwar nicht mehr so gut wie früher, aber sie habe mit ihr vereinbart, daß sich Besucher mit der Eingangshalle zu begnügen hätten. Insgeheim freute ich mich schon über die Vorzugsbehandlung, denn ich erblickte darin ein Anzeichen für ein besonderes Interesse an mir, doch dann ermahnte sie mich ausdrücklich, eine bestimmte Stufe auszulassen, weil diese knarrte, und da begriff ich, daß diese Übung bereits wer weiß wie oft durchexerziert worden war. Dies ließ an meinem rosafarbenen Himmel eine graue Wolke aufziehen.

Obwohl es bereits dunkelte, wurde ihr Zimmer vom goldenen Schein einer Straßenlaterne ganz in der Nähe erhellt, der durch eine Dachluke fiel. So konnte man es sich sparen, Licht zu machen. Sie liebe das Halbdunkel, erklärte Théo, und zwar so sehr, daß sie den Stuhl ans Fenster rücke, wenn sie lesen wolle. Die bunt zusammengewürfelte Einrichtung bestand aus ausrangierten Möbelstücken des Hauses, doch zumindest gab es Sessel, stilechte und nachgemachte. Trotzdem ließ sie mich auf dem Bett Platz nehmen, während sie mir die Haare trockenrieb. In einem Topf auf dem Kocher (einem altertümlichen Modell mit elektrischer Heizspirale) wurde das Wasser für den Grog heiß, das Motorengeräusch vom Boulevard vor dem Haus erfüllte die Stille, und ich suchte nach einer intelligenten Bemerkung, die sich jedoch nicht einstellen wollte, nach Worten, die sie endgültig über all ihr Leid hinwegtrösten und sie von ihrem Kummer befreien würden.

Einen Augenblick lang dachte ich daran, ihr zu sagen, daß sie ernten würde, was er, ihr Vater, gesät hatte, doch diesmal riet mir der Allmächtige glücklicherweise, meine Prophezeiungen für mich zu behalten. Außerdem hatte sie mir etwas ganz anderes zu sagen, und dazu mußten wir es uns anscheinend bequemer machen, denn nachdem sie mir, wie im Café, kurz mit den Fingern durchs Haar gefahren war – diese Geste schien ihr leicht von der Hand zu gehen –, kippte sie mich hintüber, so daß ich mir beinahe den Kopf an der Wand gestoßen hätte, weshalb ich mich kurz wieder aufrichtete und eine Vierteldrehung machte, um – was wesentlich vernünftiger war – das Bett der Länge nach zu nutzen.

Es war ein schmales Einzelbett, und um nicht herunterzufallen, schmiegte sie sich an mich und legte den Kopf in meine Armbeuge, was mich ermutigte, ein wenig kühner zu werden, das Gesicht seitwärts zu drehen und sie eventuell sogar zu küssen, doch abgesehen davon, daß mir daran lag, mein ungehöriges Verhalten vom Vorabend vergessen zu machen, verliehen ihre ständig den Tränen nahen Augen unserem Beisammensein einen solchen Ernst, daß ich begriff, weshalb wir uns hinlegen mußten, nämlich um den Dingen auf den Grund zu gehen und nach einem Mittel gegen Théos Kummer zu suchen. Übrigens fing sie wieder davon an, daß sie mir etwas sagen müsse, etwas, was sie noch niemandem erzählt habe. Ein Geheimnis? fragte ich aufs Geratewohl. Doch da stand sie wieder auf, schüttete den gesamten Inhalt der kleinen Rumflasche zusammen mit Zucker in den Topf, rührte alles um und goß das Gebräu zu gleichen Teilen in zwei große Schalen, ähnlich jenen, in denen man uns früher die Butter geliefert hatte, stark gesalzene Butter vom Bauernhof, in deren Oberseite man mit Hilfe eines Holzlöffels mehrere schmückende Halbmonde gedrückt hatte.

Aus Bequemlichkeit und um uns nicht zu verbrühen, tranken wir den dampfenden Grog im Sitzen, indem wir ihn mit gespitzten Lippen schlürften, und wenn ich an unsere vorherige Position dachte, erschien mir die jetzige wie der niederschmetternde Beweis dafür, daß ich gerade eine historische Gelegenheit verpaßt hatte, als würden sich zwei Kurven nach einem Berührungspunkt aufgrund ihrer Krümmung unweigerlich wieder voneinander entfernen. Da besann ich mich auf das, was mich in diese vorteilhafte Lage gebracht hatte, und ohne die Lippen von der Schale zu nehmen, fragte ich, schüchtern und beherzt zugleich wie beim Sprung ins kalte Wasser: Du wolltest mir, glaube ich, etwas sagen? Aber sie antwortet nicht, sondern entzieht sich mir, indem sie so tut, als würde sie die stark alkoholhaltigen Dämpfe inhalieren, und da ich Angst habe, sie könne bereuen, daß sie mich mit zu sich geschleppt hat, sie könne sich ausmalen, daß ich mir wer weiß was ausmale, sie könne nach Mitteln und Wegen suchen, das Mißverständnis auszuräumen, beschließe ich, ihr lieber zuvorzukommen. Wäre der Grog nicht so heiß gewesen, hätte ich ihn in einem Zug ausgetrunken, die mindestens einen Liter fassende Schale auf den kleinen Tisch an ihrem Bett gestellt und mich für die Stärkung herzlich mit den Worten bedankt, das sei bei diesem Wetter genau das richtige gewesen, aber hoppla, die Zeit vergehe wie im Flug, und – indem ich einen Blick auf ihren Wecker werfe, genauer gesagt indem ich mein Gesicht dem Zifferblatt bis auf zwanzig Zentimeter nähere – auf mich warte ja so viel Arbeit. Dann wäre ich Hals über Kopf aufgesprungen – vielen Dank noch mal, und vielleicht sehen wir uns ja mal zufällig in einem Gang oder Hörsaal wieder – und hätte bei meinem überstürzten Aufbruch auf der Treppe die verflixte Stufe knarren lassen, so daß sich die gebrechliche alte Dame erkundigen würde, was ich denn da oben zu suchen hätte – oh, nichts, Madame, gar nichts, nicht, was Sie denken –, um dann ihre Vorleserin wegen Vertragsbruchs Knall auf Fall vor die Tür zu setzen, woraufhin letztere zu Recht beschließen würde, mich aus ihrem Leben zu verbannen.

Ich bin doch erst vor kurzem hineingetreten, Théo, in dein Leben, aber Asymptoten kreuzen sich nie, und ich werde dich sowieso nicht länger behelligen, ich weiß, daß du nicht allein bist, ich glaube begriffen zu haben, daß du einen Freund hast, dem du bitte von mir ausrichten solltest, daß mir das, was gestern abend passiert ist, leid tut, auch das mit der besudelten Tagesdecke, und es ist wirklich schade, daß der Grog nicht schneller abkühlt, sonst wäre ich schon längst unten auf der Straße und würde mich sang- und klanglos aus dem Staub machen. Aber alles, was ich zustande bringe, ist, mir die Speiseröhre zu verbrühen, und die Grimassen, die ich deshalb schneide, bewirken, daß Théo bei meinem Anblick den Mund zu einem kleinen Lächeln verzieht, das ich mit: armer Junge, naiver Junge, dummer Junge übersetze, aber da sie meinen üblen Gemütszustand erahnt, berichtigt sie sich rasch, indem sie sagt: Das ist nicht schlimm.

Übrigens habe sie beschlossen, ihn nicht wiederzusehen, ihren angeblichen Herzensfreund, aus tausendundeinem Grund, und dieser eine habe mit gestern abend zu tun: Er sei mir gegenüber allzu gehässig gewesen. Ach ja? Das wundert mich nicht weiter, aber auf einmal freue ich mich, daß seine Tagesdecke meinetwegen in die Reinigung muß. Andererseits möchte ich nicht der Grund für die

Trennung sein, du mußt wissen, daß seine Beleidigungen mir überhaupt nichts ausmachen, der beste Beweis ist, daß ich mich an nichts erinnere. Das ließ sich doch bestimmt wieder einrenken, und ich nahm mir bereits vor, den Vermittler zu spielen, als Théo ihre Schale auf dem kleinen Tisch abstellte und ihren traurig-schönen, tränenglänzenden Blick auf mich richtete. Was habe ich vorhin gesagt, o Allmächtiger, was man nicht tun sollte?

Es ist nach und nach, bröckchenweise zwischen zwei Schluchzern, herausgekommen. Eine Kindheitstragödie, wie sie sich mitunter abspielt und wie man sie in seinem tiefsten Innern zu verscharren, gewaltsam in der Schublade für erledigte, belanglose Angelegenheiten ohne Folgen abzulegen versucht, die dann aber unter Schmerzen und Qualen wieder empordrängt, alles verdirbt, alles verzweifeln läßt, nichts vergißt, ein übernatürliches Drama, von dem Geist und Körper auf unsichtbare Weise gezeichnet sind, nachhaltiger noch als durch ein Loch im Fleisch. Dem Anschein nach ist nichts zurückgeblieben, weder Wunden noch Beulen, nichts, was einen am Leben hindert, und trotzdem ist da etwas, was sich quer stellt und es darauf anlegt, alles zu verpfuschen. Und du, der du die Gedächtnissplitter, so scharf wie Glasscherben, einsammelst, kannst nichts weiter tun, als starr und stumm zuzuhören, hilflos und des Beistands durch ein tröstendes Wort oder eine mitfühlende Geste unfähig, all das ist jetzt fehl am Platz, und du sollst nichts anderes sein als ein Archivar des Unglücks, der die vergossenen Tränen beurkundet, einer, der ganz Ohr ist, das Leid mit ansieht und sich damit abfindet, keinen Anteil zu nehmen. Ich verspreche dir, Théo, ich werde nichts weitererzählen, niemandem. Dieser Schmerz ist etwas ganz Persönliches. Er geht die anderen nichts an.

Die Nacht hatte sich inzwischen ganz durchgesetzt, aber das goldene Licht der Straßenlaterne strömte ins Zimmer und zeichnete ein vergrößertes Fensterkreuz auf den Parkettboden. Théo, deren tiefe, wie von Schluckauf unterbrochenen Schluchzer nach der Beichte immer seltener wurden, stand auf und zog den kleinen, mit Blumenmuster bedruckten Vorhang zu, der an einer Messingstange hing, wodurch sie ein annähernd gleichmäßiges Halbdunkel schuf, geeignet, sich die nächtlichen Schreckgespenster aus Kindheitstagen vom Leib zu halten, dann streckte sie sich wieder aus, stützte den Ellbogen aufs Kissen, legte den Kopf in eine Hand und zog mit der anderen an meinem Arm, eine Aufforderung, wieder den Platz neben ihr einzunehmen, so daß wir uns gleich darauf gegenüberlagen und unsere Gesichter nur wenige Zentimeter voneinander entfernt waren.

Das war das Interessante an diesem Halbdunkel, das durch den Vorhang vor dem Fenster sickerte: Ich sah Théos Augen glänzen, ihre schönen, hilflosen, fast flehenden Augen, und sie schien kurz davor, sich dem erstbesten anzuvertrauen, der ihre Qual linderte. Es war verlockend, dieser gewisse Jemand zu sein, der gute Onkel Doktor, der die Skrofeln des Herzens heilt, und ihr Mund war so nahe, daß es tatsächlich wie beim Onkel-Doktor-Spielen war, das heißt, selbst für einen schüchternen Tolpatsch wie mich war es ein Kinderspiel, die wenigen Zentimeter, die mich von ihm trennten, zu überbrücken.

Doch kaum hatte ich von ihm gekostet, entzog sie sich mir sogleich und rückte von mir ab, sie müsse mir noch ein paar Dinge sagen, sie wolle, daß Klarheit herrsche, daß ich wisse, woran ich sei, daß es keine dunklen Schatten gebe.

Ich nahm an, daß nach der ersten Enthüllung das Schlimmste überstanden war und ich mir jetzt alles anhören konnte, was ich auch tat, mit derselben Aufmerksamkeit, demselben Interesse, und wenn man ihr so lauschte, hatte man tatsächlich das Gefühl, daß es sie drängte, den Dingen auf den Grund zu gehen: Der Tod ihres Vaters hatte sie so sehr verstört, daß sie sich in aller Form mit einem viel älteren Mann verlobt hatte, doch war es bald zum Bruch gekommen, und sie hatte sich auf allerlei Abenteuer eingelassen, auch mit Frauen, weshalb sie sich jetzt ein wenig verloren fühlte. Ich begriff, was sie mir zu erklären versuchte, nämlich daß es ihr schwerfallen würde, mir inmitten dieser Galaxie von kosmischer Komplexität einen Platz einzuräumen. Was von ihrer großen Aufrichtigkeit zeugte, dabei hatte ich eigentlich gedacht, daß sich meine planetarische Konjunktion in einem eher günstigen Licht zeigte. Doch da ich um die Wandelhaftigkeit des Himmels wußte und befürchtete, bis zum nächsten Erscheinen meines schönen Kometen hundertundsieben Jahre warten zu müssen, überlegte ich, ob ihre Worte, ich sei für sie anders als die anderen, wirklich so schmeichelhaft waren, wie sie es hinzustellen versuchte, wo ich mir doch in Wahrheit nichts mehr wünschte, als jenen zu ähneln, in deren Armen sie gelegen hatte.

Von ganzem Herzen sehnte ich mich danach, mich in das allgemeine Los des Normalen zu fügen, und so nutzte ich die Rolle des Vertrauten aus und wagte es, die Hand unter den schwarzen Pullover zu schieben, den sie auf der nackten Haut trug. Behutsam ließ ich die Fingerspitzen ihren Rücken hinaufwandern, wo sie schon bald vom Verschluß eines Büstenhalters gestoppt wurden. Dies war für Théos Wesen insofern erhellend, als sich ihr Verhalten, das vor allem unaufmerksame Betrachter überwiegend der sexuellen Revolution zugeschrieben hätten, die gerade stattfand (und deren Anfang ich, wenn man sie so reden hörte, wohl verpaßt hatte), keineswegs mit der alles andere als strengen Kleiderordnung besagter Revolution vertrug. Théo hielt eben auf sich. Durch diese Entdeckung beruhigt, machte ich mich bereit, auch ihr letztes Geständnis entgegenzunehmen. Denn es gab da noch etwas Unausgesprochenes (ihr Mund hatte sich wieder entfernt, und allmählich war ich es ein wenig leid, ständig unterbrochen zu werden). Ja, Théo? Nein, diesmal schäme sie sich zu sehr. Ach was, sag schon. Was kann es jetzt noch geben, was nicht für meine Ohren taugt? Wir hatten gemeinsam die geheimsten, intimsten Seiten im Tagebuch ihrer Verletzungen umgeblättert, welcher Nachtrag, welche erklärende Anmerkung sollte da noch ein neues Licht auf ihre großen traurigen Augen werfen? Es konnte sich nur um eine Mitteilung von untergeordneter Bedeutung handeln, etwas, dessentwegen sich Théo vielleicht schämte, das aber durchaus zu den üblichen Zufälligkeiten des Lebens gehörte.

Ich fühlte, daß ich immer weniger imstande war, Betroffenheit zu zeigen, ja, ich stellte an mir sogar gewisse Anzeichen von Ungeduld fest, jetzt, wo ich mit den Fingerspitzen die Glätte ihrer Haut gespürt hatte. Nun erzähl endlich alles, Théo, und dann laß uns nicht mehr darüber reden, damit dieses grausame Ballett deiner Lippen vor meinen ein Ende hat. Sie zögerte, dann, nach kurzem Nachdenken, nein, lieber nicht, ich solle nicht darauf bestehen. Ich versuchte ihr auf die Sprünge zu helfen, wie ich es schon zuvor getan hatte. Ob es schlimm sei? Ob sie damit fertig werde? Ob es Folgen habe? Nein, nein, was ich mir eigentlich denke, im übrigen bereue sie es, daß sie sich unnötig so weit vorgewagt habe, es gebe keinen Grund, so viel Aufhebens darum zu machen, und außerdem sei das schließlich ihre Angelegenheit. Ich habe doch gar nichts von dir verlangt, aber wie du meinst, Théo. Und während wir einen neuerlichen Annäherungsversuch unternahmen, malte ich mir das Schlimmste aus und ließ in Gedanken einen Katalog der Unaussprechlichkeiten Revue passieren: Hatte sie mit einem Professor geschlafen, um die Prüfungsthemen zu erfahren? War sie auf den Strich gegangen? Hatte sie einen Bankier geheiratet? Sich mit einem Richter eingelassen? Für die Polizei gearbeitet? Aber das hatte Zeit bis später, denn Théo streckte die Arme in die Luft und zog den Pullover aus, und als das Weiß der Körbchen ihres Büstenhalters plötzlich das Halbdunkel durchbrach, also, da dachte ich an etwas anderes, wie ihr euch vorstellen könnt.

Am nächsten Tag ärgerst du dich über dich selbst. Nicht wegen der Dinge, die passiert sind, denn dafür sagst du Théo, dem Himmel und der ganzen Welt Dank, sondern weil du dich wie ein Stoffel benommen hast. Doch natürlich nicht etwa gegenüber der Schönen – wir (verschämter Pluralis majestatis) haben uns vielmehr durch übertriebene Rücksichtnahme versündigt –, sondern gegenüber der Zeit: Du hast es nicht verstanden, jeden Augenblick voll und ganz auszukosten, einen nach dem anderen, wie er es verdiente. Nehmen wir zum Beispiel die weißen Körbchen, diese beiden Stützen des Fleisches, die zwischen den prallen Brüsten für diese trichterartige Furche sorgen, von der der Blick, das Licht und das Verlangen verschluckt werden wie von einem schwarzen Loch, und die schmalen Träger, die senkrecht nach oben zum Schlüsselbein hin verlaufen – wenn du darüber nachdenkst, ist alles viel zu schnell gegangen. Warum hast du dir so hastig am Verschluß auf dem Rücken zu schaffen gemacht, dir in den Kopf gesetzt, ihn, wenn auch behutsam, zu öffnen und das ganze Ding triumphierend, aber auch wieder demütig, eiligst zu entfernen, statt dich wie in Zeitlupe an diesen Knospen zu weiden, an der Befreiung der gefangenen Brüste, die sich, kaum daß Haken sich von Öse trennt, träge der eigenen Schwere überlassen, sich gehenlassen, wobei eine halbe braune Aureole über den Rand des aus Spitze gefertigten Körbchens hinweglugt wie eine aus dem Weiß aufsteigende nächtliche Sonne und gleich darauf die Träger langsam über die herabhängenden Arme gleiten, während die Schultern sich ganz klein zu machen scheinen, sich zusammenziehen, als wollten sie sich durch eine schmale Öffnung zwängen, sich mittels einer Drehung, wie sie einem routinierten Verrenkungskünstler gut anstünde, dieser Fessel aus satiniertem Stoff entledigen und dabei vorübergehend eine Verengung der Furche zwischen den Brüsten bewirken, und zugleich machen sich die Arme einer nach dem anderen frei – was würde es dich schon kosten, noch bevor du mit hohler Hand diese Zwillingsperlen umschließt, die Aufmerksamkeit für einen Moment auf den wie ein achtlos von Schmetterlingsflügeln abgestreifter Kokon am Boden liegenden Büstenhalter zu richten, der doch so reich an eingelösten Verheißungen ist. Dies ist nur ein Beispiel. Den Rest könnt ihr euch denken.

Du ärgerst dich also über dich selbst. Am liebsten würdest du alles zurückspulen, dir den Film des Vorabends noch einmal ansehen, in Zeitlupe und mit Standbildern, dein eigenes Double sein, aus deinem Körper heraustreten, und zwar – und dies ist ein weiteres Beispiel –, um zu genießen, wie die Beine der unter dir liegenden Schönen deine Taille umfangen, was dir zwangsläufig entgangen ist, da es sich hinter deinem Rücken abgespielt hat, und außerdem hast du ihr in diesem Moment gerade tief in die weit geöffneten Augen geblickt. Dabei hat das bestimmt schön ausgesehen. Und tausend andere Köstlichkeiten auch. Also alles noch einmal ansehen. Und da du den Schlüssel nicht finden kannst, um die Zeit zurückzudrehen, ist es das Beste, noch einmal darauf zurückzukommen.

Also gehst du tags darauf (die Nacht ist kurz gewesen: Aus Angst, erwischt zu werden, hat dich die Vorleserin Punkt zwei Uhr fortgeschickt, und da du im Treppenhaus kein Licht machen durftest, bist du sogar auf die knarrende Stufe getreten, die fünfte, dabei hatte sie dich gewarnt, und bis fünf zählen ist eigentlich kein Kunststück, aber wahrscheinlich hast du mit dem falschen Fuß angefangen) wieder zu ihr. Du erinnerst dich nicht mehr, wie ihr beim Abschied verblieben seid: Sehen wir uns wieder, ja, nein, vielleicht, morgen, ein andermal, oder hatte sie sich Bedenkzeit ausgebeten? Was dich angeht, brauchst du dir nicht das Hirn zu zermartern: Die Sache ist klar – du hast Appetit auf mehr. Trotzdem beschleichen dich Zweifel, als du dich dem großen Steinhaus näherst, und dich fröstelt in deiner marineblauen Cabanjacke, die in den paar Stunden nicht ganz trocken geworden ist, den nächtlichen Heimweg hast du nämlich im Regen zu Fuß zurückgelegt, weil um die Uhrzeit kein Bus mehr fuhr, und ein Taxi kam für dich nicht in Frage. Und wenn die Begrüßung nicht deinen Erwartungen entspricht? Wenn euer beider Denken, für einen Augenblick vereint, getrennte Wege eingeschlagen hat, statt gemeinsam voranzuschreiten? Aber nein, du hast nicht geträumt, keinesfalls.

Du hast nicht geträumt, du legst, um sicherzugehen, eine Hand auf die vom wilden Biß der Schönen schmerzende Schulter, doch gleich darauf wird sich zeigen, daß die Nacht euch beiden nicht denselben Rat mit auf den Weg gegeben hat. Es bleibt dir nicht mehr viel Zeit, bis deine Illusionen sich verflüchtigen. Nur so lange, bis Théo herunterkommt, um die Tür zu öffnen, nachdem du auf den kleinen, in Marmor eingefaßten Kupferknopf gedrückt hast, und bei deinem Anblick erstaunt, ja mißmutig das Gesicht verzieht: Ach, du bist es. Natürlich, wer sonst? Na, zum Beispiel der da, der, ohne daß du es gemerkt hast, dicht hinter dir hergegangen ist und dem sie über deine Schulter hinweg ein breites Lächeln schenkt, als wärst du plötzlich Luft für sie. Da drehst du dich um und findest ihn sofort widerlich. Selbst wenn er auf den ersten Blick einen guten Eindruck auf dich gemacht hätte, hättest du ihn wegen des ihm geltenden Lächelns genauso widerlich gefunden, und obendrein hat er die außerordentliche Unverfrorenheit, dich als den eigentlichen Störenfried zu betrachten, und zwar von oben herab (dabei nutzt er schamlos die Tatsache aus, daß er einen Kopf größer ist als du). Aber wer ist zuerst dagewesen, wer von uns beiden ist der Eindringling, der Hochstapler, der unglaublich freche Mensch, der das Vorrecht eines anderen nicht respektiert? Er hat zwar ein Engelsgesicht mit Lockenschopf und hellen Augen, aber, bei Gott, ich traue ihm nicht über den Weg, und wo wir schon vom lieben Gott sprechen: soll ihn sich der Meister ruhig einmal vorknöpfen, ein paar gehörige Lektionen in Sitte und Anstand können ihm nur guttun. Und Théo? Warum lächelt sie ihm jedesmal zu, wenn sich ihre Blicke kreuzen, während sie für mich nur diese Leichenbittermiene übrig hat, diesen Ausdruck der ewig Leidenden, deren Wunden ich eine nach der anderen habe versorgen wollen? Wer ist dieser Scharlatan, dieser Medizinmann, der sie wieder zum Lächeln bringt und mich zum Statisten degradiert? Sie stellt ihn mir vor: Diego, ein Freund. Er ist Spanier, fühlt sie sich genötigt, hinzuzufügen.

Klar, bei so einem Namen, aber ich erinnerte mich nicht, daß sie ihn bei ihrem zweiten Geständnis als einen ihrer Freier – oder Freierinnen – erwähnt hätte. Zwischen all den landesüblichen Vornamen wäre mir ein exotischer Klang nicht entgangen. Sie hatte schlichtweg nicht die Zeit gehabt, ihn vormittags aus dem Hut wie aus dem Nichts hervorzuzaubern, und ich hatte ebensowenig ein Wunder bewirkt und ihn wie einen bösen Geist herbeigerufen, indem ich auf die Klingel drückte. Also hatte sie ihn mir bewußt verschwiegen. Das dritte Geständnis? War es denn wirklich eine Schande, einen Liebhaber von der anderen Seite der Pyrenäen zu haben? Nein, keineswegs, es sei denn, er war ein Enkel Francos. Plötzlich wurde mir alles klar. Mit so einem brauchte sie sich wirklich nicht zu brüsten. Einen solchen Verrat gegenüber einem Mitstreiter und Anhänger der mongo-aoustinischen Sache einzugestehen hieße, sich selbst vors Volksgericht zu bringen – und mit Klassenfeinden springt das Volk nicht zimperlich um. Wirklich, sie riskierte viel: den Ausschluß aus der Zelle oder so etwas Ähnliches.

Da gab es allerdings eine Sache, die mir gegen den

Strich ging: Schande hin, Schande her, aber sie schien ihrem Phalangisten auch noch die Stange zu halten, denn sie warf ihm einen zärtlichen, entschuldigenden Blick zu, faßte mich am Arm und nahm mich auf dem Trottoir beiseite, um mir zu erklären, daß alles eine Erklärung habe. Was, Théo? Ich bin doch kein Idiot, ich habe keine Tomaten auf den Augen, gut, ich sehe vielleicht nicht ganz scharf, aber blind bin ich deshalb noch lange nicht. Es steht dir frei, dich mit Francos Folterknechten einzulassen, die proletarische Revolution wird die Ihren zu erkennen wissen, und wenn die mongo-aoustinischen Ideen eines Tages die Welt erhellen, werde ich alles in meiner Macht Stehende tun, um zu verhindern, daß man dir den schönen Kopf kahlschert, meine geliebte Théo. Vielleicht werde ich dein Haar aufsammeln und mein Gesicht darin vergraben, um seinen Duft zu atmen und die segensreichen Stunden unserer gemeinsamen Nacht noch einmal zu durchleben, und dabei werde ich um meine schöne verlorene Liebe weinen. Aber gib dir keine Mühe, mir schonend beizubringen, was jedem ins Auge springt, geh rasch wieder zu deinem Hidalgo und mach dir um mich keine Sorgen, ich habe schöne Erinnerungen, für lange Zeit. Mit weit weniger, mit ein paar verschwommenen Bildern einer hübschen Ertrunkenen, habe ich viele Jahre hindurch meine Träumereien ausstaffiert. Du kannst dir also vorstellen, daß ich von dem, was du mir geschenkt hast, eine Ewigkeit zehren werde.

Wirst du mich über Jean-Arthur auf dem laufenden halten? Worauf du dich verlassen kannst, Théo, aber ich befürchte, daß es mit seiner Geschichte nun kein so gutes Ende mehr nehmen wird und daß seine Heiratspläne mit der Schwester seines Kameraden ins Wasser fallen werden. Und jetzt laß mich bitte allein, ich muß weinen.

Diese verflixten Tränen – die Gelegenheit war günstig: Liebeskummer, zumindest konnte man eine gewisse Ähnlichkeit nicht leugnen – ließen sich nicht lange bitten, schon strömten sie wieder, für sie war es genau der richtige Anlaß, mit Rührseligkeit hatte dies wenig zu tun, diesmal ging es um eine noble Sache. Vielleicht übertrieben sie ein wenig und machten sich die Situation zunutze, dieser Löschtrupp, der immer auf der Hut war, sich für berufen hielt, Großbrände zu bekämpfen, und für den der Brandstifter unerheblich war, als sei der Eifer dieser Tränen, sich zu ergießen, lediglich Ausdruck eines körperlichen Drangs, als nutzten sie ihre Chance und pfiffen im Grunde auf meinen Kummer. Dieser Zweifel an der Aufrichtigkeit meiner Tränen, dieses reflexhafte, theatralische Gebaren ließ mich plötzlich an der Wahrhaftigkeit meiner Gefühle zweifeln. Denn obwohl ich mich, während ich mich mit langsamen Schritten und unter der Last des Leids gebeugtem Rücken von dem großen Steinhaus entfernte, in meiner Seele wie ein alter Abenteurer mit gebrochenem Herzen und gegerbter Haut fühlte, durfte ich nicht aus dem Blick verlieren, daß sich unsere Bekanntschaft alles in allem auf zwei Abende beschränkte (an den ersten hatte ich keinerlei Erinnerung mehr), und dazwischen hatte ein Tag gelegen, an dem ich hauptsächlich gegen die verheerenden

Nachwirkungen von Gyfs Melange angekämpft hatte. Reichte das, um daraus eine größere Geschichte zu machen?

Ein Rätsel blieb jedoch ungelöst: Was hatte ich in meinem weinseligen Delirium erzählt, daß mich die Schöne trotz meines ungebührlichen Benehmens zu ihrem Vertrauten auserkoren hatte? Welche von mir zwischen zwei Versuchen, ihr einen Kuß zu stehlen, gesagten Worte hatten sie bewogen, mich hinter die Fassade ihrer traurigen Augen blicken zu lassen? Nichts hatte sie gezwungen, Gyf tags darauf in meine Zelle zu begleiten und sich zu erkundigen, wie es mir gehe, und schon gar nicht, dort die niedrigsten Arbeiten zu verrichten, aufzuräumen und die Spuren der vorabendlichen Entgleisung zu beseitigen. So unwahrscheinlich es auch klingen mochte, sie, Théo – weiße Körbchen, schwarze Augen –, hatte mich wiedersehen wollen – mich, Jean-Arthur, den mit der Zyklopenbrille. Was bedeutet, daß ich in ihren Gedanken ein paar Stunden lang unverhofft die Rolle des Erhofften gespielt hatte. Deshalb jedoch eine durch Alkohol herbeigeführte Verwirrung der Sinne schönzureden hieße, den darauffolgenden katastrophalen und bis zum nächstenmal abschrekkenden Tag auszublenden. Doch dann hatte ich sie im nüchternen Zustand enttäuscht, es war enttäuschend zu enttäuschen, nicht der zu sein, der das Rennen macht, eine Art Hidalgo. Also war es für mich nicht unbedingt von Vorteil, mit hängenden Schultern durch die Straßen zu schleichen und meinen vorgeblichen Liebeskummer so mitleiderregend in Szene zu setzen. Besser machte ich mich schleunigst aus dem Staub, zumal ich nicht davon ausging, daß die beiden, die es allem Anschein nach so eilig hatten, wieder zusammenzusein, mir mit den Blikken folgen würden, bis ich hinter der nächsten Straßenecke verschwunden wäre, sondern mir ziemlich sicher war, daß die französisch-spanische Freundschaft bereits einen großen Schritt getan hatte, indem sie sich mühelos über die verräterische Treppenstufe hinweggesetzt hatte.

Mehr noch als in den Tränen schlug sich meine Ernüchterung in der Hast nieder, mit der ich den Ort des Geschehens verließ, und in der Art, wie ich den Schritt allmählich beschleunigte, bis ich lief, schneller und schneller, jedoch nicht so, daß ich dabei aus der Puste geraten wäre, nein, ich hatte vielmehr den Eindruck, einen unerschöpflichen Atemvorrat zu besitzen und das Trottoir kaum zu berühren, wie in meinen Träumen, in denen es für mich ein Kinderspiel ist, schwerelos vorwärtszukommen, indem ich mich, die Daumen in der Leistenbeuge, in einigen Metern Höhe mit leicht gespreizten und angewinkelten Armen auf die Luft stütze und mühelos über den Boden schwebe. Von Atemlosigkeit und Erschöpfung spürte ich so wenig, daß ich nicht begriff, wie die mit der Stoppuhr gemessenen Wettläufe der Schulzeit mir als Quälerei hatten in Erinnerung bleiben können. Die Straßen flogen vorbei wie im Kino der bewegliche Hintergrund in der Heckscheibe eines in Wahrheit stehenden Autos, blindlings reihte ich eine an die andere, schlängelte mich auf verstopften Fahrbahnen abseits der markierten Übergänge zwischen dem Verkehr hindurch, sprang über unvorhergesehene Hindernisse – Lattenkisten vor dem Lebensmittelladen –, rempelte in meiner Eile Spaziergänger an, die allzu langsam den Weg frei machten für mich, diesen fast Rasenden, der nicht einmal Vorsicht rief, sich nicht einmal entschuldigte, nicht einmal auf die Warnrufe, das Gehupe und die Flüche der Autofahrer achtete, ja, der nichts sah.

Denn mein Horizont hatte sich noch mehr verengt. Die Tränen verminderten meine restliche, durch wenige mit einem Minuszeichen versehene Zehntel benannte Sehstärke noch weiter, machten mein Umherirren noch willkürlicher und verwässerten die letzten Eindrücke der Realität, diese wenigen hellen Punkte, anhand deren ich gewöhnlich meine zu irdischem Gebrauch bestimmte Himmelskarte erstellte. Da mein Tempo keinerlei Orientierung zuließ, nahm ich von der Welt immer nur das wahr, was gerade auf mich einstürzte, und so hatte ich das Gefühl, mich im Innern eines Kristalls mit tausend Reflexen zu bewegen. Théos Gesicht schob sich zwischen meinen Geist und diese Welt zerfließender Formen, verschwamm seinerseits, weshalb ich in dem Versuch, es zu halten, mein gesamtes Denken aufbot, und als es endgültig verloren schien, setzte ich alles daran, es von einer ganz konkreten Einzelheit her, beispielsweise dem Muttermal, zu rekonstruieren, um sodann ihr Lächeln, ihre verengten Augen, die glänzende Tiefe ihres Blicks nachzuzeichnen, doch schon bald verblaßten ihre Züge erneut, so daß ich allmählich Zweifel bekam, was eigentlich geschehen war, so wie die kleine Bernadette im Kloster von Nevers sich nicht mehr ganz sicher gewesen war, ob sie in der Grotte von Massabielle tatsächlich die hochgewachsene weiße Frauengestalt erblickt hatte, oder wie Jeanne d'Arc während ihres Prozesses nicht hatte beschwören können, die drei Gesandten des Himmels über dem Feenbaum vernommen zu haben, Jeanne, die, wieder in dem kalten Turm in Rouen, sich bestimmt gefragt hatte, ob es sich lohnte, um ein paar zweifelhafter Stimmen willen den Scheiterhaufen zu riskieren. Vielleicht hatte ich mir ja nur das eine oder andere Merkmal von Théo eingeprägt, um damit meine Träume zu nähren, wie ich es auch bei meiner Ertrunkenen getan hatte. Mit einem Unterschied allerdings: diesmal hatte ich einen Beweis, und zwar einen sehr realen: den tiefen Abdruck in meinem Fleisch, den die Zähne der Schönen hinterlassen hatten, die sich demnach wie eine gute Fee weit über meine Schulter gebeugt haben mußte. Zumindest diese Gewißheit hatte ich. Was jedoch offenbar nichts über den weiteren Verlauf der Dinge aussagte. Vielleicht war dies einfach ihre Art, ihre Verehrer gleich einem Vampir zu kennzeichnen. Und damit Punkt. Ich war noch immer vom Grog betäubt, der am Vorabend im Übermaß konsumierte Alkohol, verantwortlich für die Auslöschung mehrerer Stunden meines Lebens, wirkte nach, und so halluzinierte ich weiterhin. Ich tauchte wohl nach langem Irren durch den Nebel erst allmählich wieder auf und faßte Fuß auf ein paar hundert Metern Asphalt, die für meinen neuartigen Laufstil unerläßlich waren.

Wenig später stieß ich, noch immer rennend, auf eine Menschenansammlung, durch die ich mir, allen Protesten zum Trotz, einen Weg bahnte, indem ich mich durch das dichte Gedränge zwängte, unter einer Absperrung aus ineinander verklammerten Armen und Händen hindurchschlüpfte und so auf einen offenen Platz gelangte, eine riesige gepflasterte Fläche, auf der um diese Stunde seltsamerweise keinerlei Betrieb herrschte, und schon stürmte ich ganz allein über das verlassen daliegende Gelände, über diese Bühne, die so recht zu meinem Schmerz über meine verlorene Liebe paßte. Doch dann, wie so oft, dieses Körnchen Sand im Gemüt, an dem sich die Träume und schönsten Gedankengebilde reiben: Noch bevor ich mich über diesen Ausnahmezustand, dieses Fehlen von Verkehrsstaus und Fußgängern an einem normalerweise stark frequentierten Ort wundern konnte, wurde ich jäh aus der geschlossenen Arena meines Denkens herauskatapultiert, denn ich stolperte über ein unvermutetes Hindernis, schlug der Länge nach schwer auf dem Pflaster auf und hatte im Fallen gerade noch Zeit, einen mir zugebrüllten Satz aufzuschnappen, etwas in der Art von: Was ist das für ein Hornochse oder Schwachkopf oder Vollidiot? Jedenfalls war es nicht sehr schmeichelhaft, zumal es eher angebracht gewesen wäre, sich um mein Wohlbefinden zu sorgen. Hatte ich mich verletzt? Mir etwas gebrochen? Die Landung auf dem Pflaster war hart genug gewesen.

Mein Knie schmerzte so sehr, daß ich an meinen Jean-Arthur denken mußte. Gewiß, ich empfand so etwas wie Verdruß, doch dachte ich trotzdem sofort darüber nach, inwiefern mein Schmerz ihm zugute kommen könnte. Was glaubte er eigentlich, der Hinkefuß? Daß man ihn nach der Rückkehr von seiner Weltenbummelei mit einem Armvoll Rosen empfing? Daß sich ihm alle Frauen an den Hals warfen? Daß man seinen Geschichten eines Wüstensohns eifrig Gehör schenkte? Wußte er denn nicht, daß diese Art von Wiederkunft eher unwahrscheinlich ist und nichts Gutes verheißt? Jetzt, wo ich Zeit hätte, wo mich nichts und niemand mehr von meinem großen Werk ablenken würde, nahm ich mir vor, mich wieder mit ihm zu befassen. Und während der Schmerz ausstrahlte, hatte ich unversehens den Einfall, den wilden Versehrten in ein kryogenisches Koma sinken zu lassen, aus dem die Schöne ihn schwerlich erlösen könnte, nicht einmal durch einen Biß in die Schulter.

Der andere, der nicht viel Mitgefühl hatte und dessen schwarze Stiefel mit gewellten Gummisohlen ich auf mich zukommen sah, ließ nicht von mir ab. Als ich zu ihm aufblickte, stellte ich fest, daß er in einer dicken Lederjacke steckte und einen Helm trug, der wie eine Art Monstranz blitzte und funkelte, und aus dieser Aufmachung schloß ich, daß es sich um einen Spezialisten für Brandbekämpfung handeln mußte, aber ohne mir über seine Anwesenheit auch nur Gedanken zu machen, drehte ich den Kopf zur Seite und hielt nach dem losen Pflasterstein Ausschau, der meinen Sturz verursacht hatte, doch anstelle eines solchen Pflastersteins erblickte ich nichts anderes als einen langen, quer über den Platz verlaufenden Schlauch von imposantem Durchmesser, dem mein Blick reflexhaft nach rechts folgte, wo der Schlauch in einigen Metern Entfernung vom Boden abhob und sich zu einer von einem roten Lastwagen ausgefahrenen Leiter emporschwang, an deren oberem Ende zwei Feuerwehrmänner das Strahlrohr fest umklammerten und sich gegen den Druck des mit brutaler Wucht herausschießenden Wassers anstemmten, dessen mächtiger Strahl einen Bogen beschrieb und als Sprühregen auf das Dach der Sankt-Peters-Kathedrale niederging.

Vom Dach war jedoch nur das glühende Skelett des Gebälks übrig, über dem riesige, sich zu Spindeln verdrehende Flammen emporzüngelten, welche die hereinbrechende Nacht in Fetzen rissen und sich manchmal unter dem Druck des Wassers zu ducken schienen, um gleich darauf um so grimmiger nach dem Winterhimmel zu greifen. Mit lautem Krachen stürzten verkohlte Balken in die lodernde Glut, deren gewaltiges Tosen die von einem Uniformierten gebrüllten Befehle übertönte. Die Fenster des großen Kirchenschiffs glichen leuchtendroten Wunden, als wäre der Heilige Geist es leid, in der Wüste die Liebe zu predigen, und schickte sich an, bei dieser Umkehrung des Pfingstfestes gekränkt die Welt zu verlassen.

Ich hatte also den besten Logenplatz, ich war ein von tausend Funken geblendeter Augenzeuge, dem der Mann mit dem mangelnden Mitgefühl nun befahl, zu verschwinden, und besonders seltsam ist, daß ich nicht etwa über die Feuersbrunst staunte und bedauerte, ein so prachtvolles Bauwerk in Rauch aufgehen zu sehen – im Grunde war es genau der richtige Tag dafür –, sondern daß ich, als ich leicht humpelnd weiterlief, mit einem letzten Blick auf die Flammen dachte: Théo, warum hast du mich verlassen?

IV

Gyf musste das Silberbesteck endlich zu Geld gemacht oder die Sakristei von Logrée geplündert haben, jedenfalls hatte er unerwartet über Bares verfügt und die Gelegenheit genutzt, um seinen Film oder besser gesagt die von ihm arrangierte Abfolge von Bildern oder das ikonographische Spektrum oder das fulminante Traumgebilde zum Entwickeln zu bringen. Jetzt blieb ihm nur noch die Arbeit am Tonstreifen oder auditiven Teil oder der klanglichen Komponente oder der akustischen Problematik, denn die rings um das Liebeslager gruppierten Musiker hatten nur so getan, als machten sie Musik, weil sie von den Instrumenten, auf denen sie vorgeblich spielten, keine Ahnung hatten, und außerdem hatte Gyf, der Cineast oder Verknüpfer von Bildern oder Ordner räumlicher Verhältnisse oder Verdoppler des Lichts kein Tonbandgerät besessen, und so hätte er beispielsweise als Geiger (das Instrument war eine Nachbildung aus Pappmaché) genausogut das Wiesel anheuern können, obwohl dessen unkontrollierbares Wesen möglicherweise den Überschwang der Darsteller oder Ideenträger aus Fleisch und Blut oder präsumtiven Mittler oder Dauervögler bei der großen Liebesszene (oder geschlechtlichen Verquikkung oder Zellfusion oder Raum-Zeit-Kantate) gemindert hätte. Meine Rolle, die ich Gyfs Besuch zu verdanken hatte, bestand darin, diese stumme Partitur zu vertonen, und deshalb hatte ich, jetzt, wo man sich den Film oder wie immer man ihn nennen wollte, endlich ansehen konnte, meine Geige mitgenommen, um gleich nach dem Match der Uraufführung von »Festakt für Großmutter« beizuwohnen.

Mit dem quer auf den Gepäckträger des Vélosolex geschnallten schwarzen Geigenkasten, der zwischen die Beine geklemmten Sporttasche und der mit Klebestreifen am Lenker befestigten Wegbeschreibung zum großmütterlichen Bauernhof fiel es mir, die Beine auf dem kleinen Trittbrett, nicht gerade leicht, die Spur zu halten, zumal die Straße naß war, und abgesehen davon, daß ich jederzeit ausrutschen konnte, griff die Antriebsrolle des Motors am Reifen des Vorderrads nicht immer richtig, weshalb ich, während ich kräftig in die Pedale trat, den Motorblock mittels des senkrecht am Zylinder angebrachten und am oberen Ende mit einer schwarzen Bakelitkugel versehenen Hebels herunterdrücken mußte, damit ein ständiger Kontakt zwischen dem Antrieb und dem nassen Gummireifen gewährleistet war. Andernfalls heulte der Motor auf und drehte durch, so daß man kaum noch von der Stelle kam und das heikle Gleichgewicht von Mensch und Maschine aufgrund des hochliegenden Schwerpunkts nur mit Mühe halten konnte.

Was mich nicht davon abhielt, dabei wie jedesmal aus Leibeskräften zu singen und lauthals Selbstgespräche zu führen, dem Element Luft meine innigsten Gedanken, meine geheimsten Sorgen anzuvertrauen und es mir sogar herauszunehmen, einen Fußgänger oder Radfahrer zu beschimpfen, die mir unvorsichtigerweise den Weg verstellten, denn ich war mir sicher, daß ich ungestraft davonkam, zumindest redete ich mir ein, der Fahrtwind und das Schnurren des Motors würden meine wütenden Worte übertönen. Doch sie übertönten sie eben nicht, und gleich darauf sollte mir klarwerden, daß es falsch von mir gewesen war, einen Landwirt als dummen Bauern zu titulieren; er kam aus einem Hof heraus und schob einen Schubkarren voll Kuhmist vor sich her, in dem ich zweifellos gelandet wäre, hätte ich nicht scharf den Lenker herumgerissen, was dazu führte, daß ich in seinen Hof fuhr, wo ich einen Brunnen umrunden und mich im Slalom zwischen den Hühnern hindurchschlängeln mußte, bevor ich, kräftig in die Pedale tretend, wieder an der drohenden Faust des Hausherrn vorbeikam.

Kaum war ich außer Reichweite des Jähzornigen, knüpfte ich wieder lauthals an meine einsamen Reflexionen an, wobei ich gängige Melodien aus dem Stegreif mit eigenen Texten unterlegte, etwa so: »Ach, wie gut, wie gut ich's habe / Mag Théos Biß auch noch so schmerzen / Doch wie kommt's, daß schon am nächsten Tage / Sie mich verstößt aus ihrem Herzen« oder: »Alles in bester Ordnung« oder: »Leb und mach dir keine Sorgen«, denn wenn ich über mein kumpelhaftes Verhältnis zum Wiesel nachdachte, von dem ich mich kurz zuvor auf dem Dorfplatz verabschiedet hatte und der, seit ich ihm meine Geige anvertraut hatte, schwor, daß er für mich durch dick und dünn gehen würde, dann boten sich mir zwei Möglichkeiten: entweder in allem das vertraute und verhaltene, jetzt allerdings hartnäckige Lächeln des Schicksals zu erblicken oder bis auf den Grund der Verzweiflung zu sinken, doch der Nebel, der mich ständig umgab, diese ungefähre Welt, in der ich mich seit der Serie von Trauerfällen und dem Verzicht auf meine Brille bewegte, ließen noch nicht zu, daß ich diesen Grund zweifelsfrei erkannte. Also nahm ich den Himmel zum Zeugen meines Unglücks und herrschte den verloren zwischen Hund und Wolf hängenden fahlen Mond an: Schalte deine Laterne an, du Hungermond, leuchte mir den Weg, sonst schicke ich dir eine große schwarze Sonne an deinen Himmel, die dein trauriges Pierrotgesicht noch weißer werden läßt und neben der die Sterne nichts als winzige Glühwürmchen, flüchtige Funken eines Feuersteins sein werden, denn mein Stern erleuchtet mein Empyreum mit glühenden Gewittern, entflammt die Masse der Finsternis, läßt die Winternächte in Regenbogenfarben schillern und das Packeis unserer Herzen schmelzen, gleicht doch die Welt einer zwischen den Polen eingequetschten Speiseeiskugel, und nicht ein großes, verzehrendes Feuer, sondern der weiße Teufel, der Fachmann für den sanften Tod, wird uns in seine verkehrte Wüste entführen, deshalb, du bleichgesichtiger Mond, du ausgekühlter Schmelztiegel, du Lupe, du kalter Stein, werde ich dir den Namen deiner großen Nebenbuhlerin verraten, die dich zu einem unfruchtbaren Eidotter degradieren und die Galaxie in einen Fluß aus milchigem Fischsamen verwandeln wird, um das Weltall mit ihrer göttlichen Schönheit zu schwängern. Macht Platz, Kreaturen der Nacht, schafft Raum, macht euch bereit, ein großes Wunder zu empfangen: Ein neuer Stern ist geboren, strahlender noch als Wega, schöner als Kassiopeia, heller als Atair: Gloria in excelsis Théo – mein inneres Planetarium verließ ich nur, um vor Wegweisern festen Boden unter die Füße zu bekommen und die Nase auf die kleinen Pfeile aus blauem Email zu drücken, auf denen in weißen Lettern die Ortsnamen standen.

Nachdem ich mich auf diese Weise mit der örtlichen Namensgebung (Schwarze Hecken, Teufelsbuckel und andere Einladungen zum Reisen) vertraut gemacht hatte, eine gute Stunde lang im Kreis gefahren war und systematisch die Gemeindewege auf dem Land rings um Logrée erkundet hatte – manche gleich mehrmals –, stieß ich zufällig auf den Bauernhof aus dem erotischen »Festakt für Großmutter«, wobei ich immer mehr den Eindruck gewann, daß die Großmutter in dieser Geschichte nur als Vorwand herhalten mußte. Die von ihrem pietätvollen Erben gelieferte Beschreibung ließ kaum einen Zweifel. Auf dem an einen Pfosten an der Zufahrt genagelten Briefkasten stand zu lesen: Paradox und Äquivok. Dies sollte für den Briefträger wohl die Familiennamen von Gyf und seiner letzten Gespielin repräsentieren, ohne daß man so recht wußte, wer Paradox und wer Äquivok war, doch gehörten sie bestimmt beide zur Familie Ambiguos.

Es handelte sich um ein eingeschossiges, kleines Haus mit angrenzendem Stall, wie man sie nördlich der Loire auf dem Land zu Tausenden findet: ein längliches Gebäude mit Schieferdach, vorn zwei Fenster mit einer zweiflügligen Haustür dazwischen – der untere Teil konnte geschlossen bleiben, wodurch verhindert wurde, daß sich das Vieh Zutritt zur einladenden Küche verschaffte. Wenn Gyf von diesem Ort sprach, strich er jedesmal den bukolischen Charakter, die tellurische Kraft, die Fähigkeit, Energien zu erneuern, heraus. Ihm fehlten die passenden Worte, meinte er. Noch bevor ich einen Fuß über die Schwelle gesetzt hatte, hätte ich die niedrige Decke, das vom Rauch des Kamins geschwärzte Gebälk, den Boden aus gestampfter Erde, den Kohleherd und den Tisch mit dem klebrigen Wachstuch, das bis auf die Knie der zu beiden Seiten auf Bänken am Tisch Sitzenden fiel, beschreiben können. Dafür war nicht einmal eine vertiefte Kenntnis örtlicher Bräuche und Wohnverhältnisse vonnöten: Wir hatten uns früher auf einem ähnlichen Bauernhof mit Milch versorgt und beim Melken zugesehen (die Zitze in der Hand, hatte der älteste Sohn die Tatsache, daß er mit uns allein war, ausgenutzt, um einen kräftigen Milchstrahl quer durch den Stall zu schikken und einen neuen Rekord im Weitspritzen aufzustellen), und nachdem wir einige uns bislang unbekannte Praktiken entdeckt hatten (etwa im Verlauf der Mahlzeit den Teller umzudrehen), testeten wir auf dem Heimweg schleunigst die Wirkungsweise der Zentrifugalkraft (in der Hoffnung, dadurch die Bewegung der Planeten verstehen zu lernen), indem wir die Milchkanne mit ausgestrecktem Arm im Kreis herumwirbelten, ohne auch nur einen Tropfen zu verschütten – bis auf ein einziges Mal, wo wir noch einmal zurückmußten, um sie neu auffüllen zu lassen.

Gyfs Großmutter hatte für einige bauliche Verbesserungen gesorgt, vor allem indem sie einen Zementfußboden hatte gießen lassen, doch im wesentlichen befand sich die Innenausstattung des Hauses im Urzustand (etwa der Kaminsims mit der rotweiß-karierten Stoffbordüre und der überaus typische Lampenschirm aus weißem Milchglas, ein flacher Kegel mit gewelltem, durchsichtigem Rand, höhenverstellbar mittels eines birnenförmigen, mit Bleikügelchen gefüllten Gegengewichts aus Keramik), während sich die persönliche Note des derzeitigen Besitzers in einer niederschmetternden Unordnung manifestierte, in der etwas wiederzufinden schwieriger gewesen wäre, als die sprichwörtliche Stecknadel im Heuhaufen zu entdecken.

Gyf war sich dessen wohl bewußt, denn er bat mich, nicht weiter darauf zu achten. Leichter gesagt als getan, es sei denn, man schloß die Augen und hielt sich am besten auch die Nase zu: der Abwasch von mehreren Tagen im Spülbecken, ein uralter Herd, der die Wundmale jahrhundertelangen Kochens trug, auf dem Tisch das Frühstücksgeschirr, auf Notizen aus Vorlesungen der Teller mit dem Katzenfutter, an den Wänden in expressionistischer Manier bemalte Küchenhandtücher (als ich es wagte, den Maler zu fragen, welche Symbolik hinter dieser von einem Ufo gekrönten Distel steckte, ärgerte ich mich über mich selbst, weil ich nicht sofort Che mit seiner berühmten Baskenmütze erkannt hatte), in einer Ecke ein als Puppe verkleideter Besen und in einem Ledersessel, der sichtlich durchgesessen war, der tiefen Position seiner Insassen nach zu schließen, die Katze, die auf den Knien von Paradox oder Äquivok schlief, einer hübschen Blondine mit langem, feinem Haar, das ein Gesicht mit durchscheinender Haut einrahmte, und da war sie wieder, die quälende Frage: Wie schaffte es Gyf, der so eine Brille trug, solche Schönheiten zu verführen?

Er hatte auch einen befreundeten Gitarristen geladen, mit dem ich weniger eine Musik kreieren sollte – was für eine Idee! – als vielmehr eine Stimmung und der sein Kommen durch lautes Getöse ankündigte (schepperndes Blech). Seine ersten Worte beim Eintreten galten übrigens dem Besitzer des Vélosolex, das im Hof so schlecht geparkt sei, daß er es zu spät gesehen habe, aber keine Sorge, anscheinend sei nichts kaputtgegangen. Ich stellte mich als Besitzer vor, also als Betroffenen, und nun, wo ich einen Zusammenhang zwischen dem Lärm und meinem Mofa erkannte, wurde ich doch etwas unruhig und stürzte hinaus. Der vor der Scheune geparkte R4, der mehr oder weniger kunstfertig bemalt war (man dachte unwillkürlich an Dripping-Technik oder stellte sich einen langen Aufenthalt unter einem Malergerüst vor) und dem vorne ein Kotflügel fehlte, war, soviel stand fest, weit mehr zu bedauern als mein Vélosolex, doch nachdem ich letzteres wieder auf seinen Ständer gehievt hatte, mußte ich immerhin die verdrehte Lenkstange geradebiegen und dabei das Vorderrad zwischen die Schenkel klemmen, was sich nicht eben vorteilhaft auf meine Hose auswirkte, so daß ich, in die Küche zurückgekehrt, dem Neuankömmling eher gemischte Gefühle entgegenbrachte.

Zumal jener die Vertonung des Films an sich gerissen und nicht auf mich gewartet hatte. Über seine Gitarre gebeugt, stimmte er einen langen, eintönigen Singsang eigener Komposition an, der da lautete: Mama, Mama, can I have a banana und den er endlos und unermüdlich wiederholte, ganz in der Tradition der – wie er uns nach einer Weile erklärte, als wir ihm vorschlugen, doch mal eine andere Strophe zu singen – indischen Ragas, die er natürlich an seine Art, Musik zu machen, angepaßt und mit diversen Elementen gemischt habe, allem voran mit afro-präkolumbianischen (also aus dem Amerika vor Entdeckung der Beringstraße) und ethno-folkloristischen (er hatte seinen Großvater mit einer für Logrée typischen Version von »Les Filles de Camaret« aufgenommen). Ich erkannte darin das King-Kong-Schema wieder: Mama, Mama – *king* – can I have a banana – *kong*. Aber da sich meine musikalische Bildung nicht mit der meines neuen Freundes messen konnte, war ich ziemlich stolz, als ich feststellte, daß ich ganz allein in meiner Bude eine Brücke zwischen Morgen- und Abendland geschlagen hatte, und als er schließlich doch erwog, den Text ein wenig auszubauen, und mich beiläufig um Hilfe bat (Gyf mußte ihm von meinem Jean-Arthur erzählt haben), schlug ich vor: Can I have... warum nicht chipolatas oder Erdbeeren Melba oder Gorgonzola (alles, nur nicht das Wort Käse oder Dessert). Da Mama nicht einverstanden war, gingen wir nach nebenan zur Vorführung von »Festakt für Großmutter«.

Gyf hatte den Stall in ein Kino umgewandelt, was einem jedoch nicht gleich ins Auge sprang, falls man Polstersessel und eine Bühne mit karmesinrotem Samtvorhang erwartete. Dem Raum war die ursprüngliche Verwendung unschwer anzusehen. An der Wand reihten sich noch immer Futtertröge, und zwischen zwei Trennwänden des Stalls hatte man eiligst ein Podium gezimmert, das auch als Bühne diente und vor dem etwa ein Dutzend Stühle aufgestellt waren, einige davon aus verchromtem und mit roter Plastikschnur bespanntem Rohrgestell, die vermutlich aus dem Warteraum eines Krankenhauses stammten. Dem Zeremonienmeister zufolge wurden hier Poesieabende gegeben, was allerdings im weitesten Sinn des Wortes zu verstehen sei. Was er damit meine? Poesie sei überall außer in der Poesie, erwiderte Gyf in einem durchaus zu Paradox-Äquivok passenden kategorischen Tonfall und fegte dabei mit dem Handrücken alle Giftschwaden der Literatur hinweg. Da mich mein Jean-Arthur ein wenig dauerte, hakte ich nach und bat ihn um ein paar zusätzliche Auskünfte. Nun ja, bei der letzten Veranstaltung sei beispielsweise eine heimlich im Laderaum eines im Bau befindlichen Frachtschiffs gemachte Aufnahme vorgespielt worden. Zu seinem, Gyfs, Bedauern seien allerdings keine Arbeiter erschienen, während er bei »Die Schöne und das Biest« eine Anzahl von Personen habe abweisen müssen. Nach der Vorlage des Märchens von Madame Leprince de Beaumont? Nicht ganz: ein Mädchen ziehe sich nackt aus, während neben ihr ein Schaf geschoren werde. Ich merkte an, es sei wirklich schade, daß ich diese Vorführung nicht auf der Violine begleitet hätte. Erinnere dich, Gyf: Die Wolle unsrer Schafe / die scheren immer wir... Und dabei deutete ich ein paar dem Wiesel abgeschaute Tanzschritte an, doch da sich Gyfs Begeisterung in Grenzen hielt, wies ich ihn auf die ständige Wiederkehr erotisch-bukolischer Themen in seinem Werk hin, worauf er erwiderte, ich hätte ja noch nichts gesehen – was stimmte –, und Madame Äquivok bat, ihm ein Tuch zu bringen, das Bettlaken sei genau richtig, er werde unterdessen den Film einlegen. Den Projektor hatte er mitten im Raum auf einen Schemel gestellt.

Das Laken hatte bereits seinen Dienst getan, und wie es da aufgespannt und hell erleuchtet über dem Podium hing, waren sogar gewisse Flecken auszumachen, aber Gyf befand, es sei die schönste Leinwand, die er je gesehen habe, und sie lasse ihn an einen chinesischen oder koreanischen oder siamesischen Maler aus wer weiß welcher Dynastie denken, der den Pinsel in die Tränen seiner Geliebten getaucht habe. Dank des feinsinnigen Vergleichs und angesichts des ungeschönten Objekts begriff man schlagartig, daß Kunst allem voran ein Liebesakt ist. Übrigens bringe ihn das auf die Idee, eine Gemeinschaftsausstellung zum Thema »Die Wunder des Lebens« zu veranstalten, zu der jeder sein – ungewaschenes – Bettlaken mitzubringen hätte als Beweis dafür, daß das Schöpferische, von der besitzenden Klasse und ihrem verlogenen Kunsthandel vereinnahmt, in Wirklichkeit in jedermanns Reichweite liege. Nachdem Paradox-Äquivok den Raum abgedunkelt hatte, zeichnete sich auf dem geheiligten

Schweißtuch eine leuchtende Scheibe wie ein Rundbild ab.

Im Vordergrund war eine Schultafel zu sehen, auf der »Festakt für Großmutter« stand, und da ich die Worte nicht sehr klar sah, konnte ich sie zwar nicht wirklich lesen, aber immerhin erraten. Dann wischte Gyf die Aufschrift höchstpersönlich mit einem Schwamm weg, schrieb etwas mit Kreide und drehte die Tafel um, so daß nur ein schwarzes Rechteck zu sehen war, auf das gleich darauf eine Einstellung von blendender Helligkeit folgte: Die Kamera filmte die Sonne, den Himmel, einen vorbeifliegenden Vogel, die Baumwipfel, machte einen langsamen Schwenk nach unten und verharrte auf einem leeren Bett mitten auf einem Feld, einem altertümlichen hohen Bett mit wuchtigen Pfosten aus dunklem Holz, in dem Gyf nach eigener Aussage gezeugt worden war. Da schob sich ein leicht im Wind flatternder Schleier vor die Kamera, und hinter ihm zeichneten sich wie Schattenrisse die Gestalten eines Mannes und einer Frau ab. Das Paar schritt Hand in Hand dahin, noch immer im Schutz des Schleiers, der, wie gleich darauf zu sehen war, von den Musikern und den barbusigen Mädchen in langen Röcken mit ausgestreckten Armen hochgehalten wurde. Kurz vor dem Bett fiel der Schleier, und während die Liebenden nackt auf das Lager stiegen, tollten die Mädchen herum, und die zu einem Kreis gruppierten Musiker fingen an zu spielen. All dies reimte ich mir zusammen, denn die Kamera war ziemlich weit vom Bett und ich zu weit von der Leinwand entfernt, aber ich wagte es nicht, meinen Stuhl näher heranzurücken, weil ich befürchtete, man könnte mein Interesse am rein künstlerischen Aspekt anzweifeln, und so blinzelte ich in dem Moment, als Gyfs Film so richtig in Fahrt kam, vergeblich mit den Augen – die mysteriöse Schönheit gab sich mir nur durch einen nebulösen Lichthof zu erkennen.

Immerhin registrierte ich, daß Gyf recht gehabt hatte: die vermeintliche Yvette, an ihrem üppigen Haar zu erkennen, war tatsächlich obenauf. Ich hatte eigentlich auf einen Zoom oder ein Travelling nach vorn gehofft, doch die Kamera verweilte erst schamhaft aus einiger Entfernung auf den Liebenden und wanderte anschließend wieder hinauf zu den Baumwipfeln, dem Himmel, der Sonne, und dann wurde erneut alles schwarz. Die Schultafel wurde abermals umgedreht, doch da mir der Text diesmal nicht bekannt war, konnte ich die von Gyf geschriebenen Worte nicht entziffern, aber als gleich darauf das Licht wieder anging und ich mich zum Regisseur umdrehte, gab er mir mit dem Kopf kaum merklich ein Zeichen, als suchte er meine Zustimmung: Findest du nicht auch? Ich zögerte kurz aus Angst vor einem Schnitzer, doch dann machte ich eine ähnlich verhaltene Kopfbewegung, die besagen sollte: Ja, das finde ich auch.

Anschliessend hatten Äquivok und Paradox den Vorführraum verlassen, Arm in Arm und ohne Kommentar, abgesehen von Gyfs an den Gitarristen gerichtete Aufforderung: Vergiß nicht, den Projektor auszuschalten, wenn ihr fertig seid. Dann waren die beiden die Leiter zum Speicher hinaufgestiegen, den sie zu ihrem Schlafzimmer gemacht hatten, denn sie hatten es bestimmt eilig, die Partitur der Liebesseufzer aufzunehmen, während ich meine Geige mit den frei erfundenen Bogenstrichen eines Möchtegernmusikers traktierte.

»Gyf, deine Brille – ist die gegen Kurzsichtigkeit?« Überrascht, mich dort unten zu sehen, bleibt Gyf auf halber Höhe der Leiter stehen, läßt voller Bedauern den langen Rock seiner Gespielin durch das in der Decke zwischen zwei Dachsparren ausgesparte Rechteck entschweben, dreht sich widerwillig zu mir um und sieht mich von oben herab an: »Was soll die Frage? War der Film so unscharf?« »Nein, nein, das heißt, ja, aber nur für mich, ich bin zu kurzsichtig, um die Leinwand deutlich zu sehen, mir fehlen ein paar Zentimeter, wenn du also auch kurzsichtig wärst, Gyf, dann würde ich mich freuen, für mich natürlich, weil es eine Beeinträchtigung ist, die ich niemandem wünsche, höchstens dir vielleicht, weil mir deine Brille dann, falls du sie mir leihst, eine große Hilfe wäre, damit ich zum Beispiel nicht im falschen Moment auf der Geige spiele, ich brauche die Brille natürlich beim Geigespielen und nicht, um die Mädchen anzuschauen, was denkst du denn, wir sind doch um der Sache willen hier, wir arbeiten für die Kunst.« Da nimmt Gyf die Brille ab. »Kennst du sie?« – »Wen meinst du?«

Doch da entschwindet er seinerseits durch die Öffnung in der Decke, von ungeduldigen Armen gepackt, die sich ihm entgegenstrecken und ihn dem Blick von uns Irdischen entziehen, und diese Entführung ist der Gipfel der Einsamkeit für den, der, schwerer als Luft, wie angewurzelt auf dem Boden stehen bleibt und sich niedergeschlagen, mit hängendem Kopf die unsägliche Brille aufsetzt, deren gebogene Bügelenden aus Spiralfedern sich fest an die Rückseite der Ohren drücken und ins Fleisch schneiden, was erklärt, weshalb die Gläser so tief in den Augenhöhlen sitzen und über den Wangenknochen eine Hautwulst aufwerfen, so daß du das Gefühl hast, eine Schweißerbrille zu tragen, denn es ist so gut wie unmöglich, einen Finger zwischen Glas und Wimpern zu schieben, um sich das Auge zu reiben. Aber von diesem ästhetischen Detail abgesehen steht fest, daß du alles schärfer siehst. Unversehens kannst du dich in Kaspar Hauser hineinversetzen, wie er zum erstenmal sein Kellerloch verläßt, es kommt dir so vor, als würdest du aufbrechen, die Welt zu entdecken. Du machst rasch einen Rundgang durchs Haus, bei dem sich herausstellt, daß du angesichts des Zustands der Küche mit einer verschwommenen Sicht besser bedient warst, weil diese gegenüber Schmutz, Falten und anderen Makeln im allgemeinen nachsichtiger ist. Jetzt hingegen, durch diesen Eintritt in die dritte Dimension, entgeht dir nichts mehr, weder die plötzlich so rätselhafte Plastizität von einem Stück Brot auf dem Tisch noch die von Flaschenböden hinterlassenen Weinringe auf dem Holz. Schlagartig wirst du mäkelig und bedenkst alles mit einem mehr oder minder abfälligen Kommentar: Die Wände müßten mal wieder gestrichen, der Boden gefegt und die Decke von Spinnweben befreit werden. Selbst Che, der nun zugegebenermaßen weniger einer Distel ähnelt, wirkt noch lächerlicher mit seinem Ufo auf dem Kopf.

Aber du bist als Sehender noch nicht am Ende deiner Qualen. Bleibt noch, die Probe im Spiegel zu bestehen. In dem, der an einem Kettchen gleich neben der Tür zum sogenannten Vorführraum hängt. Du bist nämlich noch nicht in dem Stadium, wo du das Trottoir entlanggehst, ohne dein Spiegelbild in einem Schaufenster zu suchen, oder wo du deinen seitenverkehrten Doppelgänger ignorierst. Bei der erstbesten spiegelnden Fläche kommt es zur Konfrontation, zur grausamen Gegenüberstellung, zu diesem zermürbenden, entmutigenden: Was, der da soll ich sein? Wirklich? Hast du mir nichts anderes zu bieten? Vielleicht hätte ich ihn ohne Brille überhaupt nicht wahrgenommen, den kleinen Spiegel mit dem verchromten Rahmen aus runden Leisten und dem Sprung rechts unten in der Ecke, wo graue Pappe hindurchschimmert, aber als ich mit gesenktem Kopf durch die Stalltür trete, durchzuckt mich ein Schrecken: ein trauriger Abklatsch von Gyf blickt mir entgegen.

Ein gutes Sehvermögen kennt kein Erbarmen. Das Bild von dir selbst, mit dem du in deinem schummrigen Schlupfwinkel lebst, mit dem du dich eher schlecht als recht arrangiert hast, so daß es dir schließlich fast annehmbar erschienen ist, wird nun plötzlich gnadenlos Lügen gestraft, niedergemacht, vernichtet: der da mit der grauenhaften Brille, dem langen, feuchten, angeklatschten Haar, den schlecht rasierten Wangen, der da, den du als Gyf bemitleidet hast, der da, tja, mach dir nichts vor, der bist du selbst. Und du würdest das gräßliche Gestell augenblicklich auf den Tisch legen, riefe in diesem Moment nicht der Gitarrist nach dir, um dir mitzuteilen, daß er den Film zurückgespult hat, und um dich aufzufordern, das Licht auszumachen, was dir gelegen kommt, und gesetzt den Fall, du müßtest für alle Zeiten mit einem so jämmerlichen Gesicht herumlaufen, würdest du dich endgültig für ein Leben unter der Erde entscheiden, im hintersten Winkel einer Grotte, und allerhöchstens den flackernden Schein einer Öllampe dulden, um die Hand zu beleuchten, die die Zeichenkohle hält und eine Hymne an die Schönheit auf die Steinwand zeichnet.

Doch da ruft der Gitarrist schon wieder nach seiner Mama. Ich unterbreche ihn, schlage ihm vor, noch einmal seine beiden Akkorde zu spielen – oder seinen logréo-amerindischen Raga, wenn ihm das lieber ist, allerdings ohne Text –, zu denen ich improvisieren will. Schon hat Gyf den geheimen Satz auf die Schiefertafel geschrieben, wieder wird es schwarz, dann die Sonne mit diesen kleinen schwarzen Spermien, die auf der Leinwand herumwuseln. Diesmal wird der Vogel voll und ganz im Flug erfaßt, und bereits geringe ornithologische Kenntnisse würden ausreichen, um ihn zu identifizieren – diese anmutige Bewegung seiner Schwingen, mit denen er sich lässig auf die Luft stützt (es hat nichts mit meinem Traum vom Fliegen zu tun) – und dann die Bäume, denen man sofort ansieht, daß sie nicht nur eine faserige, chlorophyllhaltige, namenlose Masse sind. Und das Bett: eindeutig das Bett einer Großmutter, schwer, massiv, mit gedrechselten Pfosten wie bei dem Bett, das Sean Thornton für seine Hochzeitsnacht mit Mary Kate Danaher in sein niedriges Haus mit den weißgekalkten Wänden und dem Strohdach trägt, ein Bett, das, wie Gyf zu Recht betont hat, zum Kinderzeugen taugt, und bestimmt hat die Großmutter in eben diesem Bett ihre letzten Seufzer getan, kurz, ein Bett des Lebens und des Todes, ein Bett der Liebe, auch jetzt, wo sich die Liebenden, die hinter dem hochgehaltenen Schleier darauf zugegangen sind, hineinlegen. Die Musiker treten näher und beginnen ihre Pantomime. Ich presse die Geige so fest an die Brust, daß es mir fast den Atem abschnürt, und fange an zu improvisieren, wobei ich darauf achte, den aleatorischen Bogenstrichen des Geigers im Film zu folgen. Manchmal geraten die halbnackten, ihre Arme schwingenden Tänzerinnen mit Blumen im Haar bei ihrem Hin und Her zwischen Objektiv und Bett. Das ist lästig. Dir wäre es auch lieb, wenn die Kamera ein bißchen näher heranginge, damit du gewisse Einzelheiten mitbekommst, aber so kannst du nur deutlich erkennen, daß Gyf die Brille aufbehalten hat, denn die Gläser blitzen in der Sonne. Die junge Frau ist nun über ihm, die angewinkelten Beine zu beiden Seiten ihres lang hingestreckten Liebhabers, beginnt sie, mit dem Oberkörper leicht vor- und zurückzuschaukeln, als säße sie auf einem dieser Gleitsitze, mit denen die Ruderboote bei Wettkämpfen ausgestattet sind. Da ihr das üppige Haar ins Gesicht fällt, ist es unmöglich, dessen Schönheit zu würdigen, aber vertrauen wir Gyf. Ihre Brüste sind ebenfalls verhüllt, was ärgerlich ist, dabei bräuchte sie nur den Kopf zurückzuwerfen, aber anscheinend genügt allein schon der Wunsch, denn in diesem Augenblick schiebt sie mit der Hand eine Strähne beiseite, was allerdings keinen großartigen Ausblick auf ihre Brüste eröffnet, sondern im Gegenteil in dir plötzlich ein unangenehmes Gefühl auslöst, so etwas wie Argwohn, weil du diese Geste wiederzuerkennen glaubst. Die Liste der in Frage kommenden Mädchen ist rasch erstellt: Sag mal, Théo, das bist doch nicht etwa du? Man möchte gern Gewißheit haben, und ohne dir hineinreden zu wollen, Gyf, denn du bist der Regisseur, was würdest du von einer Großaufnahme an dieser Stelle halten oder von einem Zoom statt dieser langen Einstellung aus ziemlich großer Entfernung, die es dir bestimmt erlaubt, vor laufender Kamera eine Schau abzuziehen, und was für eine Schau, stimmt's? Aber müßte ein echter Revolutionär deines Schlages nicht auch ein bißchen an die anderen denken? Schließlich hast du dir selbst – nicht daß ich dich kritisieren wollte – die schönste Rolle vorbehalten und nicht daran gedacht, ein Double einzusetzen, zum Beispiel jetzt, wo du die Brüste der Schönen lüstern mit den Händen umschließt. Das gebietet doch die Nächstenliebe, oder ist es zuviel verlangt, wenn man ein paar Brosamen von diesem Liebesschmaus erbettelt, ohne sich wer weiß was dabei zu denken, nur das Recht aufs Zuschauen, etwa so wie bei dem armen Teufel, den ein Gastwirt vors Gericht zerrte und beschuldigte, er habe durch ein Kellerfenster die Wohlgerüche der Küche geschnuppert, doch zum Glück für den Habenichts, der sich an den Dämpfen eines guten Mahls gelabt hatte, gab es damals noch Richter, die so gerecht waren, daß man sie irgendwann heiligsprach in der Hoffnung, andere ihres Standes würden sie zum Vorbild nehmen, und in diesem Fall handelte es sich um Saint-Ives, und weißt du, was er tat, nachdem er den Kläger angehört hatte? Er warf die Münze, die der Gastwirt als Entschädigung forderte, in die Luft, und als sie auf dem Boden aufschlug, sprach er sein Urteil: Dieses Klingen ist das Entgelt für die Düfte, voilà, so hielt einst dein halber Namenspatron in der Bretagne Gericht, und vergiß nicht die andere Hälfte, Saint-Georges, also bezwinge den Drachen des Zweifels, laß uns Gerechtigkeit widerfahren, denn wir haben ein Recht auf die Wahrheit, zeig uns die ungeschminkte Wirklichkeit. Also: Théo oder nicht Théo? Ist dies ihr Geheimnis oder nicht?

Ich habe auch nie erfahren, was Gyf auf die Schiefertafel geschrieben hatte. Vielleicht eine Hommage an die Schönheit oder ein Gedicht oder eine Frage zum Thema Kunst oder eine endgültige Aussage über den Sinn des Lebens. Vielleicht einfach nur den Namen der Hauptdarstellerin. Jedenfalls hatte ich als Antwort auf seine fragende Kopfbewegung genickt, und deshalb erübrigte es sich, noch einmal darauf zurückzukommen. Um so besser, denn darauf zurückzukommen konnte sich jetzt als schwierig erweisen. In dem Augenblick, als das Profil der Geliebten, die sich mit zurückgeworfenem Kopf der Sonne hingab, als flüchtiges Bild auf die straffe Leinwand geworfen wurde, in dem Augenblick, als sich endlich die Möglichkeit bot, vollends Licht in die Angelegenheit zu bringen, habe ich, so wie man einen Finger an die Lippen legt, um jemandem Schweigen zu gebieten, den Bogen zwischen die Speichen der Filmspule gesteckt, und wie durch Zauberei sind die laufenden Bilder stehengeblieben. Das Ärgerliche am Kino ist ja, daß es ständig in Bewegung ist, daß es sich dem Lauf der Zeit, diesem unerbittlichen Sterben der Dinge nicht zu widersetzen, dem allmählichen Verfall lebendiger Kräfte keine Alternative entgegenzuhalten vermag – aber wenn die Schöne Théo war, dann lohnte es sich, eine Pause zu machen, sich Zeit zu nehmen, genauer hinzusehen. Jetzt brauchte ich nur noch mit ausgestrecktem Arm und darauf achtend, daß mein Schatten nicht auf die Leinwand geworfen wurde, näher heranzugehen: Wenn das dein Geheimnis ist, Théo, dann nicht mehr lange.

Nicht mehr lange, wirklich nicht: Ein dunkler Fleck ist mitten auf dem Bild entstanden und rasch größer geworden, wie ein Tintenklecks auf einem Löschblatt, er hat sich in den Film gefressen, die Nacktheit der beiden Körper überkrustet, gleich darauf auch das Profil der Geliebten und ihr Haar, hat sich sodann über das ganze Bild ausgebreitet, es durchlöchert und die weiße Leinwand durchschimmern lassen, während über dem Projektor eine dünne Rauchfahne aufstieg. Panisch habe ich den Bogen herausgezogen, doch es war bereits zu spät, um das Geheimnis der Heroine zu lüften. Ein Fingerhut hätte genügt, um ihre schwerelos im Stall schwebende Asche einzufangen. Der Gitarrist, der, die Augen geschlossen, mit dem Fuß auf den Boden aus gestampfter Erde klopfte und dessen Gesicht vom Qualm der zwischen seinen Fingern brennenden Zigarette verhüllt war, war zu weit weg, um sich über den von meinem Standbild hervorgerufenen Schaden zu beunruhigen. Er nutzte mein Verstummen, um erneut loszusingen und nach seiner Mama zu rufen, ja, er steigerte sich in sein Verlangen nach etwas Eßbarem hinein und war nicht empfänglich für die den Geist benebelnde Frage nach der Liebe, die sich zwei Schritt weiter vorn auf einem lichtüberfluteten Bettlaken stellte. Es war der richtige Augenblick, um mich zu verdrücken.

Ich habe die magische Brille gut sichtbar auf den Küchentisch gelegt. Sie hatte mir nichts gezeigt, was ich nicht schon geahnt hätte. Beispielsweise, daß dasselbe Gestell, das mich, sobald ich es trug, vor Schreck erbleichen ließ, so daß ich am liebsten im Erdboden versunken wäre, daß ebendieses Gestell auf Gyfs runder Nase die Schönen im entscheidenden Augenblick nicht verschreckte. Und was alles andere betraf, sah ich nicht klarer als zuvor, Brille hin, Brille her. Da neben dem Freßnapf der Katze ein Bleistift herumlag, habe ich rasch in Großbuchstaben quer über ein Blatt Papier geschrieben: Gyf, dein Film ist fabelhaft – und dies war keine Höflichkeitsfloskel, denn ehrlich gesagt: Welcher Film hatte auf mich schon so großen Eindruck gemacht? Vergeblich kramte ich in meinem Gedächtnis, ließ die schönsten Kinoerinnerungen Revue passieren – und damals ging ich jede Woche ins Kino –, dieser »Festakt« war schöner, eindringlicher, wahrhaftiger, bewegender, dramatischer, fesselnder und auch komischer (von höherer Warte aus betrachtet, wohlgemerkt) als alles, was ich bisher gesehen hatte. Und auch vergänglicher. Ich hatte hier nichts mehr verloren. Als ich die Geräusche vernahm, mit denen sich ein Stockwerk höher die Zusammenkunft von Äquivok und Paradox vollzog, habe ich die Geige zurück in den Kasten gelegt und behutsam die beiden Flügel der Tür geschlossen, und zwar genau in dem Augenblick, als Gyfs Stimme zu hören war: Er wunderte sich über den seltsamen Geruch, der den Heuboden erfüllte.

Um mit dem Surren des Motors keine Aufmerksamkeit zu erregen, habe ich mein Vélosolex bis zum Ende der Zufahrt geschoben und bei jedem Meter gegen die Versuchung kehrtzumachen angekämpft, doch sie wurde mit zunehmender Entfernung schwächer. Ich hatte nicht gerade ein ruhiges Gewissen, aber letztlich hatte Gyf sich alles selbst zuzuschreiben. Er träumte von einem Film, der keiner war, und den hatte er jetzt bekommen, ja sogar noch etwas Radikaleres: einen Film, von dem nichts mehr da war. Dieses Autodafé war die Übersteigerung seiner ästhetischen Vorstellungen, ein rundum revolutionärer Akt und zweifellos das erste und zugleich letzte Zeugnis einer mongo-aoustinischen Kunst.

Inzwischen war die Nacht hereingebrochen, und der Mond, der hinter einer dichten Wolkendecke lauerte, verbreitete auf dem Land ringsum ein tintiges Licht, so daß ich den Motor anlassen mußte, um unterwegs etwas zu sehen. Dieser Vorgang gehört zum klassischen Repertoire und verrät den wahren Könner. Du rennst neben der spuckenden Maschine her, und sobald der Motor anspringt, hechtest du mit einem Satz auf den dreieckigen Sattel. Diese akrobatische Nummer hatte ich bis zu jenem Tag problemlos absolviert. Doch diesmal hatten die überstürzte Flucht, der klammheimliche Abgang und die Angst, eine Stimme könnte nach mir rufen und von mir Erklärungen über diese Neuauflage von Jeanne beziehungsweise Yvette oder Théo auf dem Scheiterhaufen verlangen, zur Folge, daß sich das Vorderrad plötzlich querstellte, das Vélosolex vornüberkippte und ich in hohem Bogen über den Lenker flog. Bis ich wieder Bodenkontakt hatte, nutzte mein Gehirn den

Flug, um vor meinem geistigen Auge im Zeitraffer meinen Lebensfilm abzuspulen, eine Blütenlese der Schlüsselmomente. Gern hätte ich nebenbei erfahren, welche Episoden mich am meisten geprägt hatten, und dies waren nicht unbedingt jene, die ich selbst ausgewählt hätte, etwa der Tod, die Trauer, Fraslin, die schöne Ertrunkene und andere Mißgeschicke, und auch das Detail entdeckt, das ich bislang übersehen hatte, obwohl es Einfluß auf den weiteren Verlauf meines Lebens ausgeübt hatte, wie ein Stein, um den ein Bach an der Quelle herumfließt, was zur Folge hat, daß ein Fluß wie die Loire sich am Ende in den Atlantik und nicht ins Mittelmeer ergießt. Aber vielleicht gab es da nichts Prägendes, was ich nicht ohnehin schon kannte, oder nichts, was für meine Person von Belang war, oder keinen Wunsch, Erlebtes noch einmal zu durchleben, oder vielleicht war mein Hirn blockiert. Daher dieser nächtliche Blindflug, dieses Anzeichen von Gedächtnisverlust vor meiner Landung oder vielmehr Wasserung, denn aus dem Graben, in den ich stürzte, war der Regen der vergangenen Tage noch nicht ganz abgelaufen, würde wahrscheinlich auch nicht ganz ablaufen, höchstens in Jahren der Dürre, doch zu meinem Glück schrieben wir nicht eines dieser Jahre, und so wurde meine Rückkehr zur Erde gedämpft, ja, sie fiel fast weich aus.

Seltsamerweise galt mein erster Gedanke nicht der Freude darüber, daß ich noch immer im Diesseits weilte, und obendrein in offensichtlich guter Verfassung, sondern der von der Nachwelt verheißenen Ernte der Aussaat unseres Vaters, und damit knüpfte ich an eine alte Erinnerung aus der Zeit an, als ich mein erstes Fußballspiel bestritten und buchstäblich ins Gras gebissen hatte, nachdem man mich bei einem meiner herrlichen Dribblings gestoppt hatte. Dabei war mir wieder in den Sinn gekommen, was man mir vorausgesagt hatte: Du wirst ernten, was er gesät hat. Aber statt einer Ernte waren da nur ein ungepflegter Rasen, die Häme der anderen und meine Einsamkeit. Und wenn ich mich trotz der Anfeuerungen meiner Kameraden nicht gleich aufgerappelt hatte, dann deshalb, weil ich ihnen den Anblick meiner Tränen nicht gönnte, der für manch einen immer wieder Anlaß zur Schadenfreude ist, und ich wußte, daß alle Väter zur Stelle waren, um ihren Sprößlingen den Rücken zu stärken, alle bis auf den für immer Entschwundenen, denn wäre er dagewesen, mein Steuermann, mein Fels in der Brandung, hätte sich der Rohling nicht getraut, mich umzustoßen.

Auch jetzt, wo ich mit der Nase in diesem eisigen Abflußgraben lag, fiel die Ernte mager aus und verhieß keine Tage des Glücks. Allem voran hatte ich das Gefühl, daß ich schwerlich tiefer fallen konnte, denn tiefer hieße nicht weniger als tot sein. Damit war bewiesen, daß ich die Talsohle erreicht hatte, nach der sich das kleine spöttische Lächeln des Schicksals, das mir so vertraut war, allmählich in etwas verwandeln würde, das Ähnlichkeit mit Freude hatte. Gewiß eine begrenzte Freude, aber eine, die sich wie der dunkle Fleck mitten auf der Leinwand selbstsicher anschicken würde, von allem Besitz zu ergreifen, eine Freude wie ein Brandschiff, und so kam es, daß ich mir, nachdem ich mich ohne allzu viele Beulen triefnaß und halb erfroren aus der polaren Kälte der Wasserrinne befreit, den Lenker geradegebogen, den Geigenkasten wieder auf dem Gepäckträger festgezurrt, die Sporttasche auf dem Trittbrett zwischen die Beine geklemmt, den Hebel am Motor nach vorne geschoben hatte und mit patschenden Schuhen neben dem Vélosolex hergelaufen war, in dem Augenblick, als ich in meiner Cabanjacke, die so tiefblau war wie noch nie, schwerfällig auf den Sattel sprang, ausmalte, ich stieße mich mit dem Fußballen vom Meeresboden ab wie ein Taucher, der wieder nach oben will, und dabei stellte ich mir vor, etwas sei umgekippt, oder die Erde stehe auf dem Kopf, eine Bewegung, die ich auszunutzen gedachte, denn sobald ich wieder an die Oberfläche gelangt wäre – wer könnte mich, einen dem Wasser Entstiegenen, dann noch hindern, mich von meinem eigenen Schwung forttragen zu lassen und, leichter als Luft und von der Schwerkraft befreit, weiter emporzusteigen, um bis zur Troposphäre, Stratosphäre und Exosphäre vorzudringen? Während der kleine, kugelige, zwischen den zylindrischen Rundungen des Tanks und des Motorgehäuses eingezwängte Scheinwerfer sich durch die Nacht auf Erden bohrte, lächelte ich bereits bei der Vorstellung, wie sich mir auf dem Gipfel meiner triumphalen Himmelfahrt der neue Star am vor Staunen starren Firmament in die offenen Arme warf.

Jean Rouaud

Die Felder der Ehre

Roman. Aus dem Französischen von Carina von Enzenberg und Hartmut Zahn.
217 Seiten. SP 2016

Jean Rouaud erzählt in seinem mit dem Prix Goncourt ausgezeichneten Debütroman auf sehr persönliche Weise wichtige Stationen unseres Jahrhunderts nach, indem er sich an die Geschichte seiner eigenen Familie erinnert. Eine Saga also, die drei Generationen umspannt, ohne sich jedoch den Regeln der Chronologie zu unterwerfen. Anlaß zum Öffnen dieses Familienalbums geben drei Todesfälle, die sich alle im selben Winter ereignen und um die sich die Geschichte zentriert: der Großvater, ständig von einer Wolke dichten Tabakqualms umgeben, der mit seinem zerbeulten 2CV die Gegend unsicher macht; die bigotte Tante Marie, die jeweils den Heiligen des Tages auf ihrer Seite hat und die für ihren im Großen Krieg gefallenen Bruder Joseph, den sie so liebte, ihre Weiblichkeit hingab; schließlich der Vater des Erzählers, dessen früher Tod die so subtil humorvolle und skurrile Chronik überschattet und ihr unausgesprochene Tragik verleiht.

»Es ist ein ganz eigener, in der heutigen Literatur unerhörter Ton aus Zärtlichkeit und Menschlichkeit, mit dem Jean Rouaud seine Figuren vor dem Vergessen schützt.«
Süddeutsche Zeitung

»Nicht nur der Regen ist das philosophische Element dieses wunderbar zärtlichen Romans über ein grausames Jahrhundert. Mehr noch ist es der giftgrüne Nebel, der die Anfänge unserer Moderne bedeckt.«
Die Zeit

Hadrians Villa in unserem Garten

Roman. Aus dem Französischen von Carina von Enzenberg und Hartmut Zahn.
224 Seiten. SP 2292

»Ein hinreißendes Buch. Es hat alles, was ich mir von einem Buch wünsche: Witz, Wärme, eine feine, sehr poetische Sprache, eine großartige Geschichte, es hat Menschlichkeit und Spannung und berührt den Leser über das Persönliche der Familiengeschichte hinaus auch da, wo es weh tut.«
Elke Heidenreich

SERIE PIPER

SERIE PIPER

Agota Kristof

Das große Heft

Roman. Aus dem Französischen von Eva Moldenhauer. 163 Seiten. SP 779

Agota Kristof protokolliert in ihrem ersten Roman eine Kindheit, die nichts Idyllisches hat. Die Zwillingsbrüder werden zur Großmutter aufs Land geschickt, sie betteln, hungern, schlachten, stehlen, töten, sie stellen sich taub, blind, bewegungslos – sie haben gelernt, was sie zum Überleben brauchen.

»Agota Kristofs Romane beschreiben das Leiden, den Krieg, den Tod, beschreiben Verbrechen und sexuelle Perversionen, doch sie handeln ganz ausschließlich von der Liebe. Im reinsten, ja zartesten Sinn handeln sie von der Liebe.«
Süddeutsche Zeitung

»Agota Kristof erzählt zwingend. Sie läßt nicht zu, daß man ihr nur die halbe Aufmerksamkeit schenkt. Sie kennt kein Ausruhen. Kaum kann man das aushalten, die knappe Schärfe ihrer Beschreibungen, diese Kälte. Ist das nicht Lakonie oder Bitterkeit? Weshalb quält Agota Kristof uns doppelt, indem sie Kinder für ihre Geschichte mißbraucht?«
Frankfurter Rundschau

Der Beweis

Roman. Aus dem Französischen von Erika Tophoven-Schöningh. 186 Seiten. SP 1497

»Der Beweis« knüpft unmittelbar an »Das große Heft« an. In ihrer unvergleichlich kargen Sprache erzählt Agota Kristof vom Prozeß einer seelischen Zerstörung.

Die dritte Lüge

Roman. Aus dem Französischen von Erika Tophoven. 165 Seiten. SP 2287

»So kalt ums Herz, so heiß ums Herz ist es mir beim Bücherlesen schon lang nicht mehr geworden.«
Süddeutsche Zeitung

Gestern

Roman. Aus dem Französischen von Carina Enzenberg und Hartmut Zahn. 144 Seiten. SP 2625

Nach ihrer beeindruckenden Trilogie geht Agota Kristof nun ihr großes Thema – die Suche nach Identität in einer gefühlskalten Welt – von einer neuen Seite an: mit der Geschichte einer unmöglichen Liebe.

»Dieser meisterhafte Roman ist ein symbolstarkes, ungemein poetisches Buch.«
Tagesanzeiger

Yann Queffélec

Lena in der Nacht

Roman. Aus dem Französischen von Michael Hofmann. 333 Seiten. SP 2698

Lena irrt durch Marseille. Nach der Trennung ihrer Eltern ist sie, gerade vierzehnjährig, von zu Hause ausgerissen und fällt Momo in die Hände, dem netten und grausamen Araberjungen, dem kleinen Dealer aus dem Norden der Stadt, wo die Illegalen leben, verstrickt in Bandenkriege und Drogengeschäfte. Momo versteckt Lena, er zwingt sie, bei ihm zu bleiben. Lena, die Tochter eines Polizisten, ist sein blonder Traum von einer anderen, bürgerlichen Wirklichkeit. – In diesem kraftvollen, vielschichtigen Roman konfrontiert Queffélec die sozialen Mißstände französischer Vorstädte mit den verlogenen Fassaden bürgerlicher Verhältnisse. »Lena in der Nacht« ist gleichzeitig erschütternde Sozialreportage, psychologischer Roman und spannender Thriller.

»Das ist ein tiefgreifender, ein vibrierender Roman und ohne Zweifel das beste von Queffélecs Büchern, voller menschlicher Wahrheit, voller Emotionen.«
Le Figaro

Die Macht der Liebe

Roman. Aus dem Französischen von Michael Hofmann. 297 Seiten. SP 2699

Als Mona nach acht Jahren Haft wegen Mordes an ihrem Geliebten bei einem Gefangenentransport fliehen kann, begegnet sie Emmanuel, einem Macho der Sonderklasse, und schlüpft bei ihm unter. Er gibt ihr Arbeit, Wohnung und Kleider und verfällt der attraktiven, wenn auch völlig heruntergekommenen jungen Frau bedingungslos. Doch Mona will nur eines: ihre kleine Tochter finden, die sie im Gefängnis zur Welt gebracht und zur Adoption hatte freigeben müssen. Eine Odyssee quer durch Frankreich nach Süden beginnt. – Dieser psychologische Thriller ist wieder ein Queffélec par excellence: kraftvoll und spannend, aber auch zart, poetisch, voller Emotionen und von beeindruckendem Tiefgang, wenn er Menschen in ihrer existentiellen Grundausstattung begreiflich macht.

SERIE PIPER

Adolf Schröder

Der fremde Junge

Roman. 344 Seiten. SP 2597

Robert Bilkowsky, den alle nur Bob nennen, fährt tagsüber Taxi. Die Nächte verbringt er in seinem Atelier. Er ist Maler. Eines Abends findet er einen zehnjährigen Jungen in seiner Wohnung. Bob ist ratlos. Das Kind spricht keinen Ton, sondern verständigt sich mit ihm über Zeichensprache und schreibt verschlüsselte Botschaften auf Papierflieger. Irgend etwas in Bob weigert sich, den Jungen zur Polizei zu bringen. Er fühlt sich auf geheimnisvolle Weise angezogen, traumatische Kindheitserinnerungen werden in ihm wach, und so beginnt eine seltsame Freundschaft, in deren Entwicklung Bob sich immer mehr mit dem Jungen identifiziert. Obwohl ihm das Kind seinen Tagesablauf durcheinanderbringt, seine Freunde ihn warnen, läßt er sich nicht davon abbringen. Er muß hinter das Geheimnis dieses wundersamen Jungen kommen.

Stephen Krawczyk

Das irdische Kind

Roman. 266 Seiten. SP 2526

Das verbundene Bein von Onkel Alfred, Großmutters Groschenring und Onkel Kurt, der zu festlichen Anlässen immer denselben Nadelstreifenanzug anzieht – leichtfüßig, anrührend und unsentimental erzählt Stephan Krawczyk seine Kindheit und Jugend. Lauter private Weltereignisse, lauter intime Fotos aus dem Familienalbum, die stellvertretend für eine ganze Generation stehen. Stephan Krawczyk, neben Wolf Biermann bekanntester Liedermacher der ehemaligen DDR, erzählt aus dem Dorf Weida mit dem Flüßchen Auma präzise, herzlich und so privat, daß eines klar wird: Das Leben läßt sich nicht zurückrechnen auf dürre politische Daten.

SERIE PIPER

Marcel Pagnol

Marcel

Eine Kindheit in der Provence. Aus dem Französischen von Pamela Wedekind. 276 Seiten. SP 2426

Marseille um die Jahrhundertwende: Eine fünfköpfige Familie bricht auf zu Ferien in der Provence – und hier beginnt für den elfjährigen Marcel ein Sommer voller Schönheit und Abenteuer in den Wiesen und Hügeln der Estaque inmitten von Zikaden und dem Lavendel- und Rosmarinduft der Hochebene. Sein bester Freund, der Bauernjunge Lili, führt ihn zu den geheimen Höhlen und verborgenen Quellen und zeigt ihm die beste Methode, geflügelte Ameisen zu fangen. Der leichte und poetische Ton besticht durch den zärtlichen Blick, in dem Arglosigkeit und Ironie verschmelzen und der kindliche Kosmos wiederaufersteht.

Marcel und Isabelle

Die Zeit der Geheimnisse. Eine Kindheit in der Provence. Aus dem Französischen von Pamela Wedekind. 195 Seiten. SP 2427

Die paradiesische Ferienidylle des elfjährigen Stadtjungen Marcel, der den Sommer mit seiner Familie in der Provence verbringt, erfährt einen jähen Einbruch in Form eines blonden, verzogenen Geschöpfs, das sich vor Schlangen fürchtet: Die tyrannische Isabelle tritt in Marcels Leben und macht ihn zu ihrem Knappen. Nun eröffnet sich das ganze Spektrum kindlicher Liebe, die in ihrer Absolutheit und Grausamkeit Marcel in heillose Verwirrung stürzt, ihn aber zugleich auch die großen Dinge des Lebens erahnen läßt. Behutsam nähert sich Marcel Pagnol seiner eigenen Kindheit und bewahrt dadurch Distanz, aber auch Zärtlichkeit und Ironie.

Die Wasser der Hügel

Roman. Aus dem Französischen von Pamela Wedekind. 423 Seiten. SP 2428

Die Eiserne Maske

Der Sonnenkönig und das Geheimnis des großen Unbekannten. Aus dem Französischen von Pamela Wedekind. Vorwort von Kasimir Edschmid. 272 Seiten. SP 2775

SERIE PIPER

Joan Brady

Jonathan Carrick – als Kind verkauft

Roman. Aus dem Englischen von Regina Hilbertz. 287 Seiten. SP 2307

Amerika vor hundert Jahren: Der Pioniergeist offenbart bei aller Romantik auch Härte und Unerbittlichkeit. Der Bürgerkrieg ist vorbei, die Sklaverei wurde abgeschafft, und die große Eisenbahnlinie wird gebaut. Der weiße Jonathan wird mit vier Jahren von seinem Vater an einen brutalen Tabakfarmer verkauft. Seine Kindheit besteht von nun an aus Erniedrigungen, aus körperlichen und seelischen Mißhandlungen. Als Jonathan mit sechzehn Jahren die Flucht gelingt, beginnt seine abenteuerliche Odyssee durch den Wilden Westen. Er schlägt sich als Bremser auf Rangierbahnhöfen, als Prediger und Farmer durch. Er heiratet, bekommt Kinder, aber in seinem Inneren brodeln Feuer, Haß und Angst. Die Spuren der Sklaverei haben sich für immer unauslöschlich in ihm eingegraben.
Ein ergreifender und kunstvoll aufgebauter Roman.

Albert French

Billy

Roman. Aus dem Amerikanischen von Bettina Münch. 256 Seiten. SP 2367

Billy Lee ist zehn Jahre alt – und viel älter wird er auch nicht werden. Lori, das rothaarige weiße Mädchen wollte den »kleinen Nigger« nicht im See spielen lassen. Sie prügelte und verhöhnte ihn, und Billy wehrte sich. Ein Messer ist im Spiel, und Lori ist tot. Sofort herrscht Lynchstimmung im verschlafenen Banes Country der Südstaaten. Das Kind Billy muß sterben. Intensiv läßt Albert French den Leser das furchtbare Geschehen miterleben. Man durchleidet mit dem kleinen Billy und seiner Mutter den Prozeß, der dem verängstigten Jungen gemacht wird, und wartet mit ihm auf die Hinrichtung. Albert French bannt Billys letzten Sommer in Bilder, deren sprachlich dichte Atmosphäre unter die Haut geht.

»Der Fall ist authentisch, die Erzählung wahre Poesie, was bleibt, tut weh.«

Die Morgenpost

Jim Caroll

In den Straßen von New York

Roman. Aus dem Amerikanischen von Stephan Steeger. 239 Seiten. SP 2169

Zeit der Handlung sind die frühen sechziger Jahre in New York. Jim Carroll wächst mehr auf den Straßen der heruntergekommenen Lower East Side als zu Hause bei seiner Mutter auf. Trotz eines Schulstipendiums lebt Jim, der mit dreizehn Jahren begann, Tagebuch zu schreiben, weiter am liebsten mit seiner Gang mitten unter den Huren, Junkies und Dieben. Dreh- und Angelpunkt seines Lebens, das er schockierend, aber auch mitreißend beschreibt, sind Drogen, Sex und Basketball – der Absturz ist unvermeidlich, den der Sechzehnjährige am Schluß des Tagebuchs protokolliert. Jack Kerouac bescheinigte dem Autor, daß er mit dreizehn bereits bessere Prosa geschrieben habe als neunzig Prozent der schriftstellernden Zeitgenossen.

Bill Albert

Desert Blues

Roman. Aus dem Amerikanischen von Rainer Schmidt. 264 Seiten. SP 2456

Wenn Tante Enid, tief dekolletiert, durchs Haus stolziert, wird Harold, der fünfzehnjährige, pummelige Neffe, nervös. Wenn sie nachts im Schwimmbad auch die letzten Hüllen fallen läßt, nimmt er Reißaus ... Harolds Eltern sind bei einem Autounfall ums Leben gekommen, und so wächst er bei der exzentrischen Tante in der amerikanischen Provinz der fünfziger Jahre auf – weit weg von seiner Heimat Los Angeles, wo er sich am liebsten in verwilderten Plattenläden herumdrückte. Er kann sich nur schwer im spießigen Landleben zurechtfinden. Doch durch tragisch-komische Umstände gewinnt er schließlich Freunde, hört sogar Pat Boone und kann sich eine neue Welt aufbauen. Ein witziger, wahrhaftiger und zugleich rührender Roman, mit viel Humor und Liebe zu seinen Figuren und Orten geschrieben.

SERIE PIPER

SERIE PIPER

Lena Christ

Erinnerungen einer Überflüssigen

Mit einem Nachwort von Eva Maria Volland. 253 Seiten. SP 1633

Lena Christs erstes Buch, ihre eigenen Jugenderinnerungen, dokumentieren ein bewegendes Schicksal und offenbaren das großartige Erzähltalent der Zeitgenossin Ludwig Thomas. Acht idyllischen Jahren auf dem Dorf bei den Großeltern folgt die Hölle, als es von der nun in München verheirateten Mutter in die Stadt geholt wird. Geschlagen, als Dienstmagd mißbraucht, versucht die Tochter immer wieder die Flucht: zuletzt in eine katastrophale Ehe mit einem Trinker. Selten ist die Vertreibung aus dem Paradies der Kindheit und das Trauma eines ungeliebten Kindes derart intensiv dargestellt worden.

»Mit ihrer kraftvollen Sprache zeichnet sie überzeugende Charaktere, beschwört lebendige Bilder des bäuerlichen und des kleinbürgerlichen Lebens herauf.«

Eva Maria Volland

Fleur Jaeggy

Die seligen Jahre der Züchtigung

Novelle. Aus dem Italienischen von Barbara Schaden. 120 Seiten. SP 2453

Das »Bausler« in Appenzell, ein Mädchenpensionat in den fünfziger Jahren – ein Ort, paradiesisch und infernalisch, denn hier werden Mädchen diszipliniert, bis Disziplin selbst zur Lust wird. Die Ich-Erzählerin, um die vierzehn Jahre alt und ganz der Anstalt ausgeliefert, ist empfänglich für den morbiden Reiz der Disziplin. Sie verfällt Frédérique, der Neuen, der Ordnung, Verachtung, Perfektion zur zweiten Natur geworden sind. Das Buch erzählt die Geschichte einer Liebe, die die Erzählerin erst Jahre später in ihrer Intensität und Ambivalenz zwischen eisiger Askese und unterdrückten erotischen Wünschen beschreiben kann. Und es erzählt gleichzeitig die Geschichte einer Krankheit: »Ich wollte eine Heranwachsende zeigen, die einem Wahn erliegt«, schreibt Fleur Jaeggy lapidar über ihre Novelle.

Susanna Agnelli

Wir trugen immer Matrosenkleider

Aus dem Italienischen von Ragni Maria Gschwend. 244 Seiten. SP 726

Fünf Geschwister, meist in Matrosenkleidern (blau im Winter, weiß im Sommer), in einem goldenen Käfig, umgeben von Kindermädchen und Gouvernanten – wir blättern in einem Familienalbum der Fiat-Dynastie im Italien Mussolinis – und erfahren doch mehr: die ungewöhnliche Lebensgeschichte einer höchst ungewöhnlichen Frau. Susanna Agnelli erzählt von rauschenden Festen mit Galaroben und Ordensgepränge und der High Society der damaligen Zeit, von einer behüteten Kindheit voller Verbote und Ängste, von dem strengen patriarchalischen Großvater, dem Fiat-Gründer, der schönen, lebenslustigen Mutter, dem Vater, der früh bei einem Flugzeugunglück starb, von den Verbindungen zu Mussolini, Ciano – und zum Widerstand; von der Freundschaft der Mutter mit Malaparte, ihrem Kampf um die Kinder, von Familienstreitigkeiten und Freundschaften. Obwohl der Name Agnelli auch in der Zeit des Faschismus und während des Zweiten Weltkriegs dafür sorgte, daß das Leben beinahe ungestört weitergehen konnte, emanzipierte Susanna sich von den Privilegien, die ihre Herkunft mit sich brachte. Sie wird zunächst Rot-Kreuz-Schwester an der vordersten Front des Krieges am Mittelmeer, dann macht sie das Abitur nach und studiert in Lausanne Medizin, bis ihr Bruder Gianni sie 1945 nach Italien zurückruft.

»Ein gescheites und bezauberndes Buch, knapp und genau die Zeit damals schildernd, das Highlife der schönen Mutter, die Leere der römischen Gesellschaft, die Schrecken des Faschismus, das ziemlich arme Leben reicher Kinder.«

Stern

»Ein überragendes, köstliches Buch mit einer ganz eigenen Vielfalt von Stimmungen, in dem Partien von duftiger Leichtigkeit mit dunklen, satten Pinselstrichen abwechseln.«

The New York Times Book Review

SERIE PIPER

SERIE PIPER

Ilse Gräfin von Bredow

Willst du glücklich sein im Leben..

Geschichten von gestern – Geschichten von heute. 222 Seiten. SP 2438

»Mit Nora wollte ich eine Frau meiner Generation zu Wort kommen lassen, wie es viele gibt: unbekümmert und unsentimental, selbstironisch und ein wenig naiv, immer bereit, sich am eigenen Schopf aus dem Sumpf zu ziehen.« Genau das hat Nora ihr Leben lang getan. Wie viele andere Frauen ist sie zur falschen Zeit jung gewesen und wird zur falschen Zeit alt, wie eine der eindrucksvollen Gestalten in diesem Roman so treffend sagt. Denn der Krieg fiel auch in Noras Jugend – und was sie nach ihrem Ausscheiden aus dem Berufsleben an Rente erwartet, kann ihr nicht ohne weiteres ein geruhsames, sorgenfreies Alter sichern. Wir begleiten Nora auf ihrer turbulenten Suche nach einer Tätigkeit und erleben ihren unerschrockenen Mut und gesunden Menschenverstand, ihren Charme und ihren Humor, der sie sicher durch die Schatten- und Sonnenseiten des Lebens führt.

Denn Engel wohnen nebenan

Rückkehr in die märkische Heide. 255 Seiten. SP 2439

»Kartoffeln mit Stippe« – das war die unvergeßlich schöne, an Erinnerungen reiche Jugendzeit eines Mädchens: das Leben einer gräflichen Familie in einem höchst ungräflichen Forsthaus in der märkischen Heide. Der weltpolitische Umbruch hat es möglich gemacht, daß die große Erzählerin Ilse Gräfin von Bredow an den Ort ihrer Kindheit und Jugend zurückkehren konnte. In einer einzigartigen Mischung aus Erinnerung und Erleben der Gegenwart, aus verlorener Zeit und neuer Begegnung eröffnet sich ein Panorama von Lebensläufen und Schicksalen, wie es nur jemand beschreiben kann, der das alles selbst erlebt, erlitten und erfühlt hat.

Gucken Sie mal über den Tellerrand.

Zwei Wochen kostenlos.

Tel. 0800/8 66 68 66.